La fille
aux cheveux rouges

Serge Brussolo

La fille
aux cheveux rouges

Le Chemin de cendre

Cyrus II, roi de Perse, avait un courtisan d'une fidélité éprouvée, nommé Zopyre, qui, s'étant fait à dessein mutiler le visage, passa chez les ennemis. Il se plaignit des outrages dont il portait les marques, et on le crut irréconciliable ennemi de Cyrus, opinion qu'il confirma en se plaçant, dans toutes les rencontres, à la tête des combattants, et en dirigeant les tirs de flèches contre Cyrus lui-même ; puis, lorsqu'on lui eut confié la défense de Babylone, il livra la ville à son roi.

Sextus Julius Frontin.
Les Quatre Livres des stratagèmes

Nota Bene

Si l'auteur a employé les mots « boches » ou « fridolins », c'est parce qu'ils étaient d'usage courant à cette époque de notre histoire, et qu'il aurait trouvé stupide de se conformer à la règle politiquement correcte qui veut, aujourd'hui, qu'on désigne uniformément les forces allemandes engagées dans le conflit par le terme « nazi », ce qui est, rappelons-le, historiquement faux. Le nazisme était un parti politique, pas une armée, ni un peuple... Il est utile de préciser que seule une faible proportion de la population allemande y adhérait. Parmi les officiers de la *Wehrmacht*, les nazis étaient fort peu nombreux.

Serge Brussolo

Prologue

Le 22 juin 1940, la France capitule devant le déferlement allemand qui la submerge de toutes parts. C'est la consternation, personne n'avait imaginé cela ! L'Angleterre se retrouve seule, isolée, mais, dans un premier temps, va se réjouir, voire s'enorgueillir de cet isolement. *No more bloody allies !* proclament les graffitis. Au vrai, les Anglais ont toujours ressenti comme un fardeau l'obligation de composer avec les Français. Ils sont soulagés de n'avoir, désormais, à ne compter que sur eux-mêmes. Ils sont convaincus qu'ils se débrouilleront mieux en ayant les mains libres.

On a certes beaucoup écrit sur cette période que la propagande britannique s'est appliquée à embellir. Pendant longtemps on a tressé des couronnes, élevé des statues, entonné des panégyriques... Aujourd'hui, les historiens sont plus circonspects ; sous l'image d'Épinal ils commencent à discerner une réalité plus triviale, moins chevaleresque. Ainsi, la majorité de la population qui dut subir les affres du *Blitz* ne le fit nullement avec humour et légèreté, comme on a voulu nous le faire croire, mais dans la terreur, la colère, la haine, la révolte. Churchill fut hué par les ouvriers qui l'accusèrent de ne rien faire pour protéger les quartiers pauvres de Londres. Les bombardements donnèrent lieu à des pillages, et certains n'hésitèrent pas à dépouiller les cadavres. Quant au fameux métro, la population dut l'investir de force car le gouvernement n'avait jamais envisagé de l'utiliser comme abri !

Pour se représenter l'importance du Blitz, il faut savoir que certains bombardements durèrent dix heures d'affilée et mobilisèrent près de mille appareils de la *luftwaffe*. Il arrivait qu'on dénombre un bon millier d'incendies par nuit. Les quartiers pauvres furent tout particulièrement visés par les raids aériens parce qu'ils se trouvaient à proximité des industries. Plusieurs d'entre eux furent rasés à 50 %, ce qui créa de fortes tensions sociales entre le West End (quartiers riches) et le East End (quartiers populaires souvent défavorisés).

Le cinéma de l'immédiat après-guerre a enjolivé la réalité, préférant nous montrer une population unie – toutes classes confondues ! – qui aime danser, chanter sous les bombes, et à laquelle l'idée de se plaindre paraîtrait follement *shocking*.

Pour finir, on vit se développer une formidable psychose collective confinant à la paranoïa, une « espionnite » alimentée par l'obsession d'un débarquement massif des troupes ennemies sur les côtes britanniques (l'opération *Seelöw*). Très vite, on se mit à soupçonner tout le monde, et les rumeurs les plus extravagantes jetèrent la suspicion sur les communautés étrangères ayant trouvé refuge à Londres pour fuir le nazisme.

C'est dans ce climat pour le moins troublé que se déroule l'aventure que vous allez lire.

PREMIÈRE PARTIE

Saint Job's Infirmary
La confrérie des lunatiques

De l'explosion, elle conserva longtemps l'image d'un mur dont les briques rouges s'éparpillaient à la façon des pièces d'un puzzle... Ce fut son seul et dernier souvenir de sa vie *d'avant*.

C'était étrange et beau, ces briques s'envolant au ralenti, retombant pour rebondir, et rebondir encore, en ricochets infinis.

« La maison est en train de me tomber sur la tête », eut-elle le temps de penser, et, instinctivement, alors même qu'elle perdait connaissance, elle essaya de calculer le poids des étages qui, dans une seconde, allaient l'écraser.

Le bruit lui parut d'abord énorme. Un bruit de catastrophe planétaire, comme il doit s'en produire quand une météorite s'écrase dans les toundras caucasiennes. Mais, presque aussitôt, le silence succéda à l'agression sonore, et elle comprit qu'elle était devenue sourde.

Autour d'elle, tout tremblait, le sol, les murs, les trottoirs s'entrebâillaient, avalant les réverbères, les boîtes aux lettres et les devantures des boutiques. Les crevasses zigzaguaient à une vitesse formidable, dessinant sur le sol d'étranges serpents noirs dont la préoccupation principale semblait d'ouvrir un abîme sous les pieds des passants surpris par l'alerte alors qu'ils couraient vers l'abri le plus proche.

« Alors, pensa-t-elle avec résignation, alors c'est ainsi que ma vie va finir... sous un amas de cailloux, de casseroles et de matelas dégringolant du haut du ciel. »

Instinctivement, elle leva les bras pour se protéger le visage, car elle ne voulait pas mourir défigurée. Ce serait sa dernière coquetterie. Tout de suite après, une brique la frappa à la tête, et elle perdit connaissance. Elle tomba sur le dos ; la dernière image enregistrée par ses rétines fut celle des *Junkers 83* – les chasseurs bombardiers allemands – dont les croix noires traversaient le ciel londonien, au milieu de la fumée des incendies.

L'alerte passée, il s'écoula plus d'une heure avant que les sauveteurs ne découvrent son corps sous l'amoncellement de briques. D'abord ils la crurent morte, car aucun des locataires n'avait survécu à la déflagration. Très souvent, ceux qui échappaient à l'écrasement étaient tués par le souffle de la bombe qui provoquait un arrêt du cœur. Il était fréquent de trouver, au long des rues, des cadavres ne présentant pas la moindre égratignure, mais que l'effet de souffle avait tués aussi sûrement qu'un *shrapnell*.

— La cervelle lui sort du crâne... constata le jeune homme qui l'extirpa de la caillasse. Elle est foutue.

— Mais non, crétin, rectifia le chef d'îlot, un contrôleur du métro à la retraite qui s'était fait enrôler dans la *Home Guard*[1]. Ce n'est pas sa cervelle, ce sont ses cheveux. Bon sang ! Jamais vu une pareille crinière... Cette gosse avait deux kilos de boucles sur la tête ! Sûrement une Irlandaise.

Elle fut chargée dans une ambulance qui desservait l'annexe 3 du *Saint Job's Infirmary*. Le véhicule eut le plus grand mal à se frayer un chemin au milieu des ruines. Des rues entières étaient bloquées. Quant à la fumée des incendies, elle installait la nuit en plein jour. On ne pouvait rouler qu'au ralenti sous peine d'emboutir un camion de pompiers. Les soldats du feu suffo-

---

1. Service civil créé par Churchill, regroupant des volontaires chargés d'aider pompiers et infirmiers, et... d'empêcher les pillages !

quaient, le visage noirci. À certains endroits, la chaleur des flammes était telle qu'on voyait des poutrelles d'acier des entrepôts se tordre comme de la guimauve.

L'ambulance perdit beaucoup de temps à zigzaguer dans ce labyrinthe. Quand elle atteignit enfin l'annexe médicale, tous ses passagers avaient rendu l'âme sauf le conducteur et la jeune femme au crâne fendu. Elle respirait si faiblement qu'on faillit la ranger du côté des cadavres. La plupart avaient été déshabillés par le souffle des explosions ; depuis le début du Blitz, les sauveteurs avaient dû s'habituer à récupérer des corps nus. La blessée ne faisait pas exception. Pour tous vêtements, elle n'avait conservé que ses jarretelles, ses bas et une combinaison teinte en noir par la suie. On l'en débarrassa aussitôt.

Libbie Cogan, une aide-soignante rougeaude que les malades surnommaient « la génisse », la porta sur la table d'aluminium où l'on nettoyait au jet d'eau les nouveaux arrivants afin de déterminer l'étendue de leurs blessures. Beaucoup d'entre eux, en effet, se trouvaient enveloppés d'une telle croûte de cendre qu'ils ressemblaient davantage à des statues tombées de leur piédestal qu'à des êtres humains.

Libbie Cogan, qui ne brillait pas par son intelligence, dirigea le tuyau sur la tête de la blessée et s'écria :

— Regardez un peu celle-ci : le sang lui a teint les cheveux en rouge !

— Mais non, espèce d'oie, grogna l'infirmière major Jordana Trent, elle est rousse, c'est tout.

— Vous croyez ? grogna Libbie, incrédule.

Incapable de se rendre à l'évidence, elle ne put s'empêcher de colporter cette fable par tout l'hôpital : une jeune fille blessée à la tête avait tellement saigné que ses cheveux avaient pris la couleur de son hémorragie. Dans l'univers clos du *Saint Job's Infirmary*, une légende était née.

*
* *

13

Quand *elle* reprit connaissance, *elle* réalisa qu'elle était sourde. Une sorte de bruit blanc bourdonnait à ses oreilles, un crachotement feutré comme en produit un poste récepteur qui n'a encore accroché aucune fréquence. Elle voyait les bouches s'ouvrir, articuler des syllabes exagérées, mais n'entendait rien. On lui expliqua par écrit qu'elle était miraculée. Elle souffrait d'une simple entaille, là où l'avait frappée la première brique tombée de l'immeuble. La plaie avait été nettoyée, recousue, d'ici trois jours elle pourrait rentrer chez elle. On ne pouvait la garder plus longtemps, il y avait trop de blessés et l'on manquait de lits.

La jeune femme essaya de sourire. Elle avait affreusement mal à la tête. La migraine l'empêchait de réfléchir ; dès qu'elle essayait de formuler une pensée, des élancements douloureux lui traversaient la boîte crânienne avec la fulgurance d'un court-circuit.

Abasourdie, elle resta donc étendue sur le dos, contemplant le chaos de la salle de soins encombrée de lits de fer et de brancards. Les blessés gémissaient, les infirmières s'interpellaient, mais elle n'entendait rien. Toute cette agitation se déroulait pour elle dans le plus complet silence. Comme ses jours n'étaient pas en danger, on ne s'occupa guère de son cas. Au vrai, on l'exila dans un coin de la salle, derrière l'un des piliers soutenant la voûte.

L'annexe 3 du *Saint Job's Infirmary* avait été installée dans les caves d'une ancienne poudrière, dont l'architecture gothique évoquait une crypte moyenâgeuse. Il aurait été vain d'y chercher une ouverture sur l'extérieur. De jour comme de nuit, des ampoules grillagées dispensaient leur lumière jaune à la verticale des lits. Lors des alertes, lorsque le courant était coupé, on allumait des lampes à pétrole ou des bougies. Une atmosphère chargée de remugles pesait sur les lieux, et cela en dépit des aspersions régulières de Crésyl.

Le troisième jour, un vieux médecin s'assit au chevet de la jeune femme pour griffonner sur un carnet. D'une écriture démodée, acquise à Oxford, il lui expliqua que sa surdité serait temporaire, elle résultait de l'explosion. Elle avait de la chance, ses tympans meurtris n'avaient pas été crevés par la compression, donc, rien n'était perdu. Elle conserverait peut-être des acouphènes, mais recouvrerait l'usage de l'ouïe d'ici quelques semaines. À propos, comment s'appelait-elle ? Qui devait-on prévenir ? Sa famille devait s'inquiéter de sa disparition, *n'est-ce pas ?*

La blessée comprit que le vieil homme essayait de lui faire comprendre poliment qu'il était temps pour elle de libérer les lieux. C'est alors que le problème surgit...

Elle s'aperçut qu'elle était incapable de se rappeler son nom. Jusqu'à présent, la migraine l'avait accaparée tout entière et elle n'avait pas eu l'occasion de réfléchir à cet aspect des choses. Elle avait mené une vie larvaire, crispée sur sa douleur, guettant le moment où celle-ci s'endormirait enfin, lui laissant un répit qui lui permettrait de s'endormir.

— Je... je ne sais pas... articula-t-elle.

C'était affreux de ne pas s'entendre parler. Elle avait sûrement crié, car le médecin grimaça et s'empressa de lui poser un doigt en travers des lèvres pour lui signifier de se taire.

Les sourcils froncés, il reprit ses griffonnages.

Ne vous inquiétez pas, lut la jeune femme. *Ce n'est qu'une conséquence du traumatisme. Tout rentrera dans l'ordre d'ici peu.*

Puis il s'en alla, car une infirmière lui adressait des signaux de détresse depuis l'autre bout de la salle.

« Tiens, songea la blessée, me voilà amnésique. Il ne manquait que plus que ça. »

Elle n'était pas encore inquiète.

Décontenancée, oui, mais inquiète, non. Les victimes aux membres fracassés qui l'entouraient la contraignaient à relativiser ses problèmes. Elle était entière, il ne lui manquait ni bras ni jambe, elle n'avait pas perdu la moitié du visage comme sa voisine de lit, il aurait donc été malséant de pleurnicher.

« Je vais attendre, se dit-elle. Calmement. Un matin je me réveillerai, et tout me sera rendu, mon nom, mes souvenirs... Au demeurant j'en serai peut-être déçue. Qui sait ? »

Oui, l'oubli avait à ses yeux quelque chose de commode, de rassurant. Pourquoi ? Elle n'aurait su le dire. Un pressentiment obscur lui soufflait de profiter de cette chance qui lui était offerte de repartir de zéro.

« Je sais ! pensa-t-elle en rongeant nerveusement l'ongle de son pouce droit, je veux rester amnésique pour échapper à une peine de cœur... un chagrin d'amour... J'étais fiancée à un soldat tué au combat... Sa mort était en train de me détruire. Je n'avais plus la force de lui survivre, je me laissais mourir. Si je recouvre la mémoire, je récupérerai ma souffrance là où je l'ai laissée, et tout recommencera. »

C'était une explication plausible, trop romantique sans doute, mais bien des filles vivaient ce drame au quotidien, alors pourquoi pas elle ?

*
* *

Libbie Cogan vint lui ôter ses pansements. Elle discourait sans relâche, mais la jeune femme entendait ses paroles comme à travers un mur de coton. L'ouïe lui revenait. Si ses interlocuteurs approchaient la bouche de sa tempe, elle parvenait à comprendre un mot sur trois, c'était un progrès. Elle en fut réconfortée. Libbie avait des égards pour elle. La grosse fille semblait époustouflée par la masse de sa chevelure, une crinière de boucles écarlates dans laquelle s'ouvrait la boutonnière de la blessure.

— Un miroir... articula l'inconnue. Je voudrais savoir à quoi je ressemble. C'est possible ?

— Tu es belle, dit Libbie en décomposant les syllabes. Une vraie *pin-up* [1]. Tu sais ce que c'est une *pin-up* ?

---

1. Mot inventé par les soldats américains pour désigner les photos

Mais la jeune femme ne savait pas.

Libbie lui apporta un miroir de sac à main dans lequel l'amnésique put se découvrir par menus fragments. Elle fut agréablement surprise par son visage pâle, constellé de taches de rousseur qu'encadrait une masse bouillonnante de cheveux roux.

« Pas mal... songea-t-elle. Les grains de beauté sont de trop, mais on ne peut pas tout avoir. »

Elle avait une peau de rousse, laiteuse, une petite poitrine, un ventre, des jambes et des bras étonnamment musclés.

« Un corps de danseuse, songea-t-elle. Soit je dansais dans un beuglant, soit je me produisais à l'Opéra. Ballerine ou catin ? Difficile d'émettre une hypothèse. »

Elle se pencha pour examiner ses pieds. Le cal enveloppant ses orteils déformés la confirma dans son hypothèse. Danseuse. Elle avait vu juste... Curieusement, elle le regretta, car c'était là le signe que ses souvenirs remontaient à la surface, et elle n'y tenait pas.

Si la mémoire lui revenait, reviendrait avec elle la souffrance de cet amour perdu qu'elle devinait tapi au fond de son cœur.

« Reste neuve, lui soufflait la voix de la prudence. Ne prends pas le risque de redevenir ce que tu étais, tu n'y survivrais pas. »

Peu à peu, le bruit blanc qui bourdonnait à l'intérieur de ses tympans fut remplacé par le brouhaha de la salle commune, les plaintes des malades, les appels des infirmières, les ordres secs de Jordana Trent, la nurse major à la poitrine opulente, qui, aux pires moments de panique, s'appliquait à corriger le maintien de sa coiffe amidonnée.

Le vieux médecin vint la voir, il parut contrarié de ce qu'elle n'ait point encore récupéré son passé. Hélas, il

de filles dénudées qu'ils découpaient dans les magazines pour les punaiser au-dessus de leur lit.

17

n'avait guère de temps à lui consacrer. Un sous-officier d'une vingtaine d'années, en uniforme velu, le remplaça.

— On dirait qu'on vous a habillé avec la peau d'un ours en peluche ! pouffa la jeune femme.

Le sergent, un tantinet vexé, lui expliqua que tous les uniformes anglais étaient ainsi, seuls les soldats américains étaient vêtus de whipcord de bonne qualité.

— Je suis le sergent Ruppert Merridew, précisa le militaire. On m'a chargé d'établir votre identité. Je dois instruire votre dossier. Il y a beaucoup de gens comme vous, mais, généralement, il ne faut pas longtemps pour localiser leur famille. De quoi vous souvenez-vous ?

— De rien, dit l'amnésique.

Merridew rougit. Il avait un visage de puceau imberbe à peine sorti d'une bonne école. Oxford ? Cambridge ?

— J'entends bien, fit-il, mais quels éléments d'enquête pouvez-vous me fournir ?

— Je ne sais pas, avoua l'inconnue. Il me semble que j'étais danseuse.

— Bien. Vous rappelez-vous avoir dansé un ballet en particulier ? Une scène de théâtre ? Un nom de chorégraphe ?

— Non, mais j'ai des jambes de danseuse.

Merridew rougit encore. Dans son monde, une jeune fille comme il faut n'évoquait pas son anatomie aussi crûment, c'était *shocking*. Il en déduisit que son interlocutrice appartenait au milieu populaire. En fait de danse, elle se produisait probablement dans un « burlesque ». Il lui faudrait orienter les recherches dans cette direction, du moins s'il en avait le temps...

— Je vais vous photographier, annonça-t-il, c'est le meilleur moyen de retrouver vos proches. Nous disposons d'un panneau où nous punaisons les clichés des amnésiques, les familles à la recherche d'un des leurs viennent les consulter.

« Ainsi Libbie avait raison, pensa la jeune femme, je vais finir en *pin-up*... »

Merridew sortit de sa serviette un appareil équipé d'un flash dont il se servit pour aveugler la jeune femme.

Au moment où éclatait l'ampoule, l'inconnue éprouva un pincement désagréable à la poitrine. Son instinct lui souffla qu'elle venait de commettre une erreur. *Elle n'aurait pas dû se laisser photographier.*

« Tu avais eu la chance de rompre le fil, lui souffla une voix au fond de sa tête. Avec ce cliché, tu viens de fournir à ce qui court derrière toi l'occasion de te rattraper. »

*
* *

Elle prit l'habitude de faire des exercices d'assouplissement. Son corps lui obéissait avec une prodigieuse fluidité. En revanche, chaque fois qu'elle essayait d'esquisser un pas de danse, elle se figeait, incapable de se rappeler la moindre figure. Ses cuisses, ses pieds, n'avaient conservé aucun automatisme, il leur était impossible d'ébaucher un entrechat, même rudimentaire.

« Bizarre... » pensa-t-elle sans s'inquiéter outre mesure. Après tout, n'avait-elle pas oublié jusqu'aux raisons de la guerre qui faisait rage au-dehors ? Au vrai, elle n'osait avouer qu'elle ne savait même plus contre qui l'on se battait. Les mots *Angleterre*, *Allemagne*, n'éveillaient aucun écho dans sa mémoire.

Le concret, c'était la salle commune, avec son petit peuple gémissant, ses pansements sales, ses odeurs de corps mal lavés ou déjà pourrissants. Au-delà des murs de la crypte commençait le territoire où des monstres non identifiables grondaient dans les ténèbres. Parfois, la jeune femme se sentait dans la peau d'une héroïne de conte de fées : tapie au fond d'une grotte, elle écoutait grogner les ogres arpentant la forêt de ses cauchemars.

On ôta les fils de sa plaie. Elle était en parfaite forme physique et commençait à périr d'ennui. Pour tromper l'attente, elle entreprit d'aider Libbie dans son travail de fille de salle. Jordana Trent, l'infirmière major, accueillit favorablement cette initiative.

— C'est bien ma petite, lâcha-t-elle, tu te rends utile. Une paire de bras supplémentaire est toujours la bienvenue dans un hôpital.

— Il va falloir lui trouver un nom, intervint Libbie. On ne peut pas continuer à lui donner du « mademoiselle », ce n'est guère commode.

— Tu as raison, approuva l'infirmière. Que penses-tu de... d'Armony... Armony Sweetheart ?

(Elle s'inspirait en cela d'un roman sentimental larmoyant qu'elle dévorait pendant ses gardes de nuit, et dont l'héroïne se nommait ainsi.)

La jeune femme les observait sans rien dire. Il ne lui déplaisait pas d'être considérée comme un chaton qu'on s'apprête à baptiser d'un nom incongru.

— Armony, c'est trop long, intervint-elle, je préférerais Amy... *Amy Sweetheart*. Ça pourrait être celui d'une héroïne de conte de fées.

On lui donna une blouse blanche et une coiffe pour dissimuler sa crinière rouge par trop envahissante. Dès lors, elle s'appliqua à imiter Libbie et se déplaça de lit en lit pour passer les bassins, les pistolets, vider les déjections, changer les draps souillés. C'était un travail obscur, rebutant, mais qui avait le mérite de lui occuper l'esprit. Il fallait s'activer dans l'urgence, patauger dans le sang et les sanies. Comme elle ne rechignait pas à la tâche, les blessées s'entichèrent bientôt d'elle. Les jeunes gens surtout, qui, ignorant son nom, la surnommèrent entre eux « la fille aux cheveux rouges ».

Elle poussait le chariot du thé, s'asseyait au chevet des mourants pour leur tenir la main.

Au bout d'un moment, elle se demanda quelle part de comédie entrait dans sa conduite. Ne jouait-elle pas à se rendre indispensable pour retarder le moment où on la jetterait dehors ? « Aurais-je une mentalité calculatrice ? » se demanda-t-elle. Elle s'observait comme on épie une jeune recrue dans un corps de ballet, afin de déterminer si elle est douée et représentera bientôt une menace pour ses aînées.

La confusion qui régnait à l'annexe 3 joua en sa faveur. On s'habitua à sa présence, à son dévouement. Lorsque l'un des médecins s'étonna de la découvrir travestie en fille de salle, Jordana Trent répliqua sèchement : « Je ne puis pas me payer le luxe de refuser une bénévole, Docteur. Elle est efficace et d'une patience d'ange. Et puis les blessés aiment qu'un joli minois se penche au-dessus d'eux, ça leur remonte plus sûrement le moral qu'une piqûre de vitamine B12 ! »

Le soir, leur service terminé, Libbie et Amy se retiraient dans la lingerie, pour fumer une cigarette, assises sur les ballots de draps sales.

— C'est vrai que tu ne te rappelles rien ? s'étonnait Libbie. C'est bizarre que personne ne soit venu te réclamer. Une grosse vache comme moi, je comprendrais ça, mais une jolie fille dans ton genre, tu dois bien avoir un amoureux quelque part, non ?

D'abord hésitante, Amy lui exposa sa théorie du grand amour perdu, du jeune amant mort au combat.

L'apprentie-infirmière hocha la tête.

— Sûr qu'à ta place j'aurais pas envie de me rappeler ça, murmura-t-elle. Si ça se trouve, tu étais tellement malheureuse que tu as essayé de te suicider en sortant te promener pendant une alerte ? Qui sait ? Tu espérais peut-être qu'une bombe mettrait fin à ta souffrance. Si c'est ça, ton amnésie est une vraie bénédiction. Ne te presse pas de recouvrer la mémoire, tu pourrais le regretter.

Un peu plus tard, Libbie guida Amy Sweetheart à travers les couloirs obscurs de l'annexe jusqu'au hall où se trouvaient punaisées les photographies des blessés non identifiés. Sur un grand panneau de bois, des dizaines de clichés s'alignaient, agrémentés de descriptions sommaires. Amy chercha son image. Elle eut du mal à se reconnaître car la photo du sergent Merridew n'était guère fidèle.

« J'ai l'air d'une otarie éblouie, songea-t-elle. Personne ne pourra jamais m'identifier là-dessus. »

Elle en fut soulagée.

*
* *

Le sergent Ruppert Merridew était mécontent et vaguement inquiet. Son méchant uniforme pelucheux buvait le crachin londonien comme éponge, l'enveloppant d'une gangue d'humidité désagréable. Une fois de plus il regretta la perte de son imperméable qui avait brûlé dans un pub bombardé. Il aurait pu, certes, enfiler son Burberry personnel, mais cela aurait constitué une entorse au règlement militaire, et il ne pouvait s'y résoudre. L'énervement tachait de rouge ses pommettes imberbes. Sa mère l'avait encore appelé ce matin, au bureau, ignorant les recommandations dont il l'avait mille fois abreuvée. Le coup de fil avait bien sûr transité par trois téléphonistes subalternes, des *WAA*[1] qui s'empresseraient d'en faire des gorges chaudes. Pour les auxiliaires féminines à la bouche trop peinte, il n'était qu'un fils à sa maman planqué dans un service non combattant alors que des dizaines de braves garçons se faisaient tuer tous les jours aux commandes de leur *Hurricane* en affrontant les *Messerschmitt* aux ailes chargées de bombes venus pilonner Londres. Était-ce sa faute si ses deux frères, Peter et Henry, étaient morts alors, qu'apprentis pilotes, ils effectuaient un vol d'entraînement dans l'un de ces vieux *Blenheim* réservés aux débutants ? Ce n'était pas là une fin glorieuse, certes, mais leur mère, prompte à travestir la réalité, n'avait pas été longue à lui donner des allures d'épopée. Depuis, elle jetait sur son cadet un regard apitoyé, s'étonnant qu'il ne se soit pas encore illustré par quelque action d'éclat.

« C'est comme si elle me reprochait d'être en vie ! songea Ruppert Merridew avec rage. Qu'y puis-je si ma vue

_____

1. Auxiliaires féminines de l'armée.

22

n'est pas assez bonne pour m'ouvrir les portes de la R.A.F. ? »

Mais ce qui l'agaçait davantage c'était cette fille aux cheveux rouges, entrevue au *Saint Job's Infirmary*. Une amnésique. Une de plus ! Depuis le début des bombardements, pas un jour ne passait sans qu'on ne retirât des décombres un traumatisé en guenilles affirmant avoir perdu la mémoire.

— Soyez vigilant, mon petit, avait nasillé le lieutenant Cecil Deavon, son chef de service. Pas de compassion excessive. Il y a beaucoup de simulateurs parmi ces pseudo-amnésiques. Des déserteurs, par exemple. Ils se débarrassent de leur uniforme, se barbouillent de suie et vont s'enterrer dans les ruines à la fin du bombardement. Quand les gars de la *Home Guard* les récupèrent, ils prétendent avoir tout oublié. Cela leur permet de rester planqués dans un quelconque service neurologique pendant des semaines, voire des mois, et d'éviter d'être versés dans une unité combattante.

— C'est valable pour les hommes, avait admis Ruppert, mais en ce qui concerne les femmes...

Deavon tressaillit. Du pouce et de l'index il se mit à friser sa moustache. Ce tic, très « armée des Indes », horripilait Merridew. Deavon n'était jamais allé au feu, c'était un ancien flic de l'East End qui avait démarré au bas de l'échelle, à Clapham, affublé d'un casque de bobby. La guerre l'avait gonflé d'une importance dont il avait rêvé toute sa vie.

— Il faut se méfier des femmes, énonça Deavon. Plus que des hommes, peut-être. Certaines sont des espionnes appartenant à la 5e colonne. Un *U-Boot* les a débarquées de nuit sur l'une de nos côtes... ou bien on les a parachutées en rase campagne. Leur mission est d'infiltrer nos lignes, de repérer nos défenses, et d'en informer Berlin. Ne vous laissez pas attendrir, ce sont des tueuses redoutables. Dans leur cas, le statut d'amnésique est particulièrement commode. Quel mâle ne se laisserait attendrir par une belle fille perdue, sans identité, sans famille et sans défense, dans une ville en proie aux bombardements ? Formées aux stratégies d'infiltration, elles parviennent rapidement à se faire admettre dans nos rangs, elles s'appliquent à se rendre indispensables en faisant preuve de dévouement. Ce sont souvent de bonnes employées, des patriotes exemplaires. Pas plus tard que la semaine dernière, on a démasqué l'une d'entre elles, elle travaillait à la *Local Defense Volunteers*[1]. On l'avait installée dans une tour de guet avec mission de repérer les avions boches s'approchant de nos côtes ! Elle en profitait pour émettre des messages destinés à l'*Abwehr*[2]. La tour lui fournissait un formidable point d'émission !

Cette discussion avait mis Merridew mal à l'aise. Immédiatement, l'image de la fille aux cheveux rouges s'était mise à voleter dans son esprit. Il ne savait pourquoi, mais il y avait chez la jeune femme quelque chose d'étrange, d'indéfinissable, qui éveillait sa méfiance.

« Elle ne ressemble pas aux amnésiques habituels, songea-t-il. Pas assez traumatisée, pas assez désorientée. Et surtout, *surtout*, elle n'a pas l'air pressé de récupérer ses souvenirs. »

Oui, c'était là le point le plus inquiétant. Cette fille semblait s'installer dans son amnésie comme on enfile une robe de chambre avant de s'asseoir dans son fauteuil préféré pour fumer un cigare. *Elle s'y trouvait bien.*

Merridew avait passé la journée de la veille à arpenter le carrefour où l'on avait récupéré l'inconnue. Photographie à la main, il avait interrogé les passants, les boutiquiers, les patrons de *pub*. Personne ne l'avait reconnue. Cela aussi, c'était curieux. D'ordinaire, une aussi jolie fille ne passait pas inaperçue. Surtout avec cette crinière de boucles rouges...

« Manifestement elle n'était pas du quartier, récapitula-t-il. Bien sûr, elle a pu débarquer en ville quelques heures avant d'être prise sous le bombardement. Peut-

1. Défense Passive
2. Service de renseignement de l'armée de terre allemande

être venait-elle de la campagne ? L'embêtant, c'est qu'à Charing Cross, personne ne se souvient d'elle. »

Bien sûr, tout cela ne prouvait rien. Dans l'atmosphère de chaos qui régnait dans la cité, un éléphant aurait pu s'échapper du zoo et se promener au milieu de la fumée des incendies sans éveiller l'attention des Londoniens trop occupés à courir vers les abris.

Sous ses dehors d'étudiant trop sage, Ruppert Merridew cachait une volonté de fer, confinant à l'obsession. Depuis qu'il avait intégré l'armée, il manœuvrait selon un plan précis, secret. Il n'était pas question pour lui d'imiter ses frères en allant faire le zouave sur un terrain d'aviation, aux commandes d'un zinc d'entraînement pourri ! Il connaissait trop bien l'état de délabrement des escadrilles britanniques, les avions rafistolés en dépit du bon sens, l'apprentissage bâclé... À présent que cet hystérique de Churchill avait ramené de six à trois semaines l'instruction des pilotes novices, s'asseoir dans le cockpit d'un *Hurricane* relevait du suicide car l'apprentissage tuait plus d'aviateurs que les Boches ! Ruppert n'avait aucun goût pour la roulette russe. Il lui avait suffi de consulter la liste des pilotes morts à l'entraînement – avant même d'avoir pu tirer une seule rafale contre un avion allemand ! – pour comprendre qu'il devait suivre une autre voie. Celle du contre-espionnage, par exemple.

Certes, il n'était pas facile d'entrer à l'*Intelligence Service*, toutefois, s'il parvenait à mettre la main sur un espion, son dossier serait examiné avec bienveillance. Un espion, oui... ou une espionne.

Aussitôt, l'image de la fille aux cheveux rouges vint flotter sur sa rétine. À première vue, elle avait un physique d'Irlandaise, mais qu'est-ce que cela prouvait ? Plus il y réfléchissait, plus il inclinait à penser que la rouquine avait le profil adéquat.

La semaine précédente, il était allé prendre de ses nouvelles au *Saint Job's*. On lui avait dit qu'elle s'intégrait merveilleusement, s'appliquant à soulager la misère humaine au lieu de pleurnicher sur son lit, comme on aurait pu s'y attendre. Ruppert avait jugé cela suspect. Bien sûr, il ne détenait encore aucune preuve, mais cela viendrait, tôt ou tard, il suffisait de la tenir à l'œil. Elle commettrait une imprudence, une erreur... ils en commettaient tous.

« Ce jour-là, pensa-t-il, je serai derrière elle, prêt à lui mettre la main au collet. »

Il frissonna dans son uniforme trempé de pluie et pressa le pas. Il lui sembla qu'au travers de sa poche, la photo de l'inconnue lui brûlait la peau.

*
* *

Deux nuits de suite Amy Sweetheart fit le même rêve. Elle entendait crépiter des flammes tout près de son oreille tandis qu'une odeur de suie lui emplissait les narines. Elle s'éveillait alors pour s'apercevoir que la maison était en feu. Il ne s'agissait pas de l'hôpital, non, mais d'une grosse maison de brique rouge... une gentilhommière. Un château peut-être. Un de ces manoirs en brique, insolites, comme on en trouve çà et là dans la campagne anglaise. Quoi qu'il en soit, la bâtisse ronflait comme un bûcher. Amy courait à la périphérie de l'incendie, impuissante, ne sachant que faire. À travers les flammes, elle distinguait des formes humaines se tordant dans les affres de l'agonie. Tout à coup, une voix s'élevait dans la nuit... une voix d'enfant, affreusement triste, et qui disait :

« Pourquoi... pourquoi m'as-tu abandonnée ? »

Ensuite, Amy se retrouvait seule, nue et grelottante au centre d'une lande parsemée de briques éparses. Elle savait qu'il s'agissait des décombres du château, et que sa mission consistait à les ramasser, une à une, pour reconstruire l'édifice pulvérisé. Un travail de titan qu'elle ne savait par où commencer. Il y avait tant de briques...

Deux fois, elle s'éveilla en haletant, le cœur fou, et se dressa sur le lit de camp qu'elle occupait dans la lingerie au milieu des ballots de draps sales. Son instinct lui soufflait que le rêve essayait de lui transmettre un message important, un message qu'elle aurait intérêt à déchiffrer avant qu'il ne soit trop tard. Elle s'aperçut qu'elle avait peur. Pour la première fois depuis son entrée au *Saint Job's*, elle ne s'y sentait plus en sécurité.

Incapable de se rendormir, elle passa sa blouse blanche et sortit dans le couloir. Les infirmières de nuit avaient pris l'habitude de la voir déambuler et la laissaient libre de ses mouvements. Amy respirait avec difficulté ; elle éprouva soudain le besoin de sortir du bâtiment. C'était nouveau. Jusque-là, elle n'avait jamais nourri aucune curiosité pour l'extérieur.

Ses pas la conduisirent dans le hall, là où se dressait le panneau d'affichage surchargé de photographies. Instinctivement, elle chercha la sienne. En vain. Le cliché avait disparu. *Quelqu'un l'avait arraché...* Son absence dessinait une tache rectangulaire dans la masse des épreuves punaisées bord à bord.

Elle s'immobilisa interdite. Ça n'avait pas de sens. On ne touchait jamais aux clichés, du moins tant que personne n'avait identifié celui qui y figurait. Alors pourquoi s'en était-on pris à son image ?

« C'est comme si quelqu'un ne voulait pas qu'on me retrouve, songea-t-elle. Qu'on me retrouve... ou qu'on me reconnaisse. »

Brusquement, elle eut l'impression qu'on l'observait et regarda par-dessus son épaule. Hélas, il régnait une telle obscurité à l'intérieur de la bâtisse qu'il aurait été vain d'espérer y surprendre un suiveur.

Frissonnante, elle retourna se coucher.

*
* *

Le lendemain, le médecin chef lui posa les mêmes sempiternelles questions. Elle lui répondit comme à l'accoutumée. Non, elle ne se souvenait de rien. Rien de rien. Ce n'était pas tout à fait vrai, mais elle ne tenait pas à parler de ses rêves, de la voix d'enfant triste ni du château brûlant dans la nuit.

— Ma pauvre petite, conclut le vieillard, je me vois forcé de vous placer dans la section des lunatiques. Je ne peux pas vous laisser aller à votre guise dans cet établissement. Votre état pourrait dégénérer, occasionner des crises nerveuses, des hallucinations au cours desquelles vous seriez capable d'un geste irréparable. Au service neurologique on s'occupera de vous, ici, nous pataugeons dans la boucherie, vous avez pu vous en rendre compte. Des cas comme le vôtre nécessitent un environnement plus serein.

« Comme une cellule capitonnée ? » faillit rétorquer Amy, mais elle s'abstint à la dernière seconde.

*
* *

On lui fit passer d'autres examens. Un jeune médecin à moustache rousse la palpa, lui fit exécuter des flexions.

— Vous êtes incroyablement souple, constata-t-il, la musculature de vos jambes est très tonique, comme si vous aviez exercé une activité sportive de niveau professionnel. J'ai déjà observé cette sorte de complexion chez les gymnastes, les danseuses. Les déformations et les cals que vous présentez au niveau des orteils confirment ce diagnostic.

— C'est aussi ce que je pense, murmura Amy, mais comment expliquer, dans ce cas, que je ne me rappelle aucun entrechat, aucune figure ?

Le docteur haussa les épaules.

— Vous avez été blessée à la tête, soupira-t-il. Vos souvenirs ont été détruits, mais également une partie de ce qu'on vous a enseigné. J'ai ici, des pilotes émérites, des as de la chasse, qui ont oublié comment vole un avion. Si on les installait dans un cockpit, ils ne sauraient sur quel bouton appuyer. Ça ne s'explique pas, c'est ainsi. Le cerveau est un domaine mystérieux dont on ignore encore le fonctionnement.

— J'étais peut-être une grande danseuse, rêva Amy. Et j'ai perdu tout ce que j'avais appris... des années d'apprentissage...

— Possible, fit le médecin. Je ne puis garantir que vous récupérerez ce qui a été effacé, toutefois ne vous contemplez pas trop le nombril, *vous êtes entière*, beaucoup n'ont pas eu cette chance. Si on vous donnait le choix, que préféreriez-vous avoir perdu : la mémoire ou vos jambes ?

Cette saillie mit fin à l'entretien. Amy comprit qu'il aurait été malséant d'insister. On n'avait que faire de ses états d'âme alors qu'au loin résonnait le bruit des scies d'amputation débitant tibias, humérus et péronés.

Le lendemain, Libbie Cogan l'accompagna au service des lunatiques qui occupait l'aile la plus vétuste de l'annexe.

— Ne te laisse pas impressionner, lui souffla-t-elle. La plupart sont dingos mais pas méchants. Ils gambadent en liberté parce qu'on manque de personnel pour les encadrer. On les assomme au laudanum, comme au XIXe siècle. Si tu ne veux pas t'assoupir, évite de prendre tes médicaments. J'irai te voir aussi souvent que possible. Si, dans les semaines qui viennent, personne ne s'est présenté pour te récupérer, j'essayerai d'obtenir ta garde. Tu pourras t'installer chez moi, ce n'est pas luxueux, mais c'est moins déprimant qu'ici.

Amy fut touchée par cette proposition. Après tout, rien ne la liait à l'apprentie-infirmière, si ce n'est la fascination qu'elle exerçait sur cette dernière. Hélas, très vite, ce sentiment de reconnaissance fut battu en brèche par un instinct calculateur qui lui souffla, d'une déplaisante petite voix : « Parfait. Tu as bien manœuvré, petite fille. » Amy en éprouva un réel malaise, comme si elle venait de découvrir sur sa joue une verrue poussée au cours de la nuit. « Serai-je manipulatrice ? se demanda-t-elle. Avais-je, avant de perdre la mémoire, l'habitude d'utiliser les gens au mieux de mes intérêts ? »

Elle en conçut un vif dégoût pour elle-même.

« Une danseuse, récapitula-t-elle, égoïste, habituée à être admirée, entourée d'une petite cour d'esclaves béates. Capricieuse sans doute... »

Toutefois, en y prêtant davantage attention, il lui sembla que les mots *Bien manœuvré, petite fille* avaient été prononcés par une voix masculine. Une voix chargée d'un accent indéfinissable. Autoritaire. La voix d'un maître de ballet, peut-être ? D'un chorégraphe ?

« J'étais sa danseuse étoile, supposa-t-elle. Il m'avait tout appris, c'était mon mentor. Aujourd'hui, s'il se présentait au parloir, il serait horriblement déçu de découvrir que j'ai oublié son enseignement. Je ne suis plus qu'un sac vide, un corps cambriolé. Il me reste les muscles, la souplesse, mais tout mon savoir-faire m'a été dérobé. »

Cette idée l'obsédait. Si elle avait réussi à surmonter l'hypothèse de l'amoureux défunt, et à voir dans l'amnésie le seul remède à un chagrin qui l'aurait détruite, il n'en allait pas de même en ce qui concernait son art. C'était une chose de ne plus souffrir, c'en était une autre d'avoir perdu le fruit de plusieurs années d'efforts.

Elle essaya d'en parler à Libbie, mais la grosse fille se montra peu sensible à cette histoire de ballerine dépossédée de son talent, elle lui préférait de loin celle du jeune et beau pilote mort aux commandes de son *Spitfire* au-dessus de Douvres, alors qu'il repoussait à lui seul une pleine escadrille de *Stukas*.

— As-tu pensé que tu t'étais probablement donnée à lui avant qu'il parte en mission ? rêvait-elle. La plupart des filles le font. C'est impossible de dire non à un garçon qui va peut-être mourir à son premier vol. En tout cas, moi je ne pourrais pas. Je considère ça comme un devoir sacré, pour nous, les femmes. Nous devons apporter un peu de réconfort à ces jeunes gars qui partent au combat. Tu sais que la plupart sont puceaux ? Ces fils de bonne famille qui sortent des grandes écoles n'ont jamais eu le temps de jeter leur gourme, ce sont des petits garçons coincés dans un corps d'homme. Quelque part, c'est attendrissant, non ?

Le problème la passionnait, sûrement parce qu'aucun soldat, jamais, ne lui avait donné l'occasion de se sacrifier comme elle l'aurait souhaité.

— Oui, insistait-elle chaque fois qu'elle abordait le sujet. Je pense que tu étais sa maîtresse, une fille aussi jolie que toi ne peut pas entretenir de relations platoniques avec un mec. Si ça se trouve, vous avez fait l'amour pour la première fois juste avant qu'il parte rejoindre son escadrille. Le taux de perte est très élevé chez les aviateurs. On dit qu'il est de deux sur trois. As-tu envisagé que tu pourrais être enceinte ?

Amy l'écoutait sans l'interrompre et sans rien éprouver. Le scénario de Libbie n'éveillait aucun écho dans sa chair.

— Sois vigilante, décréta la grosse fille. Si tu n'as pas tes règles, il ne faudra pas t'étonner... Ce serait tout de même un drôle de truc, non ? Avoir un enfant d'un homme dont on ignore jusqu'au visage ! À ta place, ça me donnerait l'impression d'avoir été engrossée par un fantôme. Bon sang ! ça me flanque la chair de poule rien que d'y penser !

*
* *

Amy fut accueillie au service des lunatiques par une infirmière âgée, la nurse Wilcott, dont l'expression revêche semblait avoir été prélevée sur le visage d'une nonne confite en macérations. D'ailleurs les lieux, avec leurs cryptes, leurs colonnes, leurs hautes fenêtres aux vitres barbouillées de bleu, évoquaient davantage un couvent qu'un service de neurologie.

Libbie s'isola avec la nurse pour lui exposer avec force chuchotements le cas d'Amy (cette malheureuse dont le jeune amant s'était désintégré dans le ciel d'Angleterre, cette pauvre enfant enceinte d'un mort dont elle ignorait l'identité... etc., etc.)

« Pourvu qu'elle n'en fasse pas trop... » songea l'intéressée en s'asseyant sur le lit qu'on lui avait attribué.

Dix minutes plus tard, elle faisait connaissance avec sa voisine de table de chevet, une femme maigre et chevaline, aux yeux d'un bleu délavé.

— Je suis Maggie Brentcastle, déclara celle-ci en rectifiant son chignon d'un geste nerveux. J'étais institutrice avant... avant la saison des orages.

Amy haussa les sourcils. Maggie Brentcastle portait, attachée entre les omoplates, une tige de fer haute d'un bon mètre cinquante. Une grosse ceinture, dont la boucle lui meurtrissait le sternum, maintenait cette hallebarde en place, l'empêchant de tomber.

— Oh... fit l'ancienne maîtresse d'école en surprenant le regard éberlué de l'amnésique, c'est un paratonnerre. Je ne m'en sépare jamais. Cela m'a sauvé la vie lorsque la foudre s'est abattue sur ma maison. Vous devriez en porter un ; cette année, la saison des orages est particulièrement meurtrière.

Nurse Wilcott interrompit la conversation sous le prétexte d'emmener Amy chercher ses draps. Lorsqu'elles eurent quitté la salle commune, elle déclara :

— Si vous voulez éviter les querelles je vous conseille de ne point vous étonner des bizarreries de votre voisine de lit. Cette pauvre Maggie a perdu ses trois enfants dans le bombardement de son cottage. Depuis, elle fait comme si la guerre n'existait pas. Elle vous expliquera que la déflagration des bombes qui pleuvent sur Londres n'est que le roulement du tonnerre, la lueur des incendies celle de la foudre, et qu'il est facile de se protéger de ces calamités en conservant un paratonnerre à portée de la main. Dans son esprit, nous traversons « la saison des orages », un point c'est tout. Ne la contrariez pas, ou elle vous arrachera les yeux. C'est une malheureuse. Ne touchez jamais à la tige de fer qu'elle promène partout, elle serait capable de vous fendre le crâne. Ce n'est pas compliqué, il suffit de jouer le jeu. Si vous mettez la pagaille dans mon service, je serai forcée de vous isoler, ce qui signifie camisole de force et chambre capitonnée. Libbie s'est portée garante pour vous, mais Libbie est plus stupide qu'une oie, aussi ne vous faites pas d'illusions, je vous aurai à l'œil.

Cet avertissement laissa Amy de glace.

« Curieux, songea-t-elle. On dirait que je ne suis guère impressionnable. C'est comme si j'avais connu des situations autrement angoissantes. Peut-être, en tant que ballerine, suis-je habituée au trac ? »

*
* *

Pendant deux jours, Amy joua les pensionnaires dociles. Dès que meuglait la sirène annonçant l'imminence d'un bombardement, la nurse Wilcott procédait à une distribution générale de laudanum. C'était pour elle la seule façon de juguler la nervosité des lunatiques dont l'angoisse, communicative, courait de lit en lit tel le crépitement d'un court-circuit le long d'un fil électrique. Amy faisait semblant de boire puis de sombrer dans l'apathie, mais certaines patientes, telle Maggie Brentcastle, se mettaient à hurler comme des louves un soir de lune pleine, installant dans la salle un climat de jardin zoologique.

— L'orage ! criait-elle. L'orage, il approche !

Et elle se cramponnait à la tige de fer coincée dans sa ceinture.

Le roulement des explosions traversait les murs pour s'épanouir sous la voûte, faisant trembler la verrerie médicale alignée sur les étagères. Il n'était pas rare que des morceaux de plâtre se détachent du plafond et s'abattent sur les lits.

— Les orages, répétait mécaniquement Maggie. Les orages d'été...

Et ses phalanges blanchissaient sur la barre d'acier.

Agenouillée dans son bureau, la nurse Wilcott priait, les yeux clos, tandis que la poussière de plâtre recouvrait son visage d'un maquillage blafard.

« Ce n'est rien, se répétait Amy, j'ai connu pire. Il suffit de serrer les dents, ça va passer. »

Elle ne savait d'où lui venait cette conviction. En quoi sa formation de ballerine l'avait-elle préparée à affronter un tel chaos ? Elle n'en avait aucune idée. La vie au sein des corps de ballet était-elle si âpre ?

Quand les sirènes se mettaient à meugler, la nurse Wilcott ne les faisait jamais descendre aux abris, contrairement à ce qui se passait dans les autres services.

— Comment les surveillerais-je ? s'était-elle plainte un jour à l'un des médecins. Je suis toute seule pour diriger cette ménagerie. C'est un vrai dépotoir, on m'expédie tous les cinglés de l'hôpital et bonsoir ! Que la mère Wilcott se débrouille comme elle pourra... C'est un peu facile, non ? Une nuit, l'un de ces détraqués m'égorgera pendant mon sommeil, mais vous vous en fichez, n'est-ce pas ? S'il ne tenait qu'à moi, on les expédierait tous à Bedlam[1], et l'on n'en parlerait plus.

À la fin de la première semaine d'observation, Wilcott, estima que sa nouvelle pensionnaire avait un comportement à peu près normal et lui demanda de la seconder dans les travaux courants. Encore une fois, Amy se vit promue fille de salle. Elle ne s'en plaignit pas car ce statut l'autorisait à suivre la nurse dans ses déplacements, et donc à sortir du quartier des femmes.

— Ne restez jamais seule dans la section des hommes, lui conseilla l'infirmière. Ils ont beau avoir perdu la tête, avoir oublié leur nom, leur famille, leur métier, ils se souviennent toujours d'une chose : qu'ils ont un sexe entre les jambes. Ça, ils se le rappellent trop bien. Pas la peine de leur expliquer à quoi ça sert !

Les âges des patients s'échelonnaient de 18 à 70 ans. La plupart étaient des civils victimes des bombardements. Certains souffraient de blessures à la tête,

---

1. Célèbre « asile de fous » anglais au sujet duquel, au XIXᵉ siècle, couraient les rumeurs les plus sinistres.

d'autres avaient été traumatisés par les bombardements. Beaucoup paraissaient frappés d'une stupeur
insurmontable ; ils restaient tout le jour prostrés sur
leur lit ou ratatinés sur une chaise, les yeux dans le
vague.

— Celui-ci était pilote, expliqua la nurse Wilcott en
désignant un jeune homme dont le crâne rasé s'ornait
d'une cicatrice cruciforme. Lorsque son appareil a été
abattu, il a sauté en parachute, mais le vent l'a déporté
au-dessus de Londres et il a heurté de plein fouet la
flèche d'une église. Il devrait normalement se trouver
dans un hôpital militaire, mais son unité semble l'avoir
oublié. À moins que sa famille ne soit intervenue pour
qu'on le garde éloigné du théâtre des opérations. C'est
le fils d'un notable fort influent à ce qu'il paraît. Ici,
nous ne le connaissons que sous son prénom, Hugo.
Depuis qu'on l'a trépané, il est doux comme un mouton.
Vous pourrez vous occuper de lui. Essayez de le distraire, il a tendance à sombrer dans la neurasthénie, un
joli minois comme le vôtre devrait l'égayer.

Amy examina le blessé. Vêtu d'un pyjama trop grand,
il avait l'air d'un petit garçon qui aurait enfilé les vêtements de son père. Le visage était agréable, point trop
chevalin, comme c'est hélas souvent le cas chez la plupart des Anglais et...

« Tiens... comme c'est curieux, réalisa soudain la
jeune femme. Je viens de penser *les Anglais* comme si
j'étais d'une autre nationalité. L'espace d'une seconde
j'ai eu l'impression de ne pas être des leurs. »

Elle s'immobilisa, troublée. Pourtant elle parlait parfaitement anglais et jamais ceux qu'elle côtoyait depuis
son réveil n'avaient émis le moindre doute quant à ses
origines.

« Peut-être suis-je Irlandaise, se dit-elle pour se rassurer, dans ce cas il serait naturel que je dise *les Anglais*
en parlant des Londoniens... »

Elle s'accrocha à ce raisonnement avec une obstination qui ne tarda pas à lui paraître suspecte. Pourquoi
tenait-elle à ce point à être Anglaise ?

« On dirait que j'ai peur, constata-t-elle. Mais de quoi ? »

Elle chassa ce souci d'un mouvement de tête, faisant onduler la masse flamboyante de sa chevelure aux reflets de feu. Hugo leva le nez. S'il n'avait pas eu le crâne rasé, il aurait été presque beau. Elle s'aperçut qu'il jouait avec un modèle réduit d'avion ; ou plutôt qu'il s'appliquait à construire un minuscule *Spitfire* à partir de débris de balsa récupérés sur un cageot à légumes.

Il procédait avec des gestes d'une extrême précision, digne d'un horloger. Les lunatiques n'étant pas autorisés à posséder un canif, il utilisait un éclat de boîte de sardines pour découper ses pièces.

— C'est à cause du voile noir, expliqua-t-il tout de suite à Amy. Je suis tombé à cause du voile noir.

— De quoi s'agit-il ? s'enquit la jeune femme, s'attendant à une affabulation des plus fantaisiste.

— Ça se produit quand l'avion est en piqué et qu'on essaye de le redresser, dit doucement Hugo. Le sang se retire alors du cerveau et on devient aveugle[1]. Le voile noir est l'ennemi numéro un du pilote ; lorsqu'il vous tombe dessus, on est complètement vulnérable ; un zinc boche peut sortir d'un nuage et vous mitrailler, un obstacle surgir du brouillard, on n'en sait rien parce que vos yeux sont remplis de ténèbres. Vous imaginez ça ? Un aveugle aux commandes d'une machine qui vole à 500 km/h ?

Il fit une pause, tritura son modèle réduit, puis souffla d'une voix de garçonnet pris en faute :

— Je suis un bon pilote, mais on ne peut rien contre le voile noir. C'est une malédiction. Depuis que j'ai été abattu j'en souffre tout le temps, dès que je marche un peu plus vite que d'habitude il me tombe dessus, ici, au détour des couloirs... Je deviens brusquement aveugle et je me cogne aux murs. Vous êtes là pour m'aider,

---

1. Exact.

c'est ça ? Vous me guiderez quand le voile noir m'obscurcira la vue ?

— Bien sûr, assura Amy. Je vous prendrai par le bras et je vous mènerai jusqu'à la piste d'atterrissage la plus proche. Ça ira ?

— Ouais, s'extasia Hugo. Vous êtes une chouette fille, vous.

*
* *

Deux fois par semaine un curieux personnage leur rendait visite. Une sorte de répétiteur qui tenait tout à la fois du pion et du pasteur. Vêtu de hardes, un parapluie coincé sous le bras, il ne se séparait jamais de son chapeau melon verdi par les ans.

— Je suis là pour vous guider dans le brouillard, déclamait-il de cette voix qu'adoptent les orateurs de jardin public. Ce brouillard qui emplit vos pauvres têtes. Considérez-moi comme un phare, une lueur qui palpite dans les ténèbres. Suivez ce lumignon et il vous mènera à bon port. Je me nomme Albrecht Wasparnus, je vais vous expliquer le monde.

En fait, la tâche d'Albrecht consistait à préparer leur retour à la vie civile. Il leur parlait de la guerre, leur exposait les raisons du conflit, multipliait les conseils de survie.

— Il est probable qu'on vous déménagera à l'arrière, disait-il. Les bombardements prennent pour cible les villes industrielles, mais dans les campagnes la vie est paisible, et on y a le plus grand mal à imaginer que l'Angleterre est en guerre.

À ces mots, Maggie Brentcastle haussait les épaules.

— Je n'ai jamais rien entendu de plus stupide ! s'exclamait-elle, il n'y a pas de guerre, seulement des orages. Si l'on évite de s'abriter sous un arbre et si l'on dispose d'un bon paratonnerre, on ne risque rien.

— Je pense que vous serez évacués vers une ferme-hôpital, continuait Albrecht sans tenir compte de l'interruption. La vie aux champs vous fera le plus grand bien, et vous pourrez vous rendre utiles. Vous comprenez que tout le monde doit participer à l'effort de guerre. Personne ne peut demeurer en retrait. Une contribution vous sera demandée, je vous supplie d'y souscrire sans regimber.

Entre deux leçons de morale, Amy accompagnait Hugo au long des corridors. Le pilote avançait à petit pas. Les tournants étaient sa hantise, dès qu'il devait négocier un virage, il prétendait que le voile noir l'aveuglait et il se cramponnait à la jeune femme, lui rentrant les ongles dans la chair du bras.

Albrecht revint. Cette fois il apportait avec lui de curieux livrets remplis de silhouettes d'oiseaux d'un noir sinistre. En se penchant sur le fascicule, Amy comprit son erreur ; il s'agissait d'avions allemands vus d'en dessous et de profil. Des avions noirs, barbouillés de ténèbres, comme si, au fil des raids nocturnes, la nuit avait fini par déteindre sur leur fuselage.

— Vous allez apprendre à les reconnaître, au premier coup d'œil, expliqua Albrecht. À les différencier des appareils britanniques. Cela doit devenir chez vous une seconde nature, un réflexe. Ensuite, on vous installera dans le clocher de l'hôpital, et vous scruterez le ciel au moyen de puissantes jumelles. Votre rôle sera de donner l'alarme si vous repériez un appareil ennemi. La *Home Guard* manque de bons guetteurs. On a pensé que vous pourriez ainsi contribuer à la sauvegarde du *Saint Job's*, tout diminués que vous êtes... Au cours des jours qui viennent, nous allons apprendre à identifier les silhouettes. Je vous attribuerai des notes. Ceux qui réussiront l'examen deviendront des guetteurs.

Au début, la chose parut amusante. Albrecht exhibait à bout de bras des cartons sur lesquels se trouvaient peintes les sombres figures des appareils ennemis. Bizarrement, sans même avoir pris la peine d'étudier le fascicule, Amy s'aperçut qu'elle était capable de mettre un nom sur chaque dessin en l'espace d'une fraction de seconde.

Heinkel 111, Junkers 87, Dornier 17, Messerschmitt 109 ou *110*... elle les reconnaissait tous. Leurs noms explosaient dans son esprit telles de minuscules bulles de savon. Sans les avoir jamais vus, elle savait tout d'eux, elle connaissait la moindre ligne de leur fuselage, la découpe du nez et des hélices, l'inclinaison des ailes.

« Comment une ballerine peut-elle savoir ce genre de chose ? se demanda-t-elle avec une pointe d'inquiétude. J'ai oublié tous mes pas de danse, mais je me rappelle jusqu'au plus petit détail de ces stupides avions ! »

Troublée, elle feignit de se tromper car elle avait soudain peur de passer pour une bonne élève... une *trop* bonne élève.

« Allons, se dit-elle, j'ai sûrement appris ces trucs avec mon fiancé. S'il était pilote, il devait passer son temps à me bassiner avec ses fichus zincs. Les garçons sont dingues de ce genre de trucs. Probable qu'il ne savait pas parler d'autre chose... »

Oui, ce devait être ça. Elle ne voyait aucune autre explication. Les filles de son âge ne s'intéressaient pas aux avions. Aux aviateurs, oui, pas aux avions.

Contrairement à ce qu'on aurait pu croire, Hugo s'en tira avec une note moyenne, mais il est vrai qu'il avait passé le test les yeux à moitié fermés, prétendant que la seule vue des appareils lui donnait le voile noir.

Maggie Brentcastle, elle, s'entêta à répéter qu'il ne s'agissait pas d'avions mais d'oiseaux migrateurs fuyant les orages d'été. S'ils étaient noirs, c'est parce que la foudre, en les frôlant, avait carbonisé leurs plumes.

— Des cigognes, marmonnait-elle. De grandes cigognes qui empestent le duvet grillé...

— Bien, conclut Albrecht, Amy a obtenu la meilleure note, Hugo et Maggie occupent les deuxième et troisième places. Les autres...

Il se tut, les autres s'étaient caché la tête sous un drap ou avaient fixé les dessins sans les voir, ce qui avait porté un coup fatal à leur moyenne.

— Je veux bien monter sur le toit pour identifier les oiseaux, fit Maggie du bout des lèvres, quoique je ne comprenne toujours pas pourquoi on a affublé ces cigognes de noms aussi absurdes.

Ce fut un soulagement pour Amy de voir enfin apparaître la figure joufflue de Libbie dans l'entrebâillement d'une porte.

— Désolée, s'excusa la grosse fille, pas pu venir plus tôt. Trop de boulot. Les derniers bombardements ont fait des centaines de blessés. On ne sait plus où les mettre. C'est bien d'avoir réussi le test des *Watchers*, si tu donnes satisfaction, tu obtiendras une carte d'identité temporaire qui te permettra de sortir d'ici. Ne fais pas de connerie surtout, je me suis portée garante. Une fois dehors, je serai ta tutrice.

— Personne ne m'a réclamée ? s'enquit Amy, en réalisant qu'elle parlait d'elle-même comme d'un parapluie trouvé dans le métro.

— Non, marmonna Libbie en baissant les yeux. C'est bizarre, on a encore arraché ta photo sur le tableau d'affichage. C'est la deuxième fois que ça se produit. Ça doit être un type à qui tu as tapé dans l'œil...

Amy feignit de prendre la chose à la légère, mais elle ne put ignorer le pincement qui lui vrilla l'estomac. Qui s'acharnait ainsi à la maintenir dans l'anonymat ? Quelqu'un avait-il intérêt à ce qu'elle ne ressorte jamais de *Saint Job's* ? Elle n'était pas loin de le croire.

Dans le réduit au linge sale Libbie fit du thé, exhiba des barres de *Babe Ruth* [1] offertes par un Américain, et sortit le traditionnel paquet de cigarettes de dessous sa blouse. Amy s'installa ; elle avait appris à apprécier ces moments d'intimité. Il lui semblait alors que la masse de l'hôpital se faisait moins obscure, moins chargée de mystère. Un instinct dont elle s'étonnait encore lui soufflait qu'au sein du dédale des salles et des corridors quelqu'un conspirait à sa perte. C'était absurde, bien sûr, qui aurait pu en vouloir à une ballerine amnésique, pas même fichue de se rappeler trois pas de danse ?

---

1. Chocolat fourré.

Lorsqu'elle réussissait à endormir ses craintes, elle jouait à se laisser prendre aux naïfs projets de Libbie. Elle essayait d'imaginer sa vie dehors, la chambre partagée, son existence avec cette inconnue qui paraissait résolue à se consacrer à elle avec une dévotion de servante.

C'est bien, lui souffla encore une fois la voix d'homme au fond de sa tête. *Utilise-la comme on t'a entraînée à le faire. Il faut apprendre à survivre sur le terrain en se servant des autochtones.*

Elle fut choquée de se découvrir capable de tenir de tels raisonnements. Qui l'avait ainsi « dressée », et dans quel but ?

Le lendemain, la nurse Wilcott les mena par un escalier tortueux au sommet de la tour de guet. La dernière porte poussée, on débouchait sur une plate-forme dominant les toits d'ardoise au parfum âcre. Amy retint son souffle tandis que les pigeons surpris s'égaillaient, la giflant de la pointe de l'aile. *Saint Job's Infirmary* s'étalait autour d'elle en une multitude de coupoles désuètes flanquées de statues décapitées par le souffle des explosions. Plus loin, c'était Londres... avec ses ruines, tantôt grises, tantôt noires, parfois fumantes.

Amy s'approcha de la barrière ceinturant la plate-forme, les planches grincèrent. Les bombardements avaient creusé des tonsures dans le tissu urbain, le brouillard fleurait la suie. Des charpentes incendiées montait un parfum de feu de bois, agréable, incongru.

Il faisait froid. La nurse ouvrit la porte de la guérite plantée au centre du poste de guet. Un petit poêle à paraffine se cachait là, soutenant une bouilloire et un nécessaire à thé. Des cirés de la *Navy* pendaient à un clou.

— Voilà les jumelles, déclara-t-elle. Prenez-en soin, c'est du matériel militaire. Si vous les abîmez, on vous accusera de sabotage. Dans cette boîte, se trouve le téléphone intérieur. En cas d'alerte, tournez la manivelle pour établir le contact avec le planton du rez-de-chaussée, c'est lui qui déclenchera l'alerte générale.

Elle disait cela du bout des lèvres, comme si, en son for intérieur, elle émettait les plus grandes réserves quant aux capacités d'observation des éléments sélectionnés par Albrecht. Amy n'en fut pas affectée. Elle comprit, une fois de plus, qu'elle s'estimait différente de ceux qui l'entouraient ; hors du cercle... *d'une autre horde*... Leur avis n'avait aucune valeur à ses yeux, leurs sentiments non plus... Elle n'était pas des leurs et ne le serait jamais. C'était une conviction obscure, incompréhensible, mais bien ancrée en elle.

Avec un haussement d'épaules, Wilcott les abandonna sur la plate-forme. Amy s'empara des jumelles. Les lentilles, très puissantes, avaient été conçues pour les observations à longue distance. Il aurait été vain de les utiliser pour lorgner la fenêtre d'un voisin, de l'autre côté de la rue. Elle n'en fut pas surprise, comme si, dans une autre vie, elle avait déjà manipulé ce type de matériel. Pour se donner une contenance, elle scruta le ciel.

Maggie entra dans la guérite et entreprit de faire du thé ; Hugo s'assit au bord de la plate-forme, les jambes dans le vide, pour continuer son travail de modélisme.

Tout en travaillant du couteau, il monologuait, à la manière d'un gamin s'adressant à un compagnon imaginaire. Amy finit par comprendre qu'il s'adressait au petit avion de balsa.

— Tu vas t'envoler, lui disait-il, tu décriras un cercle, puis tu reviendras ici, pour te poser dans ma paume. Ne va pas trop loin pour une première fois, tu n'as pas encore assez d'endurance...

Soudain, avant que la jeune femme ait eu le temps de l'en empêcher, Hugo se releva, et, d'un mouvement du bras, projeta le modèle réduit dans le vide. Le jouet, porté par le vent, plana l'espace de trois secondes avant de piquer du nez et de tomber sur une corniche, à vingt mètres de la plate-forme d'observation.

Aussitôt le visage du garçon se crispa, ses mains se mirent à trembler tandis qu'un ululement plaintif s'échappait de ses lèvres.

— Il revient pas ! gémit-il, il veut pas revenir...

Sentant venir la crise nerveuse, Amy posa la main sur l'épaule du jeune homme.

— Calme-toi, souffla-t-elle, je vais aller le chercher. Reste tranquille. Je te le rapporte tout de suite.

Elle ignorait quel démon venait de la pousser à faire cette promesse. L'avion de balsa se trouvait échoué à l'angle d'un mur, au bout d'une corniche qui faisait le tour du bâtiment, et dont la largeur n'excédait pas quinze centimètres. Seul un chat de gouttière aurait pu relever un tel défi... et à condition de ne pas être déséquilibré par le vent !

Abandonnant bouilloire et théière, Maggie s'interposa.

— Amy ! clama-t-elle, vous n'y pensez pas ? Vous n'êtes pas un oiseau... Six étages nous séparent du sol, si vous tombez...

Mais, déjà, la jeune femme avait enjambé la balustrade. Sans hésiter elle posa le pied sur l'étroit chemin de pierre et commença à se déplacer le dos contre la muraille. Elle n'avait pas peur, ses pieds – qui avaient pourtant tout oublié des pas de danse laborieusement appris – semblaient savoir ce qu'elle attendait d'eux.

« On dirait qu'ils ont fait ça toute leur vie... » songeat-elle, cédant à une étrange exaltation. Elle n'avait pas le vertige, elle se sentait bien... *chez elle*... comme si elle avait été chatte de gouttière dans une vie antérieure. Elle trouvait enivrant de se promener à six étages au-dessus du sol avec la certitude de ne courir aucun risque.

« Je sais que je ne tomberai pas, constata-t-elle. C'est comme un instinct. Il me semble que je pourrais faire ça les yeux bandés. »

Brusquement, elle eut une illumination : « Mais oui ! se dit-elle. Je me suis trompée depuis le début. Je n'étais pas ballerine... *j'étais danseuse de corde !* »

Parvenue au bout de la corniche, elle plia les genoux, tâtonna pour récupérer l'avion, et revint sur ses pas. Quand elle regagna la plate-forme, elle était en sueur et ses genoux tremblaient. Elle ne comprit pas un traître mot de ce que lui dirent Maggie et Hugo. On lui sauta au cou, on l'embrassa, mais elle n'y prêta pas attention.

« Danseuse de corde... se répétait-elle. Ou acrobate... Aurais-je travaillé dans un cirque ? »

*
* *

Le lendemain matin, un camion militaire s'arrêta devant l'hôpital pour livrer plusieurs caisses de masques à gaz. L'*Intelligence Service* avait, disait-on, saisi des documents alarmants qui faisaient craindre une attaque massive au moyen de gaz asphyxiants largués du haut des nuages par les bombardiers allemands. Les masques étaient rudimentaires, simples groins de tissu bourrés d'une étoupe imbibée de « substance filtrante » ; seuls les soldats bénéficiaient d'un équipement sérieux. Tout le monde dut se résoudre à se promener avec, en bandoulière, le petit cylindre métallique qui, à force de rebonds, finissait par vous meurtrir la hanche.

« Les gaz... les gaz... » répétait-on au long des corridors, et l'on reniflait avec ardeur, s'évertuant à détecter l'odeur suspecte qui précéderait la brume mortelle poussée par le vent.

— Ils vont nous asphyxier, tous, chantonna Hugo lorsque la jeune femme le rejoignit sur la plate-forme de guet. Je sais comment ça se passe, mon père était dans les tranchées, en 14, il faisait partie du corps expéditionnaire qui est allé prêter main forte à ces bons à rien de mangeurs de grenouilles. Les gaz, ça ne pardonne pas. Tout Londres y passera... Les rues seront remplies de cadavres. Ensuite, les Boches n'auront qu'à débarquer, à faire le ménage et à s'installer chez nous. Ça leur sera commode, ils trouveront des appartements tout équipés, des armoires pleines de vêtements...

— Tais-toi, intervint Amy. Ne raconte pas ce genre de truc à Maggie ou elle va piquer sa crise.

Pendant qu'elle parlait, elle avait porté les jumelles à ses yeux et exécuté un rapide tour d'horizon. Soudain, elle se figea, mal à l'aise, gagnée par la sensation d'être observée. Elle reprit son examen du paysage des toits avec plus de lenteur et découvrit qu'elle ne s'était pas trompée. Quelqu'un la regardait, à quatre cents mètres de l'hôpital. Un homme grimpé, lui aussi, au sommet d'une tour d'observation et dont le visage se trouvait dissimulé par une paire de jumelles marines.

« C'est moi qu'il fixe, se dit la jeune femme. Il ne regarde que moi, pas la ville ou le ciel, non... *seulement moi*. »

C'était étrange d'être ainsi dévisagée par un inconnu perdu au milieu du moutonnement des toits, à dix rues d'intervalle. Étrange, et dérangeant. Amy aurait voulu lui signifier de cesser son manège, mais elle demeura clouée au bord du vide, les doigts crispés sur les oculaires, incapable d'ébaucher le moindre geste.

« C'est comme si j'étais une biche, songea-t-elle, et qu'un chasseur me lorgnait, embusqué au sommet d'une colline, son fusil déjà calé au creux de l'épaule, prêt à faire feu. »

Elle fit un pas en arrière pour essayer de rompre l'enchantement qui la tenait paralysée, offerte, et faisait d'elle une proie consentante.

Allons ! Tout cela était trop stupide. Il s'agissait d'un guetteur qui, pour tromper l'ennui, s'amusait à épier les filles depuis son perchoir.... Elle n'avait qu'à lui adresser un geste obscène, il cesserait aussitôt son déplaisant manège.

Brusquement, l'homme baissa ses jumelles. Il portait un masque à gaz de l'armée, qui dissimulait ses yeux derrière deux pastilles de verre, et cet attirail caoutchouteux lui donnait l'aspect d'un homme-crapaud dressé sur ses pattes postérieures. La cape noire dont il était enveloppé accentuait son apparence sinistre. Amy frissonna, impressionnée par cette apparition. L'homme-crapaud resta un moment immobile, puis, il leva lentement la main droite et pointa l'index vers la jeune femme, comme pour lui dire : *Je t'ai vue le premier... À présent tu es à moi. Je vais venir te chercher.*

Amy serra les dents. Où allait-elle pêcher de pareilles fadaises ? Pourquoi ce bonhomme l'effrayait-il à ce point ?

Là-bas, l'homme-crapaud venait de lui tourner le dos. Amy le vit disparaître par une trappe, comme s'il avait décidé de descendre de la tour de guet.

« Mon Dieu ! ne put-elle s'empêcher de penser, ça y est... *il vient me chercher.* »

Elle prit conscience qu'elle haletait et laissa retomber les jumelles sur ses seins. Où prenait donc naissance la panique qui s'emparait d'elle ? Il lui sembla se rappeler un conte ancien...

Un prince crapaud désirait se marier, hélas, comme on peut s'en douter, aucune fille ne voulait de lui, alors il commandait une lunette magique à une sorcière de sa connaissance. Au moment de lui remettre l'objet, l'enchanteresse déclarait : *La première fille que tu regarderas à travers cette lentille deviendra ton esclave. Elle ne pourra refuser de te suivre, encore moins de devenir ta femme. C'est ce que tu voulais, non ?*

Oui... c'était quelque chose de ce genre. Et elle venait de succomber à l'envoûtement, elle, Amy Sweetheart, la fille aux cheveux rouges. Le prince crapaud l'avait regardée, maintenant il était en marche pour venir la chercher ; elle serait forcée de lui obéir, de devenir sa femme, de...

Elle s'ébroua, consciente de perdre la tête.

— Tu es toute pâle, ricana Hugo. Tu as vu le diable, c'est ça ? Quand on regarde dans une lorgnette, on finit toujours par voir le diable, ma nurse me le disait souvent quand j'étais petit garçon.

Amy dut résister à l'envie de le gifler. Elle avait peur. Elle se pencha par-dessus la rambarde pour voir si l'homme au masque à gaz remontait la rue menant à l'hôpital.

« Quand sa main se refermera sur mon poignet, se récita-t-elle, je perdrai toute volonté. Je serai incapable de résister, de me débattre. Il ne faut pas qu'il me trouve. »

Le dernier geste de l'inconnu la troublait plus que tout, cet index qu'il avait pointé dans sa direction, tel un pion qui menace un élève et lui signifie qu'il l'a repéré au milieu de la cohue d'une cour de récréation.

Tu ne perds rien pour attendre... Oui, c'est ainsi qu'elle avait interprété la mimique. *Je vais m'occuper de toi...*

« Je deviens folle, pensa-t-elle. Ce n'était qu'un type qui s'ennuyait. Il a essayé de faire l'intéressant. »

Mais pourquoi le masque à gaz ? Personne ne les enfilait hors des alertes car ils vous faisaient transpirer. Pourquoi ce bonhomme se pavanait-il au sommet d'une tour de guet, la tête empaquetée de caoutchouc ? Comme si... *comme s'il voulait éviter d'être reconnu.*

« Oui, oui, lui souffla une voix affolée au fond de son esprit. Il se servait du masque pour cacher son visage de crapaud. Sans ce déguisement, il ne pourrait se déplacer librement, mais ce soir il l'ôtera, et tu devras l'embrasser. Oui, à minuit tu deviendras la fiancée du crapaud. »

Un crissement la fit sursauter. C'était Maggie qui venait prendre son quart.

— Amy est toute pâle, chantonna Hugo sur le ton qu'aurait employé un garçonnet de dix ans, elle a eu peur, elle a vu le diable au fond de la lorgnette. Ce soir il viendra la chercher au dortoir. Il l'emmènera avec lui et elle deviendra sa femme.

— Tais-toi, *du bist vollkommen verrückt !* hurla Amy, perdant tout contrôle.

— Quoi ? s'étonna Maggie.

— Je voulais dire : *débile... tu es complètement débile*, corrigea la jeune femme... Excusez-moi, mais il n'a pas arrêté de me taquiner. Je suis nerveuse aujourd'hui.

— C'est normal, soupira Maggie. Cette histoire de gaz mortel n'a rien de réjouissant. Moi, je ne cesse de penser aux pauvres oiseaux qui vont mourir asphyxiés. Ils vont tomber par centaines, par milliers du haut des nuages ; les toits de la ville en seront recouverts.

Ruppert Merridew recula pour se dissimuler dans l'ombre de la porte cochère. La femme venait de sortir du *Comptoir Royal des Thés, épices et condiments exotiques*, où elle officiait depuis trois mois en tant que *tea girl*. Il releva le col du coûteux imperméable offert par sa mère, et dont il se servait pour dissimuler son uniforme. Il ne tenait pas à ce que la suspecte comprenne qu'il appartenait à l'armée. Si, par malheur, elle le repérait, elle le prendrait pour un mâle en quête de chair fraîche, comme il en traînait beaucoup de par les rues. La guerre, les bombardements, en un mot *la Mort*, avaient aiguisé l'appétit sexuel des citadins. Sachant qu'ils pouvaient désormais périr au cours du prochain raid, hommes et femmes semblaient saisis d'une frénésie charnelle autorisant les pires débordements. Ruppert avait vu des orgies s'improviser au fond des abris, alors que la voûte tremblait sous l'effet des bombes larguées par la *luftwaffe*. Il en avait été choqué. Il détestait cette atmosphère de décadence qu'il associait aux débauches latines de Tibère et de Caligula. Contrairement à la plupart des garçons de son âge, il ne lui déplaisait pas de mourir vierge, pur. Il se rappela avec agacement que ses frères aujourd'hui morts l'avaient surnommé « le curé » parce qu'il refusait de s'associer à leurs discussions interminables sur la débauche en tant qu'art.

La femme avançait courbée, pour échapper à la pluie, les cheveux couverts d'un fichu. Elle s'appelait Britanny Galloway – du moins c'est ce qu'elle prétendait – elle avait vingt-cinq ans. Son travail consistait à servir le thé dans les bureaux de plusieurs compagnies d'import-export.

« Une occupation bien commode, songea Ruppert, qui vous permet d'aller et venir à travers les locaux, de fouiller, de recueillir de précieux renseignements sur les transports britanniques, les voies maritimes, la configuration des docks, des entrepôts... toutes choses bonnes pour l'ennemi. »

Une lettre de dénonciation, arrivée sur le bureau de Deavon, le supérieur de Ruppert, l'avait désignée comme espionne potentielle. *Curieuse... se mêlant de tout... n'ayant pas les yeux dans sa poche...*

Le jeune homme se rappelait fort bien chaque terme de la missive.

« Ce pourrait bien être l'un de ces fichus loups-garous[1] parachutés par Berlin, avait grommelé Deavon en suçotant sa pipe en bruyère d'Écosse. Les femmes excellent en sournoiserie, ce qui les dispose au détestable métier d'espionnes. Voyez donc cela, mon garçon. Il est possible que vous rameniez un gros poisson. »

Ruppert s'était donc renseigné. D'emblée, Britanny lui avait déplu. Tout sonnait faux en elle, ses sourires, ses œillades aux quadragénaires ventripotents occupant des postes de confiance. Jusqu'à ce prénom – Britanny ! – qui avait quelque chose d'affecté. Il était de trop, comme une sorte d'estampille proclamant « Je suis une bonne Anglaise pur teint, vous pouvez avoir confiance en moi. »

Mais Ruppert était plus malin que les moustachus rougeauds, aux gilets distendus, il ne se laissait pas aveugler par la joliesse de Brit. En jugulant ses appétits, il préservait sa lucidité. Depuis quelque temps, il se voyait comme une sorte de moine soldat, d'ascète des services de renseignement. Un loup maigre, aux yeux fiévreux, toujours à l'affût, et qui ne s'en laissait pas compter.

La fille était coupable, *il le sentait*, son instinct lui hurlait aux oreilles qu'il était inutile de chercher à la prendre la main dans le sac, ç'aurait été une perte de

---

1. Surnom des espions de la 5e colonne prétendument implantée en Angleterre par l'amiral Canaris.

49

temps. Et puis les espions de la 5ᵉ colonne étaient bien organisés. Leur couverture utilisait les lacunes créées par les archives bombardées, les zones d'ombre administratives. Dès qu'on essayait de remonter dans leur généalogie, on tombait sur une mairie détruite, un orphelinat dont la paperasse avait disparu dans un incendie. Souvent, il s'agissait d'une substitution de personne. À cette heure, la vraie Britanny Galloway dormait, à n'en pas douter, six pieds sous terre. Avec les bombardements, il était facile de se débarrasser d'un cadavre défiguré.

Ruppert sortit de sa cachette pour emboîter le pas à la jeune femme. Il l'avait déjà jugée et condamnée. Il trouvait inutile de l'arrêter, de la remettre entre les mains de l'*Intelligence Service* qui, bien sûr, s'attribuerait les mérites de la prise. De toute manière, Brit ne parlerait pas. Les Boches étaient superbement entraînés et les militaires anglais trop bien éduqués pour avoir recours à la torture. Au pire, on se contenterait de quelques paires de gifles, il n'y avait certes pas là de quoi effrayer un *Wehrwolf*.

Non, Ruppert n'avait aucune envie de se voir dépouiller des bénéfices de son enquête par des officiers avides de promotion et habiles à se faire mousser en s'appropriant le labeur des autres. Il commençait à entrevoir une nouvelle ligne de conduite, audacieuse, *hérétique*... affranchie des contraintes de la hiérarchie Une façon plus efficace de servir le pays. Il ne voulait pas devenir un autre Deavon, vissé derrière un bureau, la pipe aux lèvres, condamné à signer des rapports en pestant contre la mauvaise qualité de l'éclairage.

Brit Galloway habitait une maison délabrée de Bransby Lane. La bâtisse, ébranlée par les explosions, ne résistait à l'effondrement qu'au moyen d'étais calés sur sa façade. Ainsi appareillée, elle évoquait un vieillard agrippé à ses béquilles.

Il faisait sombre dans la ruelle. « Un trou à rats, songea Ruppert. Une tanière à la mesure d'une espionne. »

La fille entra sans se retourner, comme si elle n'avait rien à se reprocher. *Très malin !*

« Du bel ouvrage, apprécia Ruppert, elle est forte, la garce. »

Sa conviction était arrêtée. Elle s'appuyait moins sur une accumulation de preuves que sur l'absence même desdites preuves... Cela, c'était suspect. Personne ne pouvait être propre à ce point. Il y avait toujours quelque chose qui clochait, une petite saleté qu'on essayait désespérément de dissimuler. Des coucheries, un avortement, des activités de marché noir, une prostitution occasionnelle... Depuis que les Américains avaient basé leurs troupes en Angleterre beaucoup de filles s'étaient improvisées putains. Les *Yankees* avaient de l'argent, des cigarettes à foison, du chocolat, de la confiture, des bas de soie, des disques de jazz, de belles étoffes, des chaussures. Il leur était facile d'éblouir les Anglaises avec leurs danses hystériques et leur fichu *Coca-Cola*.

Mais Brit Galloway ne fréquentait pas non plus les Américains. Les mirages importés de New York ou du Texas la laissaient froide. Pour Ruppert Merridew, une fille qui négligeait une source d'approvisionnement en bas neufs était forcément coupable.

Il s'aperçut qu'il transpirait et que ses mains tremblaient. Il s'arrêta au seuil de l'immeuble dans l'espoir de recouvrer son calme. Pour ne pas faillir dans sa mission, il se rappela qu'en ce moment même, des dizaines de Brit Galloway officiaient sur le territoire britannique, espionnant pour le compte du *Reich*. Dans la journée, elles jouaient les serveuses, les infirmières, les employées de bureau... la nuit, elles manipulaient avec fièvre la clef morse de leur émetteur récepteur pour transmettre à Berlin les informations glanées sur leur lieu de travail. Parfois elles étaient jeunes, jolies, et les hommes leur obéissaient au doigt et à l'œil... parfois elles étaient vieilles et débonnaires, gentilles. Elles avaient toujours quelque fils mort pour la patrie dont elles pleuraient la disparition et vantaient les hauts faits d'armes, mais en vous servant le thé elles s'employaient à vous tirer les vers du nez.

Ruppert n'éprouvait de pitié ni pour les unes ni pour les autres.

Il poussa la porte de l'immeuble, se rua dans l'escalier. Brit habitait au quatrième étage. Un deux pièces exigu. La nuit, elle avait l'habitude de se confectionner des vêtements à la machine à coudre. Ruppert avait la certitude qu'en réalité, elle utilisait le bruit de la *Singer* pour couvrir celui du manipulateur morse, aisément identifiable.

Il gagna le palier en frôlant le mur, là où les marches étaient encore solides et ne grinçaient pas. Un truc de cambrioleur appris au stage de formation. Le souffle lui manqua, la sueur dégoulinait le long de son échine. De sa poche, il sortit un passe-partout mis au point dans les ateliers de l'*Intelligence Service*. Aucune serrure ne lui résistait. Il s'approcha de la porte, y colla l'oreille...

La garce était déjà à l'ouvrage, occupée à transmettre les informations moissonnées pendant qu'elle servait le thé aux fonctionnaires rougeauds lorgnant son décolleté.

Il glissa la clef dans la serrure, exerça une pesée. Le verrou céda. Il agissait en état second, le cerveau en proie à l'engourdissement. Comme un somnambule, il saisit le poignard-baïonnette américain dissimulé sous son imperméable et entra dans la pièce. La fille lui tournait le dos, penchée sur la machine à coudre.

« Un engin truqué, songea Ruppert. L'émetteur est dissimulé dans un tiroir. Il suffit de faire coulisser le plateau pour démasquer le manipulateur morse et le tour est joué... »

La *Singer* faisait un bruit infernal. Le jeune homme en profita pour s'approcher de sa proie. Il ne voulait pas courir le risque de se faire repérer car il n'était pas sûr d'avoir le dessus en combat singulier. Ces espionnes étaient remarquablement entraînées et il s'imaginait mal en train de parer l'une ou l'autre des prises enseignées aux parachutistes.

Quand il fut derrière elle, il la bâillonna de la main gauche, écrasant cette bouche chaude et moite, qui lui rappela la fois où petit garçon, mis au défi par ses frères aînés, il avait écrabouillé une limace dans sa paume en s'appliquant à ne pas vomir.

De la droite, il planta la baïonnette à la verticale, au ras du cou, de manière à trancher la jugulaire. Un instructeur lui avait expliqué qu'ainsi la lame se glissait derrière la clavicule pour s'enfoncer droit dans la cage thoracique. Là, si l'on avait de la chance ou du doigté, on pouvait pénétrer directement le muscle cardiaque.

Le sang jaillit, comme lorsqu'on touche une artère. Ruppert, incrédule, vit le jet rouge vif s'élever à près d'un mètre au-dessus de sa tête. Brit Galloway eut un spasme, frappa le plancher à coups de talons puis devint molle entre ses bras. Il la coucha sur le sol et, saisissant un vêtement jeté sur une chaise, le tortilla autour du cou de la morte pour aveugler l'hémorragie. Il ne tenait pas à ce que le sang filtre entre les lattes du parquet pour maculer le plafond à l'étage du dessous. Quand ce fut fait, il souleva le cadavre dans ses bras et le porta dans la chambre. Là, il l'étendit sur le lit, releva la jupe pour arracher la culotte. Il répugnait à cette mise en scène, mais son idée était d'accréditer la thèse d'un crime sexuel commis par un *Yankee*. Le poignard-baïonnette estampillé *USMC*[1] serait là pour confirmer la chose.

Il voulait surtout éviter qu'un bon Anglais se trouve accusé à tort du meurtre de l'espionne.

« Tu n'es qu'au tout début de ta mission, se récita-t-il. Si tu veux être en mesure de supprimer d'autres loups-garous, il est pour toi capital de demeurer invisible. Personne ne doit se douter que sous tes dehors de minable sous-officier se cache un éliminateur ne réclamant ni médaille ni citation d'aucune sorte ! »

---

1. Corps des Marines des États-Unis.

Il se redressa. L'édredon et le matelas boiraient le sang ; il n'y avait donc rien à redouter de ce côté. Il disposait désormais de tout son temps. Titubant, il sortit de la pièce et gagna la cuisine pour se passer de l'eau sur le visage, puis il ouvrit le garde-manger et s'installa devant la petite table de bois blanc où Britanny Galloway avait l'habitude de prendre son repas du soir. Il se força à manger un reste de pâté, la moitié d'un œuf écossais, un ravier de concombre en salade, une petite part de tourte au bœuf... Il mâchait avec application sans cesser d'observer son reflet dans le ventre de la bouilloire posée sur le fourneau. Une bizarre excitation montait en lui.

« Un criminel endurci se comporterait de cette manière, se dit-il. Il déjeunerait à trois pas de sa victime sans éprouver le moindre remords. »

Quelque part, c'était une épreuve qu'il s'imposait, un rituel, une initiation. S'il réussissait à manger sans vomir, cela signifierait qu'il était désormais prêt à accomplir de grandes choses. Il agirait seul, affranchi du joug de toute administration. Qu'avait-il besoin de demander l'autorisation à des supérieurs bâtis sur le modèle de Deavon ?

« Je vais devenir un héros, murmura-t-il dans le silence de la minable petite cuisine aux vitres barbouillées de bleu. Pas besoin de s'asseoir aux commandes d'un avion de chasse pour être un héros... non, on peut tout aussi bien œuvrer dans l'ombre, dans l'anonymat. »

Il étouffa un ricanement en pensant à sa mère confite en dévotions, à ses deux frères morts lors d'une séance d'entraînement, avant même d'avoir abattu un seul ennemi.

— Avant même d'avoir tué un seul Allemand ! s'esclaffa-t-il tandis qu'un rire nerveux le pliait en deux.

Il dut lutter pour reprendre le contrôle de ses nerfs. Il se força à avaler encore un peu de porridge froid, hésita à se faire du thé, renonça. Il ne fallait pas tenter le diable, après tout une voisine pouvait venir cogner à la porte pour emprunter du sucre, de la farine... les femmes du peuple faisaient ce genre de chose. Maintenant il lui fallait perquisitionner, trouver la cache avec les livrets de codes, la liste des fréquences, les heures d'émission. Les espions ne pouvaient se passer de ces attributs.

Il revint dans le salon. La machine à coudre était couverte de sang et il dut vaincre sa répulsion pour s'en approcher. Il ne tarda pas à froncer les sourcils... où donc était le manipulateur morse ? Devant lui s'étalaient un fouillis de bobines, des ciseaux, une trousse à couture, mais rien qui rappelât de près ou de loin un émetteur-récepteur avec sa longue antenne. À l'instruction, on lui avait montré l'un de ces engins. Ils étaient fort encombrants, de la taille d'une valise, et affreusement lourds. Mais cela ne prouvait rien, les Nazis avaient pu mettre au point un appareil miniaturisé.... l'un de ces prodiges de la technique dont ils avaient le secret.

À grands gestes nerveux, il bouscula la machine, ouvrant les tiroirs, cherchant une cachette, un panneau pivotant qui lui révélerait l'habituel fouillis de triodes et de condensateurs. Il ne trouva que des chiffons, des épingles, des ciseaux à cranter...

« Elle était maligne, la garce, songea-t-il. Elle a planqué son matériel plus habilement que je ne le pensais. »

Il commençait à s'affoler. Ouvrant les placards, il sonda planches et murs, en quête d'un panneau secret. Puis, à quatre pattes, examina les lattes du parquet. L'une d'entre elles pivotait probablement, le poste se tenait recroquevillé là-dessous, à n'en pas douter... Il s'aperçut qu'il parlait de la machine comme d'un animal, d'un rat qu'il lui fallait débusquer.

Bon sang ! le temps filait... Si on le surprenait maintenant, il aurait le plus grand mal à justifier sa présence et c'en serait fini de son grand projet. Il devait se replier, effacer ses traces, ses empreintes.

Il se redressa, se rajusta, se recoiffa. Dans le miroir de la commode, il se trouva l'air d'un fou. Il faudrait corriger ça, avoir plus de sang-froid à l'avenir.

« C'était ma première fois, pensa-t-il en guise d'excuse. J'ai été trop brouillon. J'ai manqué de méthode. L'important, c'est d'avoir supprimé une espionne... oui, c'est tout ce qui compte. Avec le temps, j'apprendrai à mieux me débrouiller. »

Il fit le tour de l'appartement pour s'assurer qu'il n'avait rien oublié. Il essuya les couverts utilisés, la chaise, la table, tout ce qu'il avait touché.

Devant le corps aux jambes écartées, il éprouva une étrange satisfaction.

« Une de moins, se répéta-t-il, la première d'une longue liste. Salope de nazie, tu fais moins la fière à présent ! »

Oui, c'était décidé, désormais il ne perdrait plus son temps en enquêtes interminables, infructueuses, il se fierait à son instinct, uniquement à son instinct. Tout le reste était superflu, les suppositions, les indices, les preuves... les espions étaient bien trop malins pour se trahir. L'arsenal policier ne pouvait rien contre eux, il fallait développer une autre tactique.

Rassuré, il récupéra son chapeau et l'enfonça bas sur son front, afin de masquer ses traits. Il coupa le gaz d'éclairage et sortit. L'escalier était désert. Deux minutes plus tard, il remontait la ruelle, tête baissée.

Mentalement, il dressa la liste de ses prochaines « interventions ». Beaucoup de noms s'imposaient à lui. *Des noms de femmes*... En troisième position venait celui d'Armony Sweetheart.

*
* *

Le fog s'installa, épais, impénétrable. Il devint inutile de grimper à la tour de guet, toute surveillance visuelle étant désormais impossible. Amy et les autres réintégrèrent le dortoir des lunatiques avec l'impression de réintégrer les catacombes. Au fur et à mesure qu'il dégringolait les marches, Hugo se plaignit de la montée du voile noir. Il termina le trajet paupières closes, cramponné au bras d'Amy.

On parlait de plus en plus d'une attaque imminente aux gaz de combat, attaque qui préluderait à l'invasion de la Grande-Bretagne par les troupes allemandes débarquées et parachutées.

— Si vous reniflez une odeur de moutarde, répétaient les médecins, enfilez aussitôt vos masques, compris ?

Les anciens combattants se rappelaient avec terreur l'ypérite de 14-18, qui vous changeait les poumons en dentelle en moins de temps qu'il ne faut pour le dire. Les rumeurs les plus folles couraient quant à la stratégie mise en place par l'ennemi. Tantôt on évoquait des bombes larguées du haut du ciel, tantôt on chuchotait des choses à propos de conteneurs débarqués par les sous-marins de la *Kriegsmarine* et dissimulés dans les caves londoniennes sous l'apparence rassurante de fûts de bière irlandaise.

— La 5e colonne a pour mission de les amorcer, murmurait-on. Ces salopards sont équipés de masques du dernier cri, autrement plus efficaces que les cochonneries qu'on nous a distribuées.

Les heures s'étiraient, interminables. Hugo tripotait ses maquettes de balsa d'une main distraite ; Maggie se cramponnait à la barre-paratonnerre glissée dans sa ceinture.

— Je pense à ces pauvres oiseaux, souffla-t-elle alors que le jour baissait. Ils seront les premiers touchés. Nous ne les entendrons plus jamais chanter. Comme ce sera triste !

Amy s'allongea sur son lit et ferma les yeux. Elle se savait en danger. Son instinct lui criait que quelque chose allait arriver, ce soir même. Il lui fallait se tenir prête.

Une heure plus tard, un brouhaha se répandit de salle en salle, s'enflant jusqu'à prendre des allures de tempête. La sirène d'alerte poussa son mugissement. Enfin, le cri tant redouté éclata : « Les gaz ! Les gaz ! »

Amy éprouva un curieux soulagement. L'attente prenait fin ! Il était temps, une heure de plus et elle était bonne pour la camisole.

— Les masques ! hurlaient les infirmières, mettez vos masques ! Vite !

Se désintéressant des malades valides, elles se précipitaient au secours de ceux qui, alités ou inconscients, étaient incapables de s'équiper.

— Aidez-moi à fermer les portes et à disposer les boudins de chiffon ! ordonna la nurse Wilcott. Il faut rendre les salles étanches.

À l'idée de se retrouver enfermée Amy fut prise de panique, et, profitant de ce que la vieille infirmière courait humidifier ses tortillons de charpie sous le robinet, elle se glissa dans l'entrebâillement de la porte.

L'idée lui vint de mettre la confusion à profit pour s'échapper de l'hôpital. Mais c'était absurde, où serait-elle allée ? Elle ne connaissait personne à l'extérieur, et sa seule chance de s'installer un jour en ville était que Libbie Cogan parvienne à « l'adopter ».

Bousculée par les infirmières qui poussaient des chariots et les blessés clopinant sur leurs béquilles, elle remonta le courant en direction de la sortie, sans idée préconçue. Dans sa tête, une voix criait : *Ne reste pas en place, c'est la pire tactique à adopter. Il faut être mobile, ne jamais se placer le dos au mur. Bouge. Bouge sans cesse.*

Docile, elle bougeait, fuyant elle ne savait quoi, elle ne savait qui...

Une fumée jaunâtre envahissait à présent les couloirs, brouillant les contours des objets. On n'y voyait plus à dix pas. « Les gaz ! Les gaz ! » continuaient à s'époumoner les médecins à travers la purée de pois qui s'épaississait.

Amy plaqua le masque sur son visage. Pour le moment elle ne souffrait pas, ses yeux ne larmoyaient pas, sa gorge et ses poumons ne la brûlaient pas davantage. Combien de temps serait-elle en mesure de résister ?

Soudain, l'impression de danger s'accrut et la jeune femme eut la certitude qu'un prédateur se déplaçait à l'abri du brouillard pour fondre sur elle. Elle était sa proie, sa victime. *Il ne venait que pour elle...* les autres ne l'intéressaient pas. Les gaz de combat faisaient office de diversion, de camouflage, enveloppant ce fauve inconnu du voile de l'impunité, il s'y déplaçait à son aise, à l'insu des médecins, des sentinelles...

L'angoisse serra la gorge d'Amy. À cause de la fumée, elle ne savait plus où elle se trouvait. Elle chercha à s'orienter grâce aux panneaux de bois fichés au détour des couloirs. Le *Saint Job's* pouvait facilement se changer en labyrinthe, même pour une habituée des lieux.

Elle avançait à tâtons quand la silhouette jaillit du brouillard... un masque de grenouille aux gros yeux ronds planté au sommet d'un costume noir de clergyman.

Le prince crapaud ! C'était lui... Comme dans le conte, il venait la chercher. Il l'avait choisie au moyen de sa lorgnette magique, elle, Amy Sweetheart, parmi toutes les autres filles de Londres. Elle n'avait pas le choix, l'envoûtement la privait de son libre arbitre, elle devait le suivre... devenir sa servante, sa femme...

Il était grand, mince, corseté dans son habit noir comme un croque-mort. Une cape funèbre flottait sur son dos, une espèce de macfarlane couleur de deuil. Amy recula, happant l'air raréfié.

« Allons ! se dit-elle dans un sursaut de lucidité. Ce n'est qu'un type affublé d'un masque à gaz, pas un enchanteur de conte de fées. Ressaisis-toi ! »

Le prince crapaud tendit la main, l'abattit sur le poignet droit de la jeune femme et serra.

— Suis-moi... lança-t-il d'une voix étouffée par la pastille filtrante du respirateur.

Une voix qui n'avait rien d'humain et semblait sortir d'un coffret fermé à clé où l'on aurait tenu un lutin prisonnier.

— Attends, ne t'en va pas ! Ma jolie rouquine...

Il tira sur le bras d'Amy, avec force, mais la jeune femme se rejeta en arrière. Elle ne voulait pas... elle ne voulait pas devenir l'épouse du prince crapaud, subir son étreinte et donner naissance à des petites filles à tête de grenouille, non... hélas, l'enchantement lui commandait d'obéir. Déjà, ses pieds allaient à la rencontre de la créature. Un pas, deux pas...

À ce moment, une furie surgit du brouillard, brandissant une barre de fer qu'elle abattit sur le dos de l'inconnu.

— Laisse-la ! hurlait-elle, laisse-la, sale épouvantail !

Elle frappait si bien que l'homme dut lever les bras pour se protéger et battre en retraite. Amy finit par identifier Maggie. La démente haletait, les phalanges serrées sur son paratonnerre fétiche.

— Sale épouvantail... répéta-t-elle en brandissant son arme désormais inutile.

Le prince noir avait pris la fuite. Avalé par la fumée. C'est à peine si l'on percevait encore l'écho de ses souliers galopant vers la sortie. Le brouillard se dissipait, et avec lui l'atmosphère de fantasmagorie dont Amy avait été un instant victime.

— Je connais ces épouvantails, radota Maggie. De sales bougres... Ils en veulent aux humains de les avoir faits si ridicules, alors ils viennent se venger. Celui-là voulait t'emmener. Mieux vaut ne pas savoir pourquoi.

— Merci, bredouilla Amy. Tu m'as sauvée... sans toi...

Elle s'interrompit, elle venait de réaliser que l'homme ne s'était pas exprimé en anglais. Il n'avait pas dit *Attends, ne t'en va pas, jolie rouquine...* mais plutôt *Warte, geh nicht weg ! Mein Kleine rotkopf....*

« Et pourtant je l'ai compris... » songea-t-elle, éberluée par ce nouveau prodige.

*
* *

— C'est à se cogner la tête contre les murs, soupira la nurse Wilcott. Il ne s'agissait pas d'une véritable attaque au gaz... on a découvert des grenades fumigènes allemandes ici et là, dans les couloirs, comme si quelqu'un avait voulu déclencher une panique monstre dans les locaux. Ça n'a pas de sens.

— Ça dépend, objecta Libbie Cogan. Les Boches s'imaginaient sans doute que l'hôpital cachait un machin stratégique... Je ne sais pas, moi : un centre de communication, une station radar... ils ont envoyé leurs espions pour inspecter les lieux.

— Possible, marmonna la vieille infirmière en faisant la moue. Avec ces gens-là, il faut s'attendre à tout.

Amy, elle, ne dit rien. Elle savait que cette opération avait été montée dans le seul but de la récupérer. Le prince crapaud avait mis à profit la psychose des gaz de combat pour se faufiler dans l'enceinte du *Saint Job's* au nez et à la barbe des sentinelles. Sans l'intervention de la femme au paratonnerre, sa mission aurait été couronnée de succès car Amy n'aurait su lui résister.

« Il m'a parlé, ne cessait de se répéter la jeune femme. Il s'est adressé à moi en allemand... et je l'ai compris. Je ne me suis même pas rendu compte qu'il me parlait dans une langue étrangère, ce n'est qu'ensuite que... »

Elle n'aimait pas cela. Pas du tout.

Elle n'aimait pas davantage le regard que Maggie Brentcastle posait sur elle depuis son intervention musclée. Il y avait quelque chose de soupçonneux dans sa prunelle.

Au repas du soir, la folle s'assit en face d'elle.

— C'est pour toi qu'il venait, n'est-ce pas ? siffla-t-elle en émiettant sa tranche de pain sur la table du réfectoire. Il t'a parlé dans la langue des épouvantails, j'ai bien entendu. Et toi, tu avais l'air de le comprendre. Tu ne devrais pas fricoter avec des créatures de cette espèce, elles n'apportent que le malheur.

Un peu plus tard, Hugo, qui avait écouté leur conversation, revint à la charge.

— Si ça se trouve, chuchota-t-il, c'est à cause de toi qu'on nous a déclaré la guerre. Les Boches veulent te récupérer... tu sais, comme dans ces histoires de Grecs qu'on nous serinait au collège : la guerre de Troie,

Achille, Ajax... Tu étais leur Hélène, tu t'es enfuie avec un prince anglais, alors ils ont décidé de te reprendre. Oui, je crois que c'est ça. Tu es très importante pour eux, c'est à cause de toi qu'ils ont mis l'Europe à feu et à sang. Maintenant qu'ils ont tout détruit là-bas, ils s'en prennent à nous. C'est de ta faute si on bombarde Londres toutes les nuits. Je pense que tu étais la femme d'un prince nazi... peut-être même la petite amie du roi Hitler... Oui, oui, ce serait possible. Tu es quelqu'un de dangereux. Tu l'as oublié, mais c'est ainsi. Il faudrait qu'on ait le courage de te supprimer, comme ça, la guerre s'arrêterait, et nos braves gars cesseraient de mourir à cause de toi, à cause de tes histoires de fesses...

Amy l'écoutait, glacée. Le débit du garçon s'accélérait au fur et à mesure que la colère s'emparait de son esprit malade. Elle aurait voulu le faire taire mais elle ignorait comment. À travers la folie du jeune homme, elle voyait s'organiser les lignes d'une effrayante architecture.

« Et s'il avait deviné la vérité ? » se dit-elle. Elle se rappela que les Grecs voyaient en chaque dément un prophète potentiel, un oracle par la bouche duquel s'exprimaient les dieux.

« Suis-je une Allemande en fuite ? se demanda-t-elle. Aurais-je effectivement fui ma patrie pour suivre un amant anglais qui... »

Elle secoua la tête, irritée de tomber une fois de plus dans le piège de la mièvrerie. Allons ! Il était temps de se réveiller...

« Assez d'histoire d'amour ! pensa-t-elle. Regarde la vérité en face. *Tu es une espionne.* Un membre de cette 5e colonne dont tout le monde parle. Tu faisais partie d'un réseau de saboteurs, voilà pourquoi tu as subi un entraînement physique de haut niveau. Tu étais parfaitement bilingue, alors un *U-Boot* t'a débarquée une nuit, sur la côte, munie d'une fausse identité, avec ordre de te fondre dans la masse. Mais tu as été blessée à la tête, et les caprices de l'amnésie t'ont fait oublier ta langue natale. Ensuite, l'instinct de survie t'a poussée à jouer le jeu. Tu as mis en pratique ce qu'on t'a inculqué à l'école d'espionnage de l'amiral Canaris... »

Une nausée la chavira. Elle se cramponna à la table pour ne pas courir vomir dans le lavabo. Ce qu'elle entrevoyait la dégoûtait.

Une espionne... une espionne, elle Amy Sweetheart, la fille aux cheveux rouges, elle était la louve d'une meute de loups-garous.

DEUXIÈME PARTIE

Les louves du métropolitain

Pour gêner l'approche des escadrilles ennemies, on installa dans le ciel de Londres d'énormes ballons emplis de gaz inflammable. La population ne mit pas longtemps à surnommer ces aérostats « des saucisses ». Les « saucisses » en question évoquaient pour Amy de gigantesques baleines grises, prisonnières du câble les retenant amarrées au sol. L'utilité de ces ballons était, par ailleurs, fort contestée par les pilotes de la R.A.F.

— Ils ne sont pas placés assez haut pour constituer un véritable obstacle pour les bombardiers boches, expliqua l'un d'eux à la jeune femme. Les nazis ont un plafond de vol bien plus élevé ; en revanche, ces foutues vessies sont dangereuses pour les gars de chez nous, qui décollent en catastrophe au premier *scramble* [1]...

Hugo partageait cette opinion. Deux de ses camarades avaient trouvé la mort en heurtant une « saucisse ». La poche de gaz s'était transformée en boule de feu, carbonisant leurs *spitfires* en plein vol.

— Et puis, continua-t-il, il n'y a pas que ça. Une fois qu'elles ont éclaté, les débris de vessie enflammée retombent sur les toits des maisons environnantes, déclenchant des dizaines d'incendies.

---

1. Argot de pilote intraduisible. Le mot « scramble », hurlé par les haut-parleurs, signifiait aux pilotes de chasse qu'ils devaient rejoindre leur appareil de toute urgence et se préparer à décoller pour une mission d'interception.

— J'ai vu cela, une fois, murmura Maggie, les yeux perdus dans le vague. Les morceaux de toile flottaient dans le vent. On aurait dit de grands oiseaux dont la foudre aurait allumé les plumes. Ils battaient des ailes. C'était magnifique... et horrible, tout à la fois. L'un d'eux, à bout de force, s'est posé sur mon cottage. Une belle cigogne de flammes... si belle...

Sa voix se cassa et elle se cacha le visage dans les paumes.

*
* *

Deux jours plus tard, alors qu'ils se trouvaient sur la plate-forme de guet, Hugo essaya de jeter Amy dans le vide. Maggie s'interposa une fois de plus, l'empêchant de parvenir à ses fins.

— Tu ne comprends pas ? hurla le jeune homme, à bout de nerfs, la guerre... *c'est à cause d'elle !* Tu n'as pas encore pigé ? C'est Hélène, Hélène de Troie ! Des millions de pauvres gars vont crever pour ses beaux yeux. Si elle meurt, les Boches rentreront chez eux. Ils veulent la récupérer pour la punir de sa trahison. Si on fait le travail à leur place, la paix reviendra. Du jour au lendemain. Je peux être celui qui arrangera tout. Laisse-moi faire, Churchill me décorera au front des troupes... J'aurai ma statue à Trafalgar Square, je serai plus grand que Nelson et Hamilton réunis...

Il sanglotait à présent. Amy luttait pour discipliner les battements de son cœur. Elle avait eu peur. Le gosse l'avait prise au dépourvu, lui empoignant les chevilles avec une force insoupçonnable. Sans l'intervention de Maggie, elle serait passée par-dessus la rambarde pour s'écraser dans la cour intérieure.

— Le mieux ce serait que tu t'en ailles, lui murmura la démente après l'avoir attirée à l'écart. Je t'aime bien, mais tu n'es pas des nôtres, je l'ai vu tout de suite. Tu ne t'en rends pas compte, c'est tout. Je n'ai pas envie qu'il t'arrive malheur. Débrouille-toi pour t'en aller.

Hugo ne te laissera pas en paix, et si tu restes là, il viendra une nuit te trancher la gorge. Tu n'as qu'à dire que tu as retrouvé la mémoire. Ta copine, l'infirmière, cette Libbie, elle arrangera tout.

*
* *

Deux jours plus tard un ballon de barrage – l'une de ces « saucisses » qui flottaient au-dessus de l'hôpital – fut percuté par un *spitfire* dont l'empennage avait été réduit en miettes par un tir de *stuka*. L'énorme masse de gaz en suspension explosa. Une gigantesque fleur de feu s'ouvrit dans le ciel tandis que des débris enflammés pleuvaient sur les toits, telle une pluie de lave éructée par un volcan. Quinze incendies se déclarèrent en même temps. En l'espace de dix minutes, la charpente du *Saint Job's* se mit à crépiter comme une bûche dans l'âtre. Tandis que les pompiers essayaient vainement de maîtriser le sinistre, un ordre d'évacuation générale fut lancé.

— Au métro ! criaient les infirmières, tout le monde se dirige vers la bouche de métro. Pas de panique, restez en file indienne.

Depuis quelques semaines, en effet, la population londonienne avait pris l'habitude de descendre dans le métropolitain à chaque alerte. Cette initiative n'avait pas reçu l'approbation du gouvernement qui entendait bien conserver la maîtrise des lignes souterraines pour déplacer ses troupes en cas d'invasion. Des ordres avaient été donnés pour que les fonctionnaires cadenassent systématiquement les grilles des bouches d'accès dès la dernière rame rentrée au dépôt ; la populace, elle, l'entendait autrement. Un soir, les Londoniens ulcérés avaient forcé lesdites grilles pour prendre possession des quais. On n'avait pas osé les expulser *manu militari*, bien que le *tube* fut considéré comme un territoire hautement stratégique. Depuis, une masse grouillante dont on n'arrivait pas à estimer l'importance[1], vivait sous terre, campant au long des stations dans des conditions insalubres.

— La nuit, expliqua Libbie qui s'était empressée de venir récupérer Amy dès l'ordre d'évacuation lancé, l'éclairage est coupé, si bien que les stations sont plongées dans le noir. Pour y voir quelque chose, on dispose de lampes à pétrole ou de chandelles. Il n'y a pas de toilettes publiques, si bien que les gens vont se soulager dans les tunnels. L'odeur est effroyable, mais il paraît qu'on s'y habitue. Ne t'éloigne pas de moi. Si un mouvement de panique se déclenche, ne te laisse pas entraîner par la foule, tu serais piétinée. Le mieux, c'est de sauter du quai, directement sur les rails. La nuit, les voies ne sont pas alimentées, tu ne risques donc pas de t'électrocuter.

Abasourdie, Amy se laissa tirer vers la station dont la bouche béante avalait sans discontinuer malades, médecins et infirmières. Derrière elle, l'incendie ronflait, dévorant les anciens bâtiments du *Saint Job's*. Elle entendait les fenêtres exploser, les poutres s'effondrer, tandis qu'une chaleur infernale lui rôtissait le dos et la nuque. Bizarrement, elle eut l'impression d'avoir déjà vécu cette scène dans une vie antérieure.

— Une vieillerie pareille, soupira Libbie, le feu ne va en faire qu'une bouchée.

Amy ne se retourna pas, elle était trop occupée à éviter de se tordre les chevilles dans l'escalier du métro. Les hommes de la *Home Guard* essayaient d'aiguiller les fuyards vers différents couloirs afin d'éviter l'engorgement. L'obscurité rendait la chose difficile. Amy se cramponnait à la main de Libbie. Elle ne se rappelait pas avoir pris le *tube* une seule fois dans sa vie. Elle avait l'illusion de descendre aux enfers en compagnie d'un millier d'autres condamnés. Les cris, les ordres, les

---

1. On estime, aujourd'hui, le nombre de ces réfugiés à près de 200.000.

protestations, s'entrecroisaient, finissant par se fondre en un vacarme effrayant. Enfin, l'odeur la submergea, remugle de crasse et de misère. Pestilentielle.

— Des tas de gens vivent là à demeure, lui chuchota Libbie. Soit parce qu'ils n'ont plus de maison, soit parce qu'ils ont peur des bombardements. Un jour, ils descendent dans le métro, et n'en remontent plus... Les types de la *Home Guard* n'osent pas les expulser.

Les deux femmes titubaient, portées, soutenues, par la foule invisible s'engouffrant dans les ténèbres. Çà et là, des lumignons palpitaient, indiquant la direction à suivre. Amy vit qu'il s'agissait de lampes à pétrole ou à acétylène. Elle distingua un enchevêtrement de tubulures, de planches... des couchettes superposées comme celles des baraquements militaires. Des enfants se mirent à pleurer, terrifiés par cette horde clopinante qui jaillissait des couloirs pour prendre possession du quai.

— Mettons-nous là, décida Libbie. Surtout ne t'éloigne pas, tu te perdrais dans les galeries. Mieux vaut rester groupés, on ne sait jamais qui rôde dans l'obscurité. Ce genre de promiscuité attire les maniaques, et nous ne sommes pas entre gens du meilleur monde, mieux vaut se montrer prudentes. Compris ?

— D'accord, haleta Amy. Je ne broncherai pas.

— Bien, soupira la grosse fille, reste tranquille, ne panique pas. Je dois aller aider les infirmières. C'est mon boulot. Je suppose que la lumière va se rallumer après l'alerte. C'est juste un mauvais moment à passer. Respire lentement.

Amy s'assit, le dos contre le carrelage humide de la paroi. Des silhouettes allaient et venaient, se heurtant, s'insultant parfois. Des mères suppliaient leurs enfants de ne pas s'éloigner. L'air lui parut irrespirable. Elle se demanda si elle était en sûreté, ainsi perdue au cœur de la foule, ou si, au contraire, elle se trouvait plus que jamais exposée... Quelqu'un aurait pu s'approcher d'elle et lui donner un coup de couteau dans le ventre sans que personne ne le remarque. La cohue, les ténèbres, autorisaient tous les crimes.

Elle se recroquevilla dans son coin, tournant vivement la tête de droite et de gauche pour détecter un éventuel assassin. Tout lui parut menaçant. Le prince crapaud était peut-être déjà là, se frayant un chemin à travers les fuyards pour s'approcher d'elle... Viendrait-il bientôt chuchoter à son oreille comme il l'avait déjà fait à l'hôpital ? *Kleine rotkopf*... Non, elle ne voulait plus entendre ces mots. Elle ne voulait rien avoir à faire avec lui. Qu'il la laisse en paix ! Si elle avait jadis appartenu à la 5e colonne, aujourd'hui elle n'était plus bonne à grand-chose puisqu'elle avait tout oublié de ce qu'on lui avait enseigné à l'école d'espionnage. Il ne fallait plus compter sur elle. Elle ne souhaitait pas être mêlée à ces sabotages, ces meurtres qui se préparaient dans l'ombre. Elle ne comprenait rien à ces folies. Comment avait-elle pu, un jour, se porter volontaire pour de telles opérations ?

« J'étais probablement très différente de ce que je suis aujourd'hui, se dit-elle. J'avais des convictions, une certaine idée du devoir... de cela, il ne me reste pas l'ombre d'un souvenir. Je ne sais plus quelle est ma place dans ce monde de fous ni ce que je dois y faire... »

On la bouscula. Elle essaya de se faire plus petite. On la bouscula encore. Où qu'elle aille, il n'y aurait donc jamais le moindre endroit pour elle ?

*
* *

Cecil Deavon se leva pour glisser un *penny* dans le compteur à gaz car la lumière menaçait de s'éteindre. Comme d'habitude, il suçotait le tuyau de sa pipe en produisant un bruit écœurant.

— J'ai reçu des ordres d'en haut, murmura-t-il en se rasseyant. La situation dans le métro les préoccupe. Les choses sont en train de déraper.

Il se mit à fouiller dans l'amas de paperasse encombrant son bureau, joua un instant avec un coupe-papier. Chaque objet effleuré produisait un nuage de poussière.

Ruppert Merridew demeura immobile, observant le manège de son chef avec ironie. Qu'avait-il de commun avec ce petit bonhomme empaqueté de tweed feutré ? Plus rien, assurément. Au cours de la semaine passée, il avait abattu deux espionnes sans en référer à quiconque. Chaque fois, il avait pris soin de maquiller l'exécution en crime crapuleux. Il était content de lui. Sa technique s'affinait. Plus il tuait, plus son instinct se développait. Désormais, il lui suffisait de croiser le regard d'une fille pour savoir s'il s'agissait d'un agent du Reich. C'était comme s'il lisait en elle à livre ouvert. Cela ne s'expliquait pas, c'était un don... Il remerciait le ciel de le lui avoir accordé.

— Le métro constitue un réseau stratégique de première importance, reprit Deavon. En cas d'invasion, les rames serviront à transporter nos troupes à l'abri du feu de l'ennemi. On y entreposera également d'importantes quantités de munitions. Les Boches le savent. Ils vont essayer de le saboter, c'est évident.

— Comment s'y prendront-ils ? demanda Ruppert pour avoir l'air de s'intéresser à la conversation.

— Facile, hélas ! soupira Deavon. Certains tunnels passent sous la Tamise, il suffirait d'y provoquer une grosse explosion pour que la voûte s'écroule. Aussitôt, le fleuve s'engouffrerait dans les souterrains, tout le réseau serait inondé en l'espace d'une heure. Inutilisable. Jusqu'à présent, les stations étaient bouclées, verrouillées, mais la populace a forcé les grilles, s'installant sur les quais. Il nous est difficile de la chasser par la force des baïonnettes. Beaucoup, parmi ces gens, sont devenus des vagabonds. Ils n'ont plus de maison, plus d'abri. En haut lieu, on craint que des saboteurs nazis ne se glissent parmi les réfugiés. En bas, c'est l'anarchie, la cour des miracles. Le cloaque... On essaye bien sûr de reprendre les choses en main, mais il faut du temps. En attendant, les salopards de la 5e colonne ont beau jeu d'explorer nos tunnels en toute liberté. Il nous faut quelqu'un en bas... pour les démasquer. Un homme à nous qui se ferait passer pour un vagabond.

Ruppert se redressa, sourit.

— Et vous avez pensé à moi ? fit-il avec une certaine suffisance.

— Oui, avoua son supérieur. Vous n'avez pas l'air d'un militaire. C'est un atout non négligeable. Si vous mettez la main sur quelque chose, vous pourrez espérer une belle promotion.

Le sourire de Merridew s'accentua. Il se moquait bien des promotions, dorénavant. Il était au-delà de ces sottes vanités. Depuis qu'il avait entamé sa croisade secrète, il déniait toute légitimité à ses chefs. Qu'avait-il à faire de leur approbation ou de leurs pauvres récompenses ? Les grades, les médailles ? De la verroterie pour indigènes ! Des couronnes en fer-blanc pour rois de théâtre !

— Barbouillez-vous le visage, enfilez un vieux manteau, et mêlez-vous aux gens qui campent sur les quais, *old sport*, continua Deavon. Ce serait bien le diable si vous ne repériez pas quelque chose de suspect.

— Si cela se produit, interrogea Ruppert, s'amusant à jouer les ingénus, dois-je intervenir moi-même ?

— Surtout pas ! haleta Deavon, vous êtes trop jeune, inexpérimenté. Donnez l'alarme et laissez les spécialistes s'en charger.

Ruppert prit congé en sifflotant. Il lui plaisait d'être considéré comme un incapable, un fils de bonne famille planqué, qui joue au soldat. Tant que les autres verraient en lui un aimable amateur, il serait à l'abri.

En passant devant une vitrine, il s'examina de la tête aux pieds. Son regard... il lui faudrait surveiller son regard. Il avait toujours entendu dire que le regard d'un homme change dès qu'il a commencé à tuer.

« Ce serait bête de me trahir, songea-t-il. Il est de première importance que je m'entraîne à conserver une expression idiote. Jouer les benêts, oui, c'est ce qu'on attend de moi. »

Tirant son carnet de sa poche, il l'ouvrit à la page des exécutions prévues. Trois noms s'y trouvaient barrés.

Pour l'heure, un seul subsistait, intact : *Armony Sweetheart.*

« Il va falloir s'occuper d'elle, se dit-il. Avant qu'elle ne s'évanouisse dans la nature. Je ne sais pas à quoi rime son petit numéro d'amnésique, mais il ne m'a jamais convaincu. »

Il se prit à réfléchir aux moyens d'éliminer la jeune femme. Puisqu'elle était à l'hôpital, le plus simple serait de lui inoculer un poison. Oui, il n'aurait qu'à l'attendre au détour d'un couloir, une seringue dissimulée au creux de la main, et lui enfoncer l'aiguille dans la jugulaire. On mettrait sa mort sur le compte d'une embolie... d'un caillot remonté au cerveau, et le tour serait joué. Oui, ça semblait un bon plan.

Impatient de passer à l'action, il prit la direction du *Saint Job's.* Ces derniers jours, il avait vécu coupé du réel, tout à la préparation des exécutions secrètes, aussi fut-il étonné de se retrouver en face d'un monceau de ruines calcinées. Le *Saint Job's Infirmary* avait brûlé comme un mannequin d'osier. Quand il essaya de se renseigner auprès des représentants de la *Home Guard,* on lui répondit que les occupants du bâtiment, médecins et malades, avaient provisoirement trouvé refuge dans le métro.

« Tiens, tiens, ricana-t-il intérieurement. Quelle heureuse coïncidence ! Une espionne se cache au *Saint Job's,* et voilà la baraque partie en fumée ! Je vois clair dans le jeu de cette chienne. Elle a mis le feu à l'hôpital pour avoir l'occasion de descendre dans le métro. Planquée au milieu des malades, elle ne risque pas d'être repérée. Elle va profiter de la situation pour miner les tunnels. Il faut que je la retrouve pour la mettre hors d'état de nuire, et cela sans perdre une minute... »

Il inspira une grande goulée de cet air au parfum de suie qui flottait sur les ruines. Il comprenait enfin pourquoi Amy Sweetheart s'était présentée à l'hôpital avec une blessure superficielle à la tête. Tout avait été mûrement préparé. Quant à sa pseudo-amnésie, sa seule fonction avait été de maintenir la « malade » dans les lieux en attendant qu'elle puisse bouter le feu aux installations. Aujourd'hui, elle n'était plus qu'une blessée parmi tant d'autres, une anonyme dissimulée dans la foule entassée sur un quai souterrain...

Bien pensé, oui. Vraiment bien pensé. Elle était rusée, dangereuse. Les autres espionnes s'étaient laissé tuer sans difficulté ; il n'en irait pas de même pour Amy Sweetheart, Ruppert le pressentait.

« Enfin, songea-t-il en proie à une soudaine bouffée d'exaltation, une adversaire à ma taille. C'est bien. Les choses devenaient trop faciles. »

Il rentra chez lui, les paumes moites, ne tenant plus en place. Tel un garçon qui se prépare pour un premier rendez-vous avec la fille de son cœur, il inventoria le contenu de ses armoires pour trouver la tenue adéquate ; à cette différence près qu'il s'évertuait à dénicher des vêtements élimés, tachés, conformes à l'image qu'on se fait d'un sans-abri. Ce ne fut pas facile car sa mère, à sa dernière visite, avait fait le ménage dans ses placards, comme lorsqu'il était adolescent. Les années avaient beau passer, elle avait le plus grand mal à réaliser qu'il avait grandi, qu'il était devenu un homme.

« Elle se comporte avec moi comme si elle avait un ordre de perquisition perpétuel en poche, songea-t-il. Jamais elle ne me reconnaîtra le moindre droit à l'intimité. Pour elle, je suis encore un collégien qui cache ses mauvaises lectures derrière sa table de chevet. »

Il finit par mettre la main sur un paquet de vêtements jadis portés sur les parcours de golf, lorsqu'il s'entraînait en solitaire, avec l'espoir d'obtenir un *par*[1] supérieur à celui de ses frères. Les défroques puaient la vieille sueur et le moisi, il jugea cela parfait. Il suffirait de les maculer de cendre pour obtenir un déguisement convaincant. Il prit grand plaisir à se travestir. Sous ses hardes, il dissimula son arme de service et sa carte officielle, au cas où il aurait à justifier ses agissements

---

1. Caractérise le niveau d'un golfeur.

auprès de la police. Il prit également un solide couteau à lame pliable, rapporté d'un voyage dans les Highlands, ainsi qu'une lampe-torche. S'estimant équipé de manière satisfaisante, il quitta l'appartement.

Dans les ruines du *Saint Job's*, il se roula par terre, puis se barbouilla le visage et les mains pour se donner l'allure d'une épave jetée à la rue par les bombardements. Ces derniers préparatifs achevés, il descendit dans le métro. C'était pour lui un monde inconnu, car, avant guerre, il n'avait jamais utilisé ce moyen de transport réservé – Mère *dixit* – aux classes laborieuses et mal lavées. L'endroit lui plut tout de suite, avec son atmosphère de taupinière et de latrines. Après cinq minutes d'exploration, il réalisa que c'était le territoire rêvé pour un espion. On pouvait s'y perdre dans la foule et s'échapper en utilisant les tunnels. Il comprenait sans mal pourquoi Amy Sweetheart y avait trouvé refuge.

Des quais s'élevait un tumulte de pleurs d'enfants, de cris d'adultes, de disputes, de rires. Quelqu'un chantait une vieille ballade irlandaise. Le plus pénible, c'était la puanteur émanant des tunnels, mais Ruppert se dit qu'au bout d'un quart d'heure, il ferait comme les autres, il ne la sentirait plus.

« Le bon vieux théorème de la visite au zoo... », songea-t-il en rabattant la visière de sa casquette sur ses sourcils.

Les deux quais étaient bondés. Des représentants de la *Salvation Army* allaient et venaient au milieu de la cohue, poussant une « roulante » où ils puisaient une soupe grumeleuse dont Ruppert n'aurait pas voulu pour son chien... du moins s'il avait possédé un chien, ce que Mère lui avait toujours refusé.

Personne ne lui prêta attention, il en fut soulagé. Du regard, il sonda la foule, essayant de localiser Amy Sweetheart. En vain. Il faisait sombre et il y avait trop de monde. Soudain, il éprouva une décharge électrique au long de la colonne vertébrale ; signe que son flair de chasseur avait repéré quelque chose à son insu... Retenant son souffle, il reprit son observation et passa en revue les visages qui défilaient devant lui. Bon sang ! comment avait-il pu se montrer aussi distrait ? C'était évident... Parmi les réfugiés circulaient des loups-garou ! Des espions nazis. Apparemment rien ne permettait de soupçonner leur véritable identité, mais Ruppert n'était pas dupe. Sa conviction était arrêtée. Si son instinct tirait la sonnette d'alarme, il se devait de l'écouter.

Dieu ! il n'aurait jamais pensé qu'il y en eût autant. Une... deux... trois... Toutes des femmes, bien sûr. Jeunes, s'appliquant à jouer les épaves prostrées, elles se tenaient en retrait, astucieusement dissimulées au milieu de la foule hirsute. Elles traînaient des cabas, des baluchons, des havresacs, qui leur servaient sans doute à transporter les explosifs destinés à piéger les tunnels serpentant sous la Tamise. Ruppert en eut le souffle coupé. Ainsi elles se déplaçaient en groupe... en meute, veillant les unes sur les autres. Il n'avait pas prévu cela. Les éliminer serait plus compliqué que prévu. Il lui faudrait au préalable séparer chaque fille de la horde s'il voulait éviter d'être mis en pièces ; toutefois, ce nouveau défi était loin de lui déplaire. Il avait fait ses premières armes, il se sentait fort, il aspirait à se perfectionner, à devenir de plus en plus dangereux.

Il baissa la tête et alla s'asseoir contre un mur en se demandant si les espionnes disposaient elles aussi d'un sixième sens pour le repérer. Nerveux, il s'appliqua à se décontracter, tel un parachutiste attendant l'ordre de saut.

« Ne pense à rien, se dit-il, déconnecte-toi, c'est le meilleur moyen de devenir invisible. »

Adossé au carrelage, il perdit la notion du temps. Les bruits, les odeurs, cessèrent de l'importuner. Il nota que la communauté souterraine tentait de s'organiser pour tromper l'attente. Un joueur d'orgue de barbarie exhibait un petit singe costumé en *horse guard* en moulinant des rengaines datant de Jack l'Éventreur. Un apprenti comédien, grimpé sur une caisse retournée, déclamait du Shakespeare sous l'œil d'une dizaine de commères reprisant des chaussettes. De temps à autre, une querelle éclatait. En peu de jours, chacun avait développé un sens aigu du territoire et réagissait avec hargne au premier signe d'empiétement. Ruppert, lui, attendait son heure. Il avait remarqué que chacun, à un moment ou un autre, descendait sur les rails et s'enfonçait dans le tunnel de circulation afin de satisfaire en toute tranquillité ses besoins naturels. La prolifération des excréments forçait les réfugiés à s'éloigner de plus en plus de la station, si bien qu'il leur fallait désormais se soulager au cœur des ténèbres, là où personne ne pouvait les voir.

« C'est là que je les attendrai, décida-t-il. Elles viendront à moi tôt ou tard, et je les éliminerai, l'une après l'autre. »

Il se félicita d'avoir su imaginer une telle stratégie. Il était de plus en plus persuadé que les « louves » constituaient la garde prétorienne d'Amy Sweetheart. Oui, elles veillaient sur la pseudo-amnésique comme des chevaliers sur un monarque. Cette maudite rouquine était donc si importante à leurs yeux ? L'avait-on chargée d'une mission capitale ? Assassiner Churchill, par exemple...

Il se promit de redoubler de vigilance et, mine de rien, descendit sur la voie pour gagner le tunnel. Il entra dans la zone obscure sans avoir été une seule fois interpellé. Là, il dut s'aider de sa lampe-torche pour ne pas s'enliser dans le tapis d'excréments recouvrant le sol. Il dut finalement se résoudre à se déplacer en équilibre sur les rails jusqu'à l'une de ces niches creusées dans la paroi pour permettre aux ouvriers de s'abriter lors du passage des rames. Là, il s'installa à croupetons, éteignit sa torche et prit l'affût.

Il s'écoula une heure avant que l'une des « louves » s'aventure dans le tunnel. Dès qu'elle fut accroupie, Ruppert bondit hors de sa cachette, se déplaça sur le rail avec la souplesse d'un funambule, et la poignarda. Depuis Brit Galloway, il avait amélioré sa technique.

L'espionne n'eut pas le temps de comprendre ce qui lui arrivait. Le jeune homme fouilla le cabas dont sa victime ne s'était pas séparée, de peur sans doute qu'on le lui vole, mais ne dénicha aucun explosif, pas davantage d'armes ou de détonateurs. Décidément, les garces étaient prudentes ! Elles prenaient soin de ne conserver sur elles aucun objet compromettant. Les charges étaient à coup sûr dissimulées quelque part dans la station. Un peu déçu, il tira le cadavre jusqu'à la niche et reprit l'affût. Au bout d'un moment les autres louves s'inquiéteraient fatalement de la disparition de leur sœur et se lanceraient à sa recherche. Cette fois, elles ne viendraient pas les mains vides, mais Ruppert n'avait pas peur. À chaque nouvelle exécution, ses pouvoirs grandissaient.

*
* *

Dès que Libbie l'eut laissée seule, Amy fut assaillie par un inexplicable sentiment de menace. Sans qu'elle fût en mesure de justifier cette conviction, elle eut tout à coup la certitude que la mort se rapprochait d'elle, et qu'elle devait fuir sans attendre. Elle ne chercha nullement à se raisonner. Se dressant dans la pénombre, elle quitta le quai pour remonter les couloirs en direction de la sortie. « File, file... lui soufflait son instinct. Le chasseur est derrière toi. Ne perds pas de temps à te retourner. »

Quand elle émergea enfin des souterrains, elle respira mieux. Le *fog* l'enveloppa. Elle se mit à marcher au hasard, et c'est à peine si elle eut un tressaillement quand retentit le meuglement des sirènes annonçant un raid aérien. Elle estima qu'elle serait davantage en sécurité sous les bombes que dans la nuit du métropolitain.

*
* *

C'était réglé. Ruppert avait éliminé les trois filles sans rencontrer de difficultés. Toutefois la tension nerveuse l'avait usé et il éprouvait une immense fatigue. Pour un peu, il se serait roulé en boule dans un coin et abandonné au sommeil. Il profita de ce que tout le monde dormait pour sortir du tunnel et se hisser sur le quai. Son idée était d'en finir très vite avec Amy Sweetheart, maintenant que ses gardes du corps n'étaient plus là pour la protéger. Retenant son souffle, il se déplaça à pas lent entre les dormeurs, au milieu des ronflements, dans la lueur des veilleuses allumées ici et là. Il y avait beaucoup de monde, et il était difficile d'identifier quelqu'un parmi ces corps couchés. Il était hors de question qu'il se penchât sur chacun d'eux et lui braque sa torche en plein visage. Il cherchait à repérer la crinière rouge de sa proie.... mais la garce avait sans doute pris la précaution de dissimuler ses cheveux sous un bonnet. Dans sa poche, ses doigts étreignaient le manche du couteau encore gluant de sang, bien qu'il l'ait nettoyé sur les vêtements de sa dernière victime.

Brusquement, il se sentit agrippé par le revers de son pantalon. Une main s'était posée sur sa cheville. Baissant les yeux, il rencontra le regard d'un jeune homme pâle, couché sur le quai.

— Je vous connais... chuchota l'inconnu. On s'est déjà vus.

Il avait le crâne rasé, une vilaine cicatrice de trépanation. Ruppert l'identifia. Il s'agissait d'un malade du *Saint Job's*, un type nommé... Hugo... Hugo quelque chose, à qui il avait fait subir l'interrogatoire de rigueur lors de son arrivée. Un garçon de bonne famille que sa blessure avait rendu inapte à tout service actif. Encore un aviateur malchanceux. Un de plus ! Ruppert se demanda pourquoi les types de sa génération étaient à ce point fascinés par les avions alors qu'il existait tant d'autres moyens de servir le pays.

Cédant à une impulsion, il s'agenouilla.

— Vous la cherchez, hein ? souffla Hugo. Vous aussi vous avez compris. Vous ne vous êtes pas laissé abuser par sa jolie figure.

— De qui parles-tu ? s'enquit Ruppert, excité à l'idée de ce qu'il allait entendre.

— La fille aux cheveux rouges, haleta le dément. Je sais que vous êtes là pour elle. C'est une princesse nazie. Elle s'est cachée en Angleterre avec son amant. C'est pour ça que les Boches nous attaquent. Ils veulent la récupérer. Vous avez entendu parler de Hélène de Troie ? Elle va causer notre perte. Il faut la supprimer, la tuer et leur rendre le corps. Ça arrêtera la guerre... C'est elle la cause de tout.

Ruppert hocha la tête. Les fous jouissaient parfois d'un curieux don de double vue. Il y avait sûrement une parcelle de vérité dans le délire de ce pauvre garçon. Amy Sweetheart était une proie de choix, une cible de la première importance. Elle était venue en Angleterre pour accomplir une action d'éclat, Ruppert en avait désormais l'intime conviction. Il l'imaginait fort bien, s'arrangeant pour approcher Churchill afin de le supprimer. Avec un minois comme le sien, on pouvait se faire admettre dans les cercles les plus fermés, les hommes sont tellement bêtes, tellement esclaves de leurs hormones sexuelles...

— Tu sais où elle se cache ? demanda-t-il.

— D'habitude, elle dort sur le quai, dans ce coin-là. Mais ce soir elle est sortie. Je l'ai vue se lever subitement, comme si quelqu'un l'avait appelée.

Ruppert Merridew se redressa. Sa décision était prise, il tuerait Amy Sweetheart à la première occasion. Dans ce but, il allait s'embusquer à la sortie du métro, au pied de l'escalier, pour attendre son retour. Dès qu'elle poserait le pied dans la station, il la poignarderait. Oui, c'était un bon plan... Net, précis, et d'une simplicité de bon aloi. Il ne fallait jamais finasser. Les réponses se devaient d'être brutales et définitives, ne laissant pas place à la discussion. Si Hugo avait raison, il suffirait peut-être d'un simple coup de couteau pour arrêter la guerre. Et cet ultime coup, ce serait lui qui l'administrerait. Lui, Ruppert Timothy Merridew, dernier fils vivant de Leonora Hopkins-Merridew (qui s'arrogeait le droit de fouiller dans ses placards et lui avait toujours interdit de posséder un chien).

Il serra les doigts sur le manche de son arme, l'imaginant un jour dans une vitrine de la Tour de Londres ou du British Museum, avec cette mention : *Couteau de berger écossais, fabrication artisanale. C'est avec cette arme rustique que Ruppert T. Merridew, de sa propre initiative et par une action d'éclat, mit fin à la guerre en...*

Enjambant les dormeurs qui jonchaient le sol, il s'engouffra dans le couloir carrelé qui menait à la sortie.

*
* *

Les gens sortaient des immeubles en courant pour se ruer vers les abris les plus proches. Il s'agissait la plupart du temps de caves « renforcées » au moyen de piliers, et qu'on avait entourées d'une muraille de sacs de sable. Ceux qui habitaient une maison particulière avaient aménagé dans leur jardin un abri de type Anderson, nom pompeux servant à désigner un simple trou dans le sol recouvert d'une voûte en tôle ondulée qui ne vous protégeait en aucun cas d'une frappe directe. Quant aux malheureux ne bénéficiant pas des avantages d'un jardinet au gazon bien tondu, ils pouvaient installer dans leur cuisine un abri Morrison. Cette fois, il s'agissait d'une table en acier sous laquelle on se recroquevillait à la première explosion. Des grillages, obturant chaque côté, étaient censés empêcher les gravats de vous ensevelir. Subsistait tout de même un problème de taille : l'abri Morrison résistait rarement à la chute de plusieurs plafonds.

Amy remontait la rue à contre-courant, indifférente aux gens qui la bousculaient. Elle savait qu'elle n'était pas dans son état normal, mais elle avait décidé de ne rien faire pour reprendre les rênes. Il lui semblait que son corps agissait indépendamment de sa volonté, selon un plan dont elle ignorait tout. C'était à la fois angoissant et excitant. Un mélange de rêve et de somnambulisme. La migraine répandait sa flaque brûlante dans sa tête, à la périphérie de sa blessure, comme si une partie de son cerveau était entrée en surchauffe, à la façon d'un moteur mal réglé.

La D.C.A. londonienne avait ouvert le feu, criblant le ciel de nuages noirs. Il convenait de se méfier de ses obus, qui, lorsqu'ils avaient manqué leur cible, retombaient sur la population en une pluie d'éclats meurtriers.

« On dirait que nous allons bientôt assister à des choses intéressantes... », se dit Amy sur le ton d'une petite fille qui voit entrer en scène un prestidigitateur costumé en fakir.

Tout à coup, ses pieds bifurquèrent, la menant vers une porte cochère. L'instant d'après, elle traversait un hall, grimpait un escalier.

« Je ne suis jamais venue ici, songea-t-elle. Du moins je n'en conserve aucun souvenir. »

Elle se demanda si son corps n'était pas en train de la ramener à son domicile, là où elle avait habité avant de perdre la mémoire. Arrivée sur le palier, elle s'immobilisa pour poser l'index sur la sonnette. Le timbre résonna dans le vide sans que la porte s'entrouvre, mais cela n'avait rien de surprenant puisque l'immeuble avait été évacué, et que ses habitants couraient en ce moment même vers l'abri du coin de la rue. Devant cette absence de réaction les mains d'Amy furent prises de frénésie. Remontant vers sa chevelure, elles y prélevèrent deux épingles qu'elles se mirent à tordre selon des angles compliqués. La seconde d'après, elles introduisaient ces bouts de fer dans la serrure et titillaient le mécanisme du verrou.

Amy se regardait agir, interdite. Ainsi, elle savait forcer les serrures, comme une cambrioleuse professionnelle ?

Le verrou neutralisé, elle poussa le battant et entra dans l'appartement. Elle découvrit un salon richement meublé. Elle se trouvait dans un immeuble de standing, à la décoration luxueuse. Sur un coin de table, deux tasses fumaient près d'une théière abandonnée. Sans réfléchir, elle saisit l'une d'entre elles, la porta à ses lèvres et but trois gorgées d'un *lapsang-souchong* d'excellente provenance. Cette intrusion en territoire étranger alluma en elle une excitation presque érotique, et la tête lui tourna. Elle explora l'appartement sans se presser, ouvrant çà et là un tiroir, caressant un bibelot de porcelaine du bout de l'index, tapotant les touches d'un clavecin... C'était un lieu très féminin, meublé et décoré avec goût. Captivée par son exploration, Amy se rendit à peine compte que le bombardement avait commencé. Tout autour d'elle les vitres tremblaient, les statuettes dégringolaient des étagères...

« Qu'est-ce que je fiche ici ? se demanda-t-elle. Je ne suis pas chez moi, c'est évident. Suis-je entrée par hasard ? Ai-je l'intention de voler quelque chose ? »

Elle réalisa que ses yeux s'attachaient tout particulièrement aux tableaux ornant les murs, comme s'ils cherchaient une œuvre précise. Ils délaissaient les marines et les natures mortes, quêtant autre chose... *mais quoi ?*

Le parquet trembla sous ses pieds. Une tringle chargée de lourds rideaux se décrocha, du plâtre tomba du plafond. Le bombardement se rapprochait. Soudain, Amy se figea en face d'une petite peinture à l'huile, d'environ trente centimètres sur quarante, joliment encadrée, et qui représentait deux petites filles jouant au cerceau dans le parc d'un château. Il s'agissait manifestement d'une œuvre d'époque victorienne. De longs lévriers gambadaient dans les buissons, des grouses s'égaillaient dans un ciel gris tourterelle...

Sans réfléchir, la jeune femme se saisit d'un coupe-papier et cisailla la toile au ras du cadre. La lame n'étant pas assez affûtée, elle travailla sans élégance, abîmant le vernis qui se craquela, semant des écailles luisantes sur le dos de sa main. Elle n'y accorda aucune importance. Elle roula la peinture, la glissa dans sa ceinture, puis se dirigea vers la porte. L'instant d'après, elle était dans l'escalier. Alors seulement, elle prit conscience du tumulte environnant, de l'odeur chimique des explosions, de la fumée qui lui brûlait les yeux et les poumons. Tout le quartier était en feu.

« Je viens de pénétrer dans un appartement où je n'avais jamais mis les pieds pour voler un tableau sans grande valeur, songea-t-elle. Serais-je aussi folle que Maggie Brentcastle ? »

Un type de la *Home Guard* affublé d'un casque en forme de plat à barbe lui cria un avertissement qu'elle ne comprit pas. Probablement lui ordonnait-il de rejoindre l'abri le plus proche... Elle haussa les épaules, elle avait d'autres préoccupations. Pourquoi ces petites filles au cerceau avaient-elles retenu son attention ? Avait-elle surpris une ressemblance ?

« Il me faudrait une loupe, décida-t-elle. Une loupe qui me permettrait de scruter chaque détail de la scène. Les visages surtout... »

Dix minutes plus tard les sirènes annoncèrent la fin du *raid*. La fumée des incendies recouvrait le quartier. Les hommes de la défense passive entreprirent de rassembler les Londoniens hagards qui titubaient au milieu des décombres. « Êtes-vous blessé ? répétaient-ils, souffrez-vous ? »

Quand ils se précipitèrent à la rencontre d'Amy, celle-ci simula l'hébétude. La suie dont elle était couverte se révéla un excellent camouflage. Elle se contenta de répondre aux questions par des bégaiements. L'estimant choquée, les hommes affublés d'un casque à la Don Quichotte la conduisirent au seuil d'une tente où l'on rassemblait les rescapés. Là, des infirmières l'examinèrent avant de lui coller un quart métallique empli de thé entre les mains. Amy s'appliqua à se rendre invisible. Ici elle était en sécurité, on ne lui demanderait rien, et si on la questionnait, elle n'aurait qu'à bégayer en adoptant une expression hagarde. On se désintéresserait aussitôt d'elle.

On l'enveloppa dans une couverture militaire puis on l'oublia, ce qui lui convenait. Elle resta ainsi deux bonnes heures, regrettant de ne pouvoir examiner son larcin à loisir. À midi, elle reçut une écuelle de soupe et un sandwich au *corned beef*. Et du thé. Encore du thé.

Quand la nuit tomba, elle se laissa conduire dans un dortoir municipal où s'alignaient des dizaines de lits de sangles. Des paravents séparaient la section des hommes de celle des femmes. Elle s'étendit et sombra dans le sommeil. Elle avait décidé de laisser son corps libre de ses mouvements ; comme si, grimpée sur un cheval, elle abandonnait soudain les rênes, autorisant l'animal à se promener au gré de ses envies. Amy pensait que cette méthode lui fournirait des renseignements intéressants sur son ancienne personnalité.

Le lendemain matin, elle prit soin de quitter le dortoir dès son petit déjeuner avalé afin d'éviter la visite des employés chargés de relever l'identité des réfugiés. Elle se retrancha dans un square ; là, sur un banc, au milieu des statues décapitées par les explosions, elle récupéra le rouleau de toile dans sa ceinture et le scruta à s'en faire mal aux yeux.

Il y avait les deux petites filles, le cerceau, les lévriers bondissants... Si cela avait une signification, elle ignorait laquelle.

Elle se tassa sur un banc, prit son mal en patience... et attendit qu'éclate de nouveau le mugissement des sirènes d'alerte. Cela se produisit sur le coup de midi. Alors, comme la veille, une fois les immeubles abandonnés par leurs occupants, elle força les serrures avec une habileté consommée et visita coup sur coup trois appartements. Dans le premier, elle vola une paire de ciseaux de couture bien affûtés, dans le second, une loupe posée sur un album de timbres, dans le dernier, un tableau représentant une scène de chasse à courre dans le parc d'un manoir. Une meute de chiens blancs y poursuivait un cerf à l'agonie sous l'œil allumé de gentlemen en casaque rouge sang.

Ses mains découpèrent le rectangle de toile peinte avec fébrilité, l'arrachant de son cadre comme s'il s'agissait d'un trésor. Amy, convaincue qu'un receleur indulgent ne lui en aurait pas offert plus d'une dizaine de livres, s'interrogea sur la raison d'une telle avidité. Cela avait-il quelque chose à voir avec le cerf acculé, les chiens, la mise à mort imminente ? Existait-il un lien entre cette scène de chasse et les petites filles au cerceau de la veille ? Un fil rouge qu'elle ne savait voir...

Son larcin dissimulé sous son manteau, elle battit en retraite. Elle savait qu'elle prenait de gros risques en s'abandonnant à ces crises étranges. Lors des alertes, tout le monde ne descendait pas dans les abris. On prétendait que certains couples, pris d'une frénésie soudaine, en profitaient pour faire l'amour. Chaque fois qu'elle franchissait le seuil d'un appartement supposé vide, elle pouvait tomber sur l'un de ces dissidents qui s'empresserait de donner l'alerte. Elle devait reprendre le contrôle d'elle-même, juguler ses bizarres pulsions de vol...

« J'ai peut-être commis une erreur en quittant le métro, se dit-elle. J'ignore comment me comporter à l'extérieur. Si je continue dans cette voie, je vais me faire prendre la main dans le sac. »

Dans sa situation, elle devait éviter toute confrontation avec la police.

Selon une méthode à présent éprouvée, elle se laissa « ramasser » par la *Home Guard* et conduire à la tente des secours. Comme la veille, elle dormit dans l'un des dortoirs municipaux. À l'aube toutefois, elle se réveilla couchée sur le flanc, les ciseaux à la main. Des dizaines de petits fragments colorés couvraient ses vêtements, telles les pièces d'un puzzle éparpillé. Quand elle s'assit, elle réalisa qu'il s'agissait des deux peintures volées, qu'en état de crise somnambulique, elle avait découpées en une infinité de minuscules morceaux. Abasourdie, désireuse de ne pas donner l'éveil, elle s'empressa de ramasser les fragments et de les entasser dans ses poches. Si quelqu'un avait surpris son manège au cours de la nuit, elle risquait de se heurter à la curiosité des fonctionnaires chargés du recensement des sans abri. À l'heure présente, les cambriolages étaient connus, il aurait été fâcheux qu'un petit malin s'avise de faire le lien avec cette rouquine bizarre qui occupait ses nuits à hacher menu des toiles de maître...

S'appliquant à ne pas faire de bruit, Amy rassembla ses affaires et se faufila hors du dortoir sans demander son reste.

*
* *

Ruppert était de méchante humeur. Les cadavres des trois filles ayant été découverts dans le tunnel, il avait dû abandonner l'affût contre son gré. L'affaire avait provoqué force hurlements ainsi qu'un début de panique. Un vieillard avait été piétiné. Merridew, lui, avait préféré s'éclipser, ne tenant pas à justifier de son identité auprès de la police.

Les journaux parlaient déjà d'un nouveau Jack l'Éventreur sévissant dans le métropolitain. Quelle sottise ! N'y avait-il donc personne pour se rendre compte que ces femmes étaient des espionnes infiltrées ?

De retour chez lui, il alluma le chauffe-bain à gaz et se plongea dans la baignoire. Il puait. C'est toujours une épreuve pour un homme de qualité de côtoyer la populace, mais cela faisait partie des souffrances qu'il devait endurer sur le long chemin de l'ascèse. Il y en aurait d'autres. Toutefois, il dut s'avouer qu'il était mortifié à l'idée d'avoir attrapé des poux, aussi se frictionna-t-il avec l'énergie d'un pénitent maniant la discipline.

La tête ruisselante de mousse, la peau rougie, il se prit à maudire Amy Sweetheart. Où était-elle passée ? Pourquoi n'était-elle pas revenue ? Son instinct de louve l'avait-il avertie de l'embuscade ? C'était bien possible. En la sous-estimant, il avait commis une erreur. La facilité avec laquelle il avait liquidé ces trois filles l'avait rendu négligent. Les mortes du tunnel n'étaient que des servantes, Amy, elle, jouissait du statut de princesse.

« Elle va te donner du fil à retordre, songea-t-il. La prochaine fois, tu ne devras rien laisser au hasard. »

*
* *

Quand Amy regagna le métropolitain elle y fut accueillie par une Libbie folle d'inquiétude.

— Bon sang ! Où étais-tu passée ? Je te croyais morte, haleta la grosse fille. On a trouvé trois filles égorgées dans le tunnel. C'est une véritable histoire de fou. Les gens ont peur, ils disent qu'un dingue se promène sur les rails, qu'il va de station en station pour assassiner les femmes.

Amy fronça les sourcils. Cette histoire ne lui disait rien qui vaille. Elle pensa aussitôt au prince crapaud. Était-il l'auteur des meurtres ? Avait-il tué ces filles par dépit, parce qu'il n'arrivait pas à mettre la main sur elle ? Était-ce une manière de lui dire : « Tant que tu ne m'auras pas rejoint je tuerai des innocentes, au hasard. Plus tu tarderas à te décider, plus tu auras de victimes sur la conscience. »

Un chantage ? Possible. Troublée, elle suivit Libbie sans rien entendre du bavardage de sa compagne. Quand elle arriva sur le quai elle se heurta à Hugo qui la toisa d'un air méchant avant de déclarer :

— La prochaine ce sera toi. L'exécuteur te cherche, il m'a parlé. Il va s'occuper de toi, c'est sûr. Ces filles, c'était juste pour s'entraîner, un peu comme les bourreaux qui essayaient leur hache en décapitant des veaux...

Amy ne put s'empêcher de frissonner. Elle avait beau savoir que le jeune homme n'avait plus sa tête, ses menaces l'effrayèrent.

En raison des crimes, les réfugiés obtinrent que les stations restent en partie éclairées pendant la nuit et que des bobbies patrouillent au long des voies. Amy doutait cependant que les autorités prennent la chose au sérieux, trois filles assassinées c'était peu en regard des quatre cents ou cinq cents morts que les raids aériens faisaient chaque soir. La guerre avait ses priorités.

Les hommes décidèrent de former des comités de vigilance. On alla même quérir un chien qui fut proclamé mascotte de la station. Amy restait sur ses gardes. Alors qu'elle s'emmitouflait pour la nuit elle retrouva, dans ses poches, les fragments des tableaux transformés en puzzle. Machinalement, elle essaya d'en assembler les morceaux épars. Elle eut la surprise de découvrir qu'elle n'avait conservé de chaque toile que l'image de fond : le manoir et le château... les petites filles, les chasseurs à courre, elle les avait éliminés.

Son esprit essayait donc de lui transmettre un message, mais lequel ?

L'Angleterre était pleine de châteaux ! Si elle devait localiser l'un d'eux, il lui fallait davantage d'éléments.

Sur le quai, la vie s'organisait. Pour dissiper l'affreuse atmosphère installée par les meurtres, on demanda aux jeunes filles de distraire les enfants qui vivaient désormais dans la crainte de celui, qu'entre eux, ils surnommaient le loup-garou. À cette occasion, Amy découvrit qu'elle était capable d'exécuter toutes sortes de tours de magie à partir d'objets usuels : mouchoirs, foulards, balles, ficelles... Ces démonstrations d'adresse naissaient au bout de ses doigts presque à son insu. C'était comme si ses mains agissaient de leur propre chef, sans lui demander son avis.

Elle comprit que c'était là le fruit d'un long entraînement, et elle se rappela que les espions étaient initiés aux tours de prestidigitation afin de développer la dextérité manuelle nécessaire à leur activité de *pickpocket*. Quoi qu'il en soit, son adresse faisait le bonheur des marmots qui l'observaient bouche bée.

— Ça alors ! s'extasia Libbie, ça m'en bouche un coin. Tu as travaillé dans un cabaret, c'est sûr. Tu devais être l'assistante d'un magicien.

Entre deux prestations, Amy inventait des histoires. Encore une fois, elle ne savait d'où lui venaient ces contes à dormir debout dont les péripéties naissaient sur ses lèvres sans qu'elle ait à accomplir le moindre effort d'imagination. Il y était question d'une petite fille nommée Mamzelle Two-Shillings, et son chat, Tea-cup, qui avait la vilaine habitude de tremper sa queue dans les théières... Mamzelle Two-Shillings et le chat mal élevé habitaient dans un château...

— Dessine la petite fille ! criaient les enfants.

— Dessine le chat... Dessine le château...

Amy s'exécuta. Avec un crayon gras prêté par un apprenti menuisier, elle entreprit de gribouiller sur le mur. Elle s'aperçut qu'elle était plutôt adroite à ce jeu et que les caricatures sortaient de ses doigts avec fluidité. Elle dessina donc la petite fille, et le matou, et le château...

Quand les enfants se dispersèrent pour aller rejoindre leurs mères, Amy resta seule, agenouillée devant le dessin qui occupait un mètre carré de paroi. Elle s'étonna de la minutie avec laquelle elle avait représenté le castel. À deux reprises, elle avait même éprouvé le besoin de corriger un détail qui n'était pas à la bonne place, comme si... comme s'il ne s'agissait pas d'un manoir de fantaisie, mais d'un bâtiment réel, dont elle connaissait l'architecture.

Abîmée dans sa contemplation, elle n'entendit pas un vieillard s'approcher d'elle. Coiffé d'un chapeau melon cabossé, les joues mangées par une barbe grise de trois jours, il portait sur le bout du nez de curieuses lunettes rondes d'un autre âge. Malgré sa dégaine, son maintien restait celui d'un homme de la bonne société.

— Ashden castle... murmura-t-il en plissant les paupières. Vous avez représenté Ashden castle, à l'époque de sa gloire.

Amy sursauta.

— Vous voulez dire que ce château existe vraiment ? haleta-t-elle.

— Oui... ou plutôt non, marmonna le vieux. Disons qu'il existait encore jusqu'à une date récente. Il a brûlé. Une terrible perte pour l'art. Le comte Ashden était collectionneur, il avait rassemblé une galerie de tableaux d'une immense valeur. Tout a été consumé par les flammes, en l'espace de quelques heures. On a parlé d'un acte criminel, je crois. Je ne peux vous en dire plus, je ne lis pas les faits divers.

— Et le comte, qu'est-il devenu ?

— Brûlé vif, avec toute sa famille... comme les sorcières au Moyen Âge ; mais je ne me suis pas présenté : Anthony Reginald Markham, jadis chargé de cours à l'Institut Royal d'Architecture, aujourd'hui à la retraite, sans abri et sans autre richesse que les vêtements que je porte sur le dos.

— Enchantée, répondit Amy, où se trouve Ashden ?

— Quelque part dans la forêt de Ballmoor, au nord de Londres.

Amy le remercia. Elle avait repris espoir, elle savait ce qu'elle devait faire : convaincre Libbie de l'emmener là-bas !

Par mesure de prudence, elle effaça le dessin à l'aide d'un chiffon mouillé. Elle préférait partir sans laisser d'adresse.

*
* *

Quand Ruppert Merridew redescendit dans le métro, vêtu cette fois de son uniforme, il ne put mettre la main sur Amy Sweetheart. Malgré tous ses efforts, la jeune femme demeura introuvable. Une brève enquête administrative lui apprit que l'amnésique, placée sous la responsabilité de l'infirmière Libbie Coggan, avait quitté Londres pour un court voyage de réinsertion. Ruppert eut beau se démener, il ne trouva nulle trace des fuyardes, à croire qu'elles s'étaient évaporées. Il en conçut une terrible frustration. S'il avait pu quitter Londres, il aurait probablement fini par les localiser, hélas, Dea-von, son supérieur – estimant le dossier « Sweetheart » trop mince et les arguments de Ruppert peu convain-cants – lui refusa cette autorisation.

— Il y a déjà de quoi vous occuper en ville, conclut-il, goguenard, pas la peine de courir la campagne pour glaner un surplus de besogne. Pour l'heure, contentez-vous d'expédier les problèmes courants. Votre *grande* espionne attendra.

À bout de ressources, Ruppert se résolut à diffuser un avis de recherche auprès des postes de contrôle ins-tallés sur les principaux axes routiers. Il n'en attendait pas grand-chose, mais ne pouvait se résoudre à lâcher prise.

« Je la retrouverai, se répétait-il. Tôt ou tard, comme les *U-boot*, elle sera forcée de faire surface. Quand cela se produira, je serai là... »

TROISIÈME PARTIE

Cendres et fantômes

Libbie Cogan alla trouver l'infirmière major pour solliciter un congé d'une semaine sous prétexte que sa vieille mère, qui habitait dans le Sussex, venait de tomber gravement malade.

Amy éprouvait quelque scrupule à entraîner la pauvre fille dans une aventure qui risquait de mal tourner, toutefois elle n'avait pas le choix. Elle ne connaissait personne, ne disposait d'aucun véhicule et ignorait tout du monde extérieur. En outre, elle n'avait pas d'identité officielle, ce qui, en cas de contrôle, risquait de lui attirer la suspicion des autorités.

Libbie se débrouilla pour obtenir d'un médecin débordé – qui l'écouta d'une oreille et signa ce qu'elle voulut – un certificat l'autorisant à véhiculer à travers le pays une malade frappée d'amnésie ; cette promenade thérapeutique ayant pour fonction d'amener ladite patiente à recouvrer la mémoire.

— Ce n'est qu'un bout de papier, soupira la grosse fille, mais il clouera le bec aux petits curieux en uniforme qui pourraient nous contrôler.

Après avoir hésité entre différents états – stupeur, angoisse, incrédulité, refus catégorique – elle semblait, en définitive, excitée par cette excursion qui l'arrachait à la routine de l'hôpital.

« Il se passe enfin quelque chose dans sa vie, songea Amy. Elle a beau souffrir du vertige, elle ne peut s'empêcher de se pencher au-dessus du gouffre. »

Les deux femmes prirent la route à l'aube, dans une voiture délabrée dont Amy aurait été incapable de préciser la marque. Libbie conduisait vite et bien ; elles ne mirent pas longtemps à sortir de Londres. Amy fut étonnée de constater avec quelle rapidité le paysage urbain cédait place à la campagne. Bientôt, la petite auto roula au milieu des champs noyés de brume. Au bout d'un moment, Libbie s'arrêta pour étudier la carte. Elle fronça les sourcils.

— C'est embêtant, marmonna-t-elle, ton truc... ton château en ruines, il est situé au beau milieu d'une zone interdite à la circulation.

— Qu'est-ce que c'est, une zone interdite ?

— C'est comme une scène de théâtre. Figure-toi que le gouvernement a imaginé de bâtir de fausses usines à la campagne, pour amener les bombardiers boches à s'éloigner de Londres. Des équipes d'ouvriers travaillent nuit et jour pour fabriquer des bâtiments factices qui, vus du ciel, ont l'air d'industries lourdes besognant férocement pour l'effort de guerre. En réalité, ce sont de simples baraques en planches au milieu de quoi on a planté des tuyaux géants pour imiter des cheminées de hauts-fourneaux. Tout ça est relié à une chaudière où l'on enfourne de vieux pneus. Ces saletés brûlent en répandant une fumée noire visible à des kilomètres à la ronde.

— Tu veux dire qu'ils ont bâti des leurres géants ?

— Oui, comme des décors de cinéma, tu vois... Du haut du ciel, ça crée l'illusion, mais d'en bas ce ne sont que des charpentes recouvertes de panneaux de bois peinturlurés.

— Et ça fonctionne ?

— Oui, c'est ça l'ennui. Les Boches se sont mis à bombarder les fausses usines, si bien que la campagne est criblée de cratères d'explosions. Si l'on pénètre à l'intérieur de ce périmètre, on risque de finir en chair à pâté.

— Je ne veux pas te faire courir ce risque. Tu n'auras qu'à me déposer à la lisière de la zone interdite, je continuerai seule, à pied, avec la carte.

Libbie prit une expression boudeuse.

— Pas question, siffla-t-elle. Je ne vais pas te lâcher au beau milieu des bois. Tu es ma malade, à présent. Je dois veiller sur toi.

Et elle remit le contact.

Elles durent bientôt se résoudre à circuler entre deux haies de barbelés qui condamnaient l'accès aux champs bordant la route. Derrière ces enchevêtrements de fil de fer se dressaient les masses confuses d'importants bâtiments hérissés de hautes cheminées. Grâce au brouillard, l'illusion était parfaite. Seul le silence régnant sur les lieux trahissait la véritable nature des installations. Amy nota également la présence de nombreux camions garés aux abords de l'usine.

— Tout est en bois, l'avertit sa compagne. De temps à autre les types les changent de place au cas où les Boches feraient des photos aériennes. Seuls les camions qui amènent les vieux pneus sont réels. Ils utilisent aussi des ballots de chiffons imbibés d'huile de vidange. Quand tout ça flambe, ça pue comme l'enfer, et le ciel est noir de fumée. C'est le but de la manœuvre, faire croire que les usines tournent nuit et jour pour fabriquer des avions, des chars, des canons.

Amy hocha la tête. Maintenant que le *fog* se dissipait, elle distinguait mieux le décor qui l'entourait. Elle fut gagnée par un sentiment d'irréalité ; un peu comme si elle se promenait à Hollywood, aux studios de la Warner, dans l'une de ces villes de carton-pâte où les acteurs ont l'habitude d'évoluer. Les faux camions avaient l'air de gros jouets posés là à l'intention d'un enfant géant qui allait s'en saisir d'une minute à l'autre en faisant *vroum-vroum* avec la bouche.

Elle s'ébroua. Elle devait se méfier de sa propension à décoller du réel.

— Tiens ! lança Libbie d'une voix sourde, regarde un peu les cratères d'explosion, tu vois que je n'exagérais pas.

Amy se pencha à la portière. Les terrains environnants étaient effectivement criblés d'énormes entonnoirs témoignant du pilonnage intensif des bombardiers.

— Quand ils touchent la fausse usine, on la reconstruit dans la nuit, gloussa la grosse fille. Ça les rend dingues, ils n'y comprennent rien. Ils s'imaginent avoir raté leur cible, et ils recommencent. Voilà pourquoi le coin est dangereux. C'est comme si nous nous promenions sur une enclume pendant qu'un forgeron tape sur un fer à cheval.

Amy nota qu'on avait poussé le souci de mise en scène jusqu'à disposer des canons de carnaval à l'arrière d'un énorme camion, comme si ce matériel, sorti flambant neuf des chaînes d'assemblage, allait être livré d'une heure à l'autre.

Au même moment, deux soldats sortirent de la brume et firent signe à la voiture de s'arrêter.

— *Pickaboo !* grogna Libbie, ils vont sûrement nous demander de faire demi-tour.

Le visage bougon des militaires s'éclaira en découvrant que la voiture abritait des femmes. Libbie s'empressa de brandir le sauf-conduit.

— Faut pas traîner dans le coin, fit le plus âgé des hommes. C'est un vrai tir aux pigeons par ici. Quand ça se met à tomber, y a aucun endroit où on soit vraiment en sécurité.

— Mais vous ? s'inquiéta Amy, où vous retranchez-vous ?

— On a des abris souterrains, Mamzelle, grogna le troufion. Mais je vous y inviterai pas à y passer la nuit, toute mignonne que vous êtes. C'est pas un endroit pour une jolie fille. Quand les Boches bombardent, on a l'impression qu'on va être enterrés vivants d'une seconde à l'autre. Ça vous met pas le cœur à la bagatelle, si vous voyez ce que je veux dire.

Au vrai, il semblait plutôt nerveux et ne pouvait s'empêcher de jeter de brefs coups d'œil en l'air pour surveiller les nuages.

— C'est la fille du Général Hendicott, mentit Libbie. Elle a été blessée à Londres, je la ramène dans sa famille.

Les soldats échangèrent un regard perplexe. Ils avaient manifestement hâte de regagner le bunker.

— C'est une mauvaise idée d'emprunter cette route, lâcha celui qui n'avait pas encore ouvert la bouche. Le mieux, c'est de bifurquer au premier tournant et de repartir vers Mollingtown. C'est plus long, mais plus sûr. Éviter de longer la zone interdite, les bombes ne tombent pas systématiquement à l'intérieur des barbelés. Les Boches arrosent large.

Ayant remercié les deux hommes d'un charmant sourire, Libbie lança le moteur pour s'éloigner au plus vite du *check point*.

— Que fait-on ? questionna l'infirmière.

— Fais semblant d'obéir, murmura Amy. On cachera la voiture dans un bosquet, puis on se glissera sous les barbelés. Je ne peux pas faire autrement. Ashden est au milieu de la zone bombardée. Encore une fois : je ne te force pas à me suivre. Ce sera dangereux, et cette histoire ne regarde que moi.

— Je t'ai déjà dit ce que j'en pensais, grommela Libbie. Je ne te lâcherai pas.

Assez de scrupules inutiles ! souffla une détestable petite voix dans l'esprit d'Amy. *Sers-toi d'elle comme d'un outil. C'est ce qu'on t'a enseigné. Cette fille est folle de toi, utilise-la au mieux de tes intérêts.*

La jeune femme se passa la main sur le front, comme si ce simple geste allait faire taire ce fantôme émergeant d'un passé qui lui faisait peur. Elle avait soudain l'impression d'avoir grandi au sein d'une meute de prédateurs s'appliquant à dresser leurs petits au carnage. Elle se faisait horreur, elle se faisait honte.

Elles roulèrent en silence une demi-heure durant. La barrière de barbelés s'étirait interminablement au long de la route. Çà et là, se dressaient de fausses usines, des « centrales électriques » qui fleuraient encore la sciure fraîche. On avait fabriqué une banlieue industrielle de pacotille surgie de terre par la magie d'une poignée de décorateurs de cinéma réquisitionnés pour la circonstance. Seuls les nids de D.C.A., entourés de sacs de sable, étaient bien réels.

Au premier carrefour Libbie s'assura que personne ne pouvait les voir et quitta la chaussée afin d'engager la voiture sous les arbres. Elle s'enfonça au cœur du boqueteau de manière qu'on ne puisse repérer le véhicule depuis la route, puis coupa le contact.

— Bon, soupira-t-elle. On y est. Que veux-tu faire ?

— Il faut passer sous les barbelés et traverser la zone interdite sans être vues, expliqua Amy en traçant une ligne sur la carte, du bout de l'index. Le mieux est d'aller jusqu'à ce village, Ownsgate, et d'y passer la nuit. Dès le jour levé, on prendra la direction d'Ashden.

— Combien de kilomètres jusqu'au village ?

— Dix, à vol d'oiseau. À travers bois, ça nous paraîtra plus long. Mettons-nous en marche dès maintenant ou nous risquons d'être surprises par l'obscurité au milieu de la forêt.

Libbie sortit pesamment du véhicule. L'escapade ne l'enthousiasmait guère, mais elle s'entêtait. Peut-être craignait-elle, si elle laissait Amy s'en aller seule, de ne plus la revoir...

Elle ouvrit le coffre, en tira la musette de *boy-scout* contenant le ravitaillement.

— Allons-y, fit-elle. J'aimerais bien être sortie de cette foutue zone quand les Boches s'amèneront pour larguer leurs bombes.

Amy se glissa sous les barbelés et aida sa compagne à en faire autant.

Aussitôt, la forêt se referma sur elles, humide, bruissante. Aucun oiseau ne chantait. Les bombardements quotidiens les avaient fait fuir. Le brouillard stagnait au ras du sol, si épais que les deux femmes ne pouvaient distinguer leurs souliers. Amy resserra les pans de son imperméable. Elle avait beau afficher un flegme des plus britanniques, cette forêt morte l'impressionnait. Entre les arbres, elle distinguait les cratères calcinés trouant la plaine. Les bois eux-mêmes n'avaient pas été épargnés, les explosions y avaient creusé de larges clairières hérissées de moignons noircis, de souches à demi sorties de terre. Des centaines de troncs carbonisés dressaient leurs totems funéraires au milieu d'un tapis de cendre qui s'envolait à chaque pas. L'odeur chimique des explosions continuait à planer sur les lieux, imprégnant tout.

Les « promeneuses » perdirent beaucoup de temps à contourner les trous de bombes et le fouillis impénétrable des arbres abattus. La cendre leur desséchait la gorge. Elles durent s'arrêter pour boire.

— On n'en sortira jamais, haleta Libbie, sa grosse figure barbouillée de sueur et de suie. Si on se fait piquer par une patrouille on est fichues. On n'aura aucune excuse valable.

Elle avait raison. Elles étaient désormais trop engagées à l'intérieur du territoire interdit pour prétendre s'être égarées. Amy ne répondit pas. Sans boussole, elle avait peur de tourner en rond. Enfin, alors qu'elle commençait à perdre espoir, un panneau de bois se matérialisa au détour d'un chemin : *Ownsgate. 2 miles*.

— Courage, souffla-t-elle. On y est presque.

— Il serait temps, gémit sa compagne, la nuit commence à tomber ; si j'allume la torche, les troufions nous repéreront à dix kilomètres.

Elles ne savaient plus depuis combien d'heures elles marchaient d'un pas obstiné, le front baissé, la bouche et les narines pleines de cendre.

Le chemin les mena hors de la forêt jusqu'aux masures en ruines d'un village. Là aussi tout avait brûlé. Il n'y avait plus un toit intact, seulement des pans de maçonnerie charbonneux dressés comme des stèles. Le jour baissait rapidement. Les jeunes femmes n'avaient plus le temps de visiter les bâtisses dans l'espoir de trouver un logis convenable. Elles entrèrent dans la première bicoque venue et Amy vérifia que les poutres du plafond tenaient bon.

Dans ce qui avait été une salle commune, elles trouvèrent une table de ferme, des sièges. Le vent avait installé un tapis de feuilles mortes sur le sol. La mousse recouvrait déjà les pieds de la table. Çà et là, des objets usuels subsistaient, à l'endroit même où on les avait abandonnés le jour de la catastrophe. Une grosse théière familiale en émail rouge. Des bols, des assiettes à porridge encore emplies d'une pourriture grisâtre.

Elles s'assirent, les jambes rompues.

— Inutile d'aller plus loin, décida Amy. On risquerait de se perdre. Essayons de dormir.

Son instinct lui soufflait qu'elle avait l'habitude de ces campements de hasard et qu'elle n'était nullement novice en ces sortes d'expéditions. Comme les soldats, elle avait appris à survivre sur le terrain, tirant parti du moindre avantage.

Elle s'installa du mieux possible et ferma les yeux tandis que Libbie s'agitait, faisait grincer son siège.

« Pourquoi ce village a-t-il été détruit ? se demanda-t-elle. De toute évidence, il n'a pas été touché par une bombe car il ne présente aucun cratère d'explosion. L'incendie qui l'a ravagé est donc antérieur à l'installation de la zone interdite. Ashden a brûlé, Ownsgate également... Une malédiction pèserait-elle sur ces bois ? »

Elle chassa cette sotte pensée et se laissa glisser dans le sommeil.

Elle dormait depuis dix minutes quand le mugissement d'une sirène d'alarme éclata sur la plaine, l'éveillant en sursaut.

— Ça y est, haleta Libbie du fond de l'obscurité. Les Allemands arrivent. Ils viennent bombarder la « zone industrielle »... Si le vent pousse l'une de leurs bombes de ce côté on est fichues.

Elles se figèrent, l'oreille tendue, guettant le grondement bien connu des moteurs. Au sol, des projecteurs s'allumèrent, fouillant les nuages. Puis la D.C.A. commença à tirer.

— C'est pour la frime, expliqua la grosse fille. Il serait invraisemblable que de pareilles installations ne soient pas protégées. Il faut donc faire semblant de les défendre, tu piges ?

Elle parlait d'une voix que la peur rendait étrangement aiguë.

Enfin, le largage commença et la terre se mit à trembler. Amy ouvrit la bouche et s'enfonça les index dans les oreilles pour protéger ses tympans. En lisière de la forêt, des arbres s'écroulaient, fauchés par le souffle des déflagrations. Par instants, la luminosité des explosions repoussait les ténèbres, installant le jour en pleine nuit. Amy s'appliquait à conserver son calme. Tout autour d'elle la vieille bâtisse craquait, grinçait, hésitant à s'effondrer.

Le chaos parut durer une éternité, puis le calme revint. À la lueur des explosions succéda celle des incendies qui ne dura pas puisqu'il est plus facile d'éteindre un décor en feu qu'une usine à gaz.

Épuisées par la tension nerveuse, les jeunes femmes basculèrent dans le sommeil sans même en avoir conscience.

*
* *

Le froid réveilla Amy à l'aurore. L'humidité de la forêt transperçait ses vêtements. Libbie ronflotait, tassée entre les bras d'un fauteuil vermoulu. Amy se leva en grimaçant sous l'assaut des courbatures et sortit des ruines pour examiner le village à la lueur du jour. Elle dénombra une douzaine de maisons, pour la plupart effondrées. Des ronces avaient poussé dans les rues, le lierre avait recouvert les façades noircies. Dans quelques années la végétation aurait complètement digéré Ownsgate. La jeune femme fit trois pas dans la grand-rue. Des pancartes subsistaient çà et là, des enseignes de bois à l'ancienne, que le feu avait épargnées. Elle identifia un pub, *Au bûcher des sorcières*... une forge, une épicerie. À l'intérieur des masures dédaignées par les flammes, des meubles achevaient de se couvrir de mousse ou de moisissure. Des vêtements, pendus à des patères, pourrissaient. Chaque fois qu'elle se penchait dans l'encadrement d'une fenêtre Amy provoquait la fuite d'un rongeur.

Persuadée de visiter un hameau fantôme, elle faillit pousser un hurlement lorsqu'au détour d'une ruelle elle se trouva nez à nez avec un vieillard courtaud, enveloppé dans une pelisse de berger. Ses cheveux blancs flottaient sur ses épaules, sa barbe tombait sur sa poitrine, il avait l'air d'un ermite surgi d'une gravure du XVIIIe siècle. Un chien arthritique le suivait en haletant, l'œil gauche couvert d'une taie blanche.

— Nous nous sommes égarées dans la forêt, improvisa Amy. Le bombardement nous a affolées. Mon amie a perdu le contrôle de la voiture, nous avons versé dans le fossé.

Le vieillard la fixait sans réagir, comme s'il ne la voyait pas. Elle se demanda s'il s'agissait d'un demeuré, d'un ancien idiot de village oublié lors de l'exode des autochtones.

— C'est Ownsgate, ici, déclara tout à coup le bonhomme d'une voix grondante. C'est un endroit maudit, faut pas venir chez nous, c'est dangereux. Surtout pour les étrangers. En tant que citadine, vous n'êtes pas protégée, la forêt pourrait décider de vous jouer un mauvais tour.

Il hocha la tête et lui fit signe de l'accompagner jusqu'à une bicoque plus ou moins habitable.

— C'était la maison du maire, ricana-t-il. Je l'ai réquisitionnée quand ce sale bougre a brûlé avec sa famille. Après, j'ai éparpillé son cadavre en sautant dessus à pieds joints. Il était tellement carbonisé qu'il s'est effrité comme une bouse de vache séchée. Ça m'a fait du bien. De son vivant, il m'en avait fait trop voir, ce salopard. Il voulait me faire enfermer dans un hospice, chez les dingues. L'incendie lui a cloué le bec, oui. À lui et aux autres. Depuis, le village m'appartient. Je suis chez moi. On m'appelait Muddy Jack [1], parce que j'allais pêcher

_____
1. Jack le boueux

106

dans les vasières. Je suppose que je peux encore utiliser ce nom-là. Je ne sais plus grand-chose de ce qui se passe au-delà de la forêt. Le monde a dû sacrément changer ! Peut-être que vous n'avez plus de nom de nos jours, juste des numéros ?

Il poussa fermement la jeune femme à l'intérieur de la bâtisse. Il y régnait une tenace odeur de moisissure, comme partout ailleurs, mais la salle était impeccablement rangée. Sur un établi, s'étalaient des outils et d'étranges statuettes naïves que le vieux taillait dans des morceaux de bois tendre.

— Asseyez-vous, ma belle, grommela-t-il. Je vais vous faire chauffer de la tisane de glands, ça vaut bien leur foutu café. Vous sucrerez au miel. Je me débrouille avec ce que je glane dans la forêt. Je ne veux rien avoir à faire avec les gens de la plaine. Je les laisse s'entre-tuer, c'est pas mes affaires. Je regrette qu'une chose : avec leurs foutues explosions, ils ont rendu mon chien sourd.

Ayant ôté sa cape, il s'activa, ranimant un fourneau qu'il entreprit de nourrir avec de la mousse et des bouses séchées. Libbie apparut dans l'encadrement de la porte, les sourcils arqués par la stupeur. Amy lui fit signe de s'asseoir et de s'abstenir de toute réflexion. Quand il se retourna, son pot fumant à la main, Muddy Jack ne s'étonna nullement de sa présence, au vrai, il parut ne pas la remarquer. Imperturbable, il versa le liquide brûlant dans des bols ébréchés qu'il poussa vers ses visiteuses.

— Avalez ça, ordonna-t-il, ça vous réchauffera les boyaux. Les filles c'est toujours fragile du ventre.

Le chien vint flairer les souliers d'Amy, lâcha une plainte sourde puis retomba sur son derrière, épuisé par l'effort.

— C'est un village historique, reprit Muddy Jack en bourrant une pipe à l'aide d'un tabac qui n'avait ni la couleur ni l'odeur du tabac. Dans le temps – je vous parle de l'époque des chevaliers de la Table ronde – c'est ici que les bourreaux venaient ramasser le bois pour confectionner les fagots des bûchers. Il paraît que c'était un bois spécial, qui, une fois allumé, ne s'éteignait jamais, même sous la pluie. Une sorte de feu grégeois. On s'en servait pour brûler les sorcières. De cette manière, si elles tentaient d'échapper à la sentence en déclenchant une averse, le maléfice restait sans effet. Vous comprenez ? Les gens du coin étaient très fiers de cette particularité. Ils s'en félicitaient le soir, au pub, en vidant des chopes. Et puis un jour, une sorcière plus puissante que ses congénères s'est vengée. Du haut du bûcher, elle a jeté une malédiction sur Ownsgate...

Il prit le temps d'allumer sa pipe, puis demeura silencieux, comme s'il avait oublié qu'un instant auparavant il était occupé à raconter l'histoire du village. Amy hésita à le lui rappeler. De toute manière, cette légende ne l'intéressait pas. Elle était ici pour localiser l'ancien château d'Ashden. Le vieux connaissait sûrement l'emplacement des ruines. S'il pouvait leur indiquer un raccourci...

— Et ensuite ? nasilla Libbie, avec impatience. La sorcière, qu'est-ce qu'elle a dit ?

Muddy Jack s'ébroua, une étincelle de vie se ralluma dans ses yeux.

— Elle a dit : « Vous qui êtes si fiers du pouvoir de vos arbres, vous allez apprendre à le maudire. Désormais, chaque fois que l'un d'entre vous aura une mauvaise pensée, tout objet en bois sur lequel il aura la main posée s'enflammera spontanément. Vous saurez ainsi ce que c'est de mourir sur le bûcher. » Et c'est ce qui s'est passé. De ce jour, les incendies se sont multipliés. Il ne se passait pas une semaine sans qu'une maison ne prenne feu. Beaucoup de gens sont morts carbonisés dans leur lit en commettant le péché de chair. Il a fallu que la population d'Ownsgate apprenne à pratiquer l'abstinence et devienne très pieuse. Ça n'a pas été facile. Et puis le temps a passé, les siècles et tout ça... la malédiction s'est affaiblie, mais elle est tout de même là, tapie au cœur de la moindre bûche, du plus humble fagot. Chaque poutre, chaque planche qui nous entoure en est imprégnée. Ça dort, mais ça ne demande qu'à se réveiller.

Il hocha la tête, suçota le tuyau de sa pipe, et se leva en déclarant :

— C'est pas tout ça, mais faut faire la soupe. Vous devez avoir faim mes jolies bougresses.

Attrapant au passage un panier d'osier, il sortit dans le jardin ramasser des légumes. Libbie se tourna vers Amy et se toucha la tempe.

— Il est dingue, non ? murmura-t-elle. Il me flanque la trouille avec ses histoires de malédiction. Qu'est-ce qu'on attend pour ficher le camp ?

— Je pense qu'il peut nous montrer le chemin d'Ashden, expliqua Amy. Ça nous évitera de tourner en rond dans les bois. Je n'ai pas envie de mourir de faim au milieu des arbres, loin de toute civilisation. Pense que s'il nous arrivait un pépin, personne ne se lancerait à notre recherche, pas même ce pauvre vieux qui aura oublié notre existence cinq minutes après notre départ.

Elles attendirent en silence le retour de Muddy Jack qui réapparut, son panier rempli de légumes terreux.

— Les explosions leur donnent une saveur bizarre, expliqua-t-il, mais on s'y habitue. Sur la langue, ça laisse comme un mauvais goût d'obus, vous voyez ? Comme si on suçait un *shrapnell*... Mais je pense que ça finit par vous immuniser contre les bombes, à la manière d'un contre-poison.

Il s'activa devant l'âtre, rinçant les tubercules dans un seau, plaçant une marmite sur le feu...

— Vous n'avez pas peur d'être touché par les bombardements ? s'enquit Amy.

— Non, fit le vieillard. Je suis radiesthésiste, vous savez ? Avec mon pendule, je peux prévoir où les bombes tomberont. Il me suffit d'éviter les endroits dangereux, et le tour est joué. Parfois je m'avance jusqu'à la lisière des arbres et je regarde s'agiter ces pauvres gars sur la plaine. Je les vois construire des granges gigantesques où ils brûlent de vieux pneus, ça n'a aucun sens... Quand je pense qu'on m'accusait d'être fou ! Je me dis qu'aujourd'hui, vu ce qui se passe au-dehors, je ferais figure de sage.

Il ricana complaisamment dans sa barbe en fixant la marmite. Amy ne voulait pas le brusquer. Elle craignait de le voir se rebiffer si elle lui demandait tout à trac de les conduire à Ashden. Avant cela, elle devait tisser entre eux des liens plus solides.

— C'est un bombardement qui a détruit Ownsgate ? questionna-t-elle.

Jack sursauta. Le chien, surpris, l'imita avec un gémissement inquiet.

— Non, grommela le bonhomme. C'est un lion qui a foutu le feu... Il est sorti des bois avec sa crinière de flammes, en rugissant comme une bête de l'enfer. Il a couru à travers les rues, se frottant aux maisons. Alors tout s'est enflammé. Ownsgate a brûlé aussi facilement qu'une botte de paille arrosée de pétrole. Moi, je revenais des vasières, j'étais couvert de boue de la tête aux pieds, ça m'a sauvé. Quand le lion m'a frôlé, mes vêtements étaient trop mouillés pour s'embraser.

— Un lion ? fit prudemment Amy. Ici, dans la forêt ?

— Oui, je pense qu'en voyant les enfants jouer dans la rue, il a eu de mauvaises pensées. La tentation de les manger, sans doute. Les lions ont ce genre d'envie. Alors la malédiction de la sorcière l'a frappé, et il s'est enflammé. C'est simple à comprendre, même pour une femme...

Il s'énervait. Amy s'empressa d'entrer dans son jeu.

— Et d'où venait-il ? risqua-t-elle.

Muddy Jack eut un geste large du bras pour désigner un point quelconque au nord du village.

— D'une espèce de cirque qui campait par là, répondit-il. Des romanichels faisant la tournée des campagnes dans l'espoir de soutirer quelques *shillings* aux paysans. Leurs roulottes étaient pourries, leurs cages rouillées. Le lion s'est échappé, et voilà... Il a pris feu ; à cause de lui Ownsgate s'est embrasé et la moitié de la population a péri. Remarquez, moi je m'en moque, je ne les aimais pas... Et même, ça m'a fait plaisir de voir cuire ceux qui s'étaient montrés cruels avec moi. Bien plaisir, ouais ma petite demoiselle.

Il plissa les yeux, une expression de ruse mêlée de méchanceté déforma ses traits. Il pointa le tuyau de sa pipe sur Amy.

— Vous, par exemple, siffla-t-il entre ses dents gâtées, avec vos cheveux rouges, vous pourriez bien vous enflammer d'un seul coup, comme ça, snap ! Avant de vous en rendre compte. Le feu aime le rouge... ça lui donne envie, vous comprenez. *Ça lui donne envie.*

Amy réprima un frisson. Tout à coup, le bonhomme lui parut déplaisant, dangereux.

« Un vieil incendiaire, songea-t-elle. Un pyromane. C'est lui qui a flanqué le feu au village. Son histoire de lion relève du délire. »

— Maintenant on va manger, annonça Jack, après je vous montrerai. J'ai rien de prévu aujourd'hui.

Ils déjeunèrent dans un recueillement religieux, se partageant les pommes de terre à moitié crues, des tartines de saindoux, et une sorte de fromage blanc additionné de miel. Le pain avait un goût étrange, mais pas désagréable. Jack expliqua qu'il le pétrissait avec de la farine de châtaignes. Il vivait en autarcie, ne descendant au village que pour se procurer des allumettes, des chandelles et du sel, qu'il troquait contre le produit de ses ruches.

Tout à coup, Amy fut saisie d'un doute affreux. Le bonhomme n'était-il pas trop pittoresque ?

« Et si c'était un agent de l'*Intelligence Service* ? songea-t-elle. On aurait pu l'embusquer ici pour surveiller le périmètre de la zone interdite et faire la chasse aux espions... »

Sa méfiance s'éveilla. Les services secrets ne tenaient pas à ce que leurs manœuvres de diversion soient éventées par l'ennemi, ils devaient donc éliminer systématiquement tout suspect découvert aux abords des fausses usines d'armement, le tenant d'emblée pour un envoyé de Berlin. Muddy Jack était peut-être un tueur, un dur à cuire des SAS[1], déguisé en idiot de village. Et d'abord, était-il si vieux ? Elle venait à en douter. Si l'on faisait abstraction de la barbe et des cheveux blancs, le visage, quoique buriné, n'avait rien de sénile. Le regard, plus que tout, l'inquiétait. Scrutateur, dur. À plusieurs reprises, elle l'avait surpris posé sur elle.

« Si c'est un soldat, se dit-elle, notre histoire de filles perdues dans les bois ne l'a pas abusé une seconde. Il sait que nous sommes là pour autre chose. Avant de nous tuer, il veut s'assurer que nous avons bien l'intention de photographier les décors de la zone interdite. Heureusement, nous n'avons pas emporté de caméra... »

La nourriture passait mal. Pour gagner du temps, elle accepta une tisane digestive. C'était peut-être une erreur, et si le bonhomme avait prévu de les empoisonner ?

*
* *

Guidées par Jack, elles quittèrent la maison pour remonter la rue principale à présent envahie par la mauvaise herbe et les ronces. Celui qu'Amy hésitait désormais à appeler « le vieux » discourait sans relâche. Agitant une montre de gousset dépourvue d'aiguilles, il expliqua :

— C'est mon pendule, avec ça je peux prédire où tomberont les prochaines bombes. Ils me font bien rigoler, ceux de la plaine, avec leurs abris. J'en ai vu plus d'un s'y faire enterrer vivant tandis que moi je suis toujours là, à trotter comme un jeune lapin.

À présent que le doute s'était installé dans l'esprit d'Amy, elle trouvait que tout sonnait faux : l'accent, le discours, la posture exagérément voûtée, les grimaces que les inégalités du sol arrachaient au « vieillard ».

« Il est en train de nous rouler dans la farine... » se répétait-elle. L'envie lui venait de l'assommer avec une branche et de s'enfuir.

---

1. Commandos d'élite.

Tu ne dois pas formuler ce genre de choses, même mentalement, lui souffla une voix. *Les mauvaises pensées attireront sur toi la malédiction de la sorcière. Tu risques de t'enflammer.*

Elle serra les mâchoires, agacée de se découvrir aussi crédule.

« Je n'y peux rien, se dit-elle. C'est à cause de l'atmosphère bizarre qui règne ici. »

Libbie ne semblait guère plus rassurée, elle s'appliquait à marcher en retrait, comme pour se tenir hors de portée de Jack. Peut-être n'avait-elle pas tort.

— Le lion enflammé est sorti de ce buisson, radota l'homme en désignant un boqueteau. Sa crinière brillait comme un soleil, c'était beau, on aurait dit une image sainte. Il est mort au bout de cette ruelle, après s'être cogné partout, mettant le feu aux habits des gens, aux charrettes, aux bûches entassées devant les portes... Je n'ai touché à rien depuis ce jour, et comme il était trop lourd pour que les charognards de la forêt l'emportent, il est resté là, à se décomposer. Son squelette n'a pas bougé d'un pouce.

Amy fronça les sourcils. Elle venait effectivement d'apercevoir, au seuil de la sente, un tas d'ossements en vrac, en partie couverts de mousse. Elle s'en approcha. Elle n'avait aucune connaissance en matière de zoologie, mais il lui fut facile de comprendre que la dentition du crâne échoué dans l'herbe ne pouvait pas être celle d'un chien. Aucune bête domestique ne possédait de tels crocs ! Jack ne mentait pas. La dépouille éparpillée sur le sol était bien celle d'un lion.

— Le campement des romanichels se tenait là-bas, ajouta le vieux. Au bout de ce chemin. On n'aimait pas les voir rôder dans le coin mais, comme on s'ennuyait ferme, on finissait toujours par leur permettre de s'installer. Si vous voulez y jeter un coup d'œil, allez-y toutes seules, c'est trop raide pour mes vieilles pattes, je vous attendrai ici.

Amy frissonna, son instinct lui soufflait qu'en empruntant cette voie elle irait au-devant d'une réalité déplaisante et qu'il était encore temps de faire demi-tour, de choisir l'ignorance.

Pourquoi ne pas opter pour l'amnésie après tout ?

Le refuge douillet de l'oubli... Faire comme si elle venait de naître, sans passé, lavée de ses fautes, de ses crimes. S'accorder la chance de repartir de zéro. C'était bien tentant mais irréaliste. Les ombres qui la poursuivaient ne la laisseraient pas profiter de cette renaissance. Elle ne savait pas encore ce qu'elle représentait pour ces gens : un témoin gênant, une traîtresse, un agent perdu en territoire ennemi, la tête remplie de secrets compromettants, et qu'il était hors de question de laisser tomber dans les pattes des Anglais... ?

« Oui, se dit-elle, c'est cela. Je sais trop de choses... à mon insu, mes chefs ont jugé qu'il était dangereux de me laisser en vie. Irrécupérable, je dois être supprimée. »

Ainsi elle était devenue une menace potentielle pour ses anciens maîtres, et ceux-là mêmes qu'elle avait jadis servis avec loyauté cherchaient aujourd'hui à la tuer. Quelle ironie !

D'un pas mal assuré, elle s'engagea sur le chemin. Libbie la suivit de mauvais gré. Le sentier conduisait aux ruines d'une grange à demi détruite par le feu. L'odeur de brûlé prenait à la gorge. Ni le vent ni la pluie n'avaient réussi à la dissiper. La jeune femme dénombra trois roulottes et cinq cages aux barreaux tordus. Les poutres, détachées de la charpente, avaient écrasé la plupart des véhicules. Tout était noir.

— N'entre pas là-dedans ! supplia Libbie. Ça peut s'écrouler. Regarde ce foutoir, ça tient debout par miracle.

— Reste là, ordonna Amy. Pas la peine de se faire écraser toutes les deux.

En réalité elle désirait rester seule au cas où elle ferait une découverte compromettante. Abandonnant l'infirmière à la lisière des décombres, elle s'engagea dans l'enchevêtrement des solives noircies. L'incendie avait effacé toutes les marques distinctives : inscriptions publicitaires, noms d'artistes... Aucune couleur ne subsistait au flanc des roulottes. Ainsi ravagé, le petit cirque avait quelque chose de maléfique. On eût dit une caravane funèbre sortie de la nuit pour une unique représentation à laquelle personne n'avait survécu.

Amy jeta un regard à l'intérieur des cages, elle distingua des masses goudronneuses, ratatinées. Sans doute s'agissait-il des restes d'animaux piégés par les flammes. Elle s'en éloigna. Avisant une cage aux barreaux rompus, elle estima que c'était de cet enclos que le lion « à crinière de feu » avait bondi pour échapper à l'embrasement de la grange. Jusqu'à présent tout évoquait un banal accident. Le feu avait pu prendre à cause d'un brasero renversé... d'une lampe à pétrole tombée dans la paille... La haute inflammabilité du lieu avait fait le reste.

« Jack pourrait avoir raison, songea-t-elle, le bois de cette contrée brûle peut-être mieux que les autres. »

Piétinant dans la suie du sol, elle bifurqua en direction des roulottes. Dans la première, elle trouva des objets usuels déformés par la chaleur : écuelles, couteaux, fourchettes, ainsi que des débris d'étoffes délavés par les averses. Une paire d'immenses chaussures de clown pendait à un crochet, tel un jambon fumé à la couenne craquelée. Il n'y avait aucun papier, aucune lettre susceptible de lui apporter la moindre information. La deuxième voiture était encombrée d'haltères, de chaînes et d'énormes cadenas destinés à un numéro de roi de l'évasion. Le feu était passé sur eux sans les abîmer. Dans une malle de tôle, elle dénicha des costumes en vrac, oripeaux de fakir aux paillettes ternies qui ne lui apprirent rien.

La dernière roulotte, plus importante, semblait avoir servi de bureau au directeur du cirque. Une machine à écrire voisinait avec une poêle à frire et un jeu complet de sabres de pacotille. Les papiers et dossiers entassés sur les étagères tombèrent en cendres dès qu'elle y toucha. Découragée, elle se détourna. Il n'y avait là rien qui pût lui être utile. Elle perdait son temps. Au moment où elle se préparait à descendre son talon accrocha une aspérité du plancher. Lorsqu'elle baissa les yeux, elle vit les contours d'une trappe se dessiner dans la poussière. Son cœur battit plus vite. À n'en pas douter il s'agissait d'une cache jadis dissimulée sous un tapis que le feu avait dévoré. Le souffle court, elle s'agenouilla. Le panneau, bien que déformé par la chaleur, accepta de pivoter, démasquant une cavité emplie de boîtes noirâtres de tailles diverses. Amy n'eut pas de mal à identifier la plus grosse. *Un poste émetteur-récepteur de forte puissance...* Encore une fois, le feu avait effacé les inscriptions des cadrans, si bien qu'il était impossible de déterminer la provenance de l'engin. La jeune femme laissa ses doigts courir à la surface des boutons. Il lui sembla que, dans une autre vie, elle avait su se servir d'une telle machine. Aujourd'hui elle en aurait été bien incapable !

Craignant de provoquer l'arrivée de Libbie si elle s'attardait, elle se saisit des autres coffrets. Le premier, très lourd, doublé d'un revêtement d'amiante, contenait des cylindres de la taille d'une petite boîte de conserve montés sur des manches de bois.

— Des grenades... murmura Amy. Des grenades au phosphore.

Elle sut d'emblée qu'il s'agissait de matériel militaire allemand. Le revêtement ignifugé les avait empêchées d'exploser pendant l'incendie. Elle s'empressa de rabattre le couvercle. Le dernier coffret dissimulait une grosse liasse de livres sterling, ainsi qu'un luger *parabellum*, avec sa culasse montée sur genouillères, si particulière, et trois chargeurs. Amy ne s'étonnait plus des lambeaux de connaissances techniques qui montaient parfois à la surface de sa conscience. Elle en avait pris son parti. Obéissant à un réflexe de survie, elle s'empara de la liasse de billets qu'elle glissa dans sa poche. Elle ne put se résoudre à ramasser le pistolet qui lui faisait peur, et se redressa. Il était temps, Libbie, inquiète, s'avançait déjà à l'intérieur du hangar.

— Alors ? cria-t-elle, tu as trouvé quelque chose ?

— Non, rien, mentit Amy. Le feu a tout détruit. Sortons d'ici avant de prendre une poutre sur la tête.

— Ça ne t'a rien rappelé ? insista l'infirmière. Rien du tout ?

— Non. Si au moins il y avait eu des affiches, des photos...

Elle répondait mécaniquement tandis que son esprit retournait en tous sens les informations qu'elle venait de glaner. Elle savait désormais que le cirque avait servi de couverture à un ou plusieurs espions, car qui d'autre qu'un espion allemand infiltré sur le territoire britannique aurait utilisé du matériel militaire de la *Wehrmacht* ? Avait-elle fait partie de cette troupe itinérante ?

« Je jouais peut-être les danseuses de corde, se dit-elle. Les trapézistes... cela expliquerait pourquoi je ne souffre pas du vertige. Que s'est-il passé ? Pourquoi cet incendie ? Les Anglais nous ont-ils démasqués ? Ont-ils donné l'assaut au hangar ? »

Elle croyait de moins en moins à la thèse de l'incendie accidentel. Les grenades au phosphore suggéraient une autre explication.

« Ai-je échappé par miracle à la tuerie ? se demanda-t-elle. Qui commandait le réseau ? Quelle était notre mission ? Prendre des photos de la zone interdite et les transmettre à Berlin ? »

Probablement. Mais quel lien rattachait le cirque au manoir d'Ashden ? Pourquoi son esprit avait-il conservé l'image obsédante du château détruit... Tout cela restait obscur.

Cheminant en silence, les jeunes femmes arrivèrent à l'endroit où elles avaient laissé Muddy Jack. Le vieillard sursauta en les apercevant et, l'espace d'une seconde, Amy eut l'impression qu'il ne les reconnaissait pas.

« Ou alors il continue à jouer la comédie de l'ermite gâteux », se dit-elle sans parvenir à trancher. Elle se félicita de n'avoir pas sorti le luger de sa cache, la possession d'une telle arme aurait suffi à la trahir.

Jack se redressa avec difficulté puis les invita à partager sa collation. Il mangeait souvent, expliqua-t-il, mais peu à la fois, car son estomac ne supportait plus les repas normaux. Elles le suivirent. Pendant qu'il réchauffait le « café » de glands, Amy rassembla son courage et se jeta à l'eau.

— Que s'est-il passé au château d'Ashden ? demanda-t-elle abruptement. Ce n'est pas le lion qui y a mis le feu, tout de même ?

Jack se figea. Sous le chandail élimé, ses épaules se crispèrent.

— Non, maugréa-t-il enfin. Mais c'est mauvais d'en parler... ça peut réveiller des forces assoupies. Des forces dangereuses. En réalité, tout ça c'est la faute du comte et de ses foutus tableaux. Il les vénérait de manière impie, comme des images saintes. Toujours à se prosterner devant eux, à les fixer des heures durant. Je le sais... Je l'ai vu faire. Dès fois j'allais au château vendre des champignons à la cuisinière, ou des lapins que j'avais pris au collet. C'est malsain d'adorer de simples objets à ce point. Qu'est-ce que c'est quand on y réfléchit ? Des bouts de toile barbouillés de peinture, rien de plus. Faut être fou pour y accorder tant d'importance.

Il fit une pause, tisonna le fourneau, le visage grave.

— Où il a commis une erreur, c'est quand il a tenu à faire encadrer les peintures avec le bois d'ici, reprit-il. Vous voyez où je veux en venir ? Il a demandé au menuisier de lui fabriquer des cadres de toutes les tailles avec le bois des sorcières. Il ne s'est pas rendu compte qu'il venait de se piéger lui-même. Mon idée, c'est qu'à force de contempler ses tableaux de femmes nues, de mauvaises pensées lui sont venues. Ça a réveillé la malédiction, et les cadres se sont enflammés... C'est aussi simple que ça. Probable aussi que le bois de charpente du manoir provenait en grande partie de la forêt maudite, alors tout s'est enchaîné, et la bâtisse s'est transformée en un gigantesque bûcher. Ils y sont tous restés, lui, sa famille et les domestiques. Pas un ne s'en est sorti.

L'explication, quoique fantaisiste, fit lever une vague de chair de poule sur les bras d'Amy.

— Qui vivait là-bas ? insista-t-elle.

— Le comte, lord Anthony Ashden, septième du nom, énonça Muddy Jack. Son épouse, Alexandra ; leur fille, Sharon... elle avait onze ans, je crois. La bonne, le majordome. Les gardiens aussi ; Monroe, qu'ils s'appelaient... des gens d'Ownsgate... ils avaient une gamine, Alicia... Je crois que c'est tout. Le château s'est écroulé sur eux dès que la charpente a pris feu. Avec du bois normal, ça aurait pris davantage de temps, et ils auraient pu s'échapper, mais avec le bois maudit c'est toujours rapide. Ça brûle comme une meule de paille.

— Pourriez-vous nous conduire là-bas lâcha Amy. Vous seriez rétribué pour votre peine. Ça vous permettrait d'acheter du vrai café, du sel, du sucre, du tabac, du beurre, du lait...

Elle énumérait à dessein, espérant éveiller la gourmandise du vieillard.

— C'est possible, marmonna-t-il, mais ça ne vous portera pas chance. À votre place, j'éviterais d'aller traîner dans les ruines. C'est un territoire de malheur. Vous y attraperez la guigne et vous en souffrirez pendant sept ans. Peut-être même que vous ne pourrez plus avoir d'enfant après ça. Faudra pas venir vous plaindre, je vous aurai prévenues.

— Je cours le risque, fit Amy avec un sourire.

— Si c'est comme ça, soupira le vieil homme, je vais faire un somme. On partira au début de l'après-midi. Profitez-en pour vous reposer ; le chemin n'est pas facile, et des poulettes dans votre genre, ça n'a guère le pied solide.

Il vida d'un trait son bol de tisane et se leva pour gagner sa « chambre » – une partie de la maison où il avait dressé une tente de fortune pour se protéger des averses.

— Tu crois que tu trouveras là-bas les réponses aux questions que tu te poses ? murmura Libbie.

— Je l'espère, répondit Amy. Si ça ne marche pas, il ne nous restera plus qu'à regagner Londres.

— J'ai hâte d'y être, ces bois me flanquent une trouille de tous les diables. J'en viens à regretter les bombardements. J'ai l'impression qu'on nous épie en permanence, comme s'il y avait des lutins tapis dans les fourrés.

— Ce sont des lapins, pas des lutins, plaisanta Amy. Calme-toi. Tout sera bientôt fini. D'une manière ou d'une autre.

*
* *

Muddy Jack dormit deux heures pendant lesquelles Libbie ne cessa de pétrir ses angoisses comme une pâte à pain.

— Je déteste ces bois, répétait-elle. Ils sont remplis de légendes effrayantes, d'enchanteurs, de fées, de chevaliers ensorcelés... Quand j'étais petite, ma grand-mère me racontait souvent des contes à faire dresser les cheveux sur la tête ; ils avaient toujours pour cadre Ballmoor, ses bois et sa lande. J'en perdais le sommeil.

Amy n'écoutait pas. Pour elle, le danger ne viendrait ni des enchanteurs ni des sorcières, et si quelqu'un l'avait prise en filature avec l'intention de l'abattre, ce n'était certes pas un paladin en armure rouillée !

Le vieux réapparut, équipé de pied en cap, houppelande, casquette au ras des sourcils, bâton de marche au poing, musette en bandoulière...

— On y va ? lança-t-il en coinçant sa bouffarde dans le coin gauche de sa bouche.

Les jeunes femmes se dressèrent. Amy avait maintenant hâte d'en finir. De ce qu'elle découvrirait à Ashden dépendrait sa vie future. Elle n'excluait pas la possibilité de s'évanouir dans la nature, d'abandonner Libbie et de remonter vers le nord, en se faisant passer pour une réfugiée fuyant la capitale en flammes. Ensuite elle se débrouillerait pour se fondre dans la population et se faire oublier. Il lui semblait qu'elle était capable de ce genre de choses. Couper les ponts... oui, définitivement. Repartir de zéro sans plus s'interroger sur le passé. Les amnésiques avaient peut-être tort de s'obstiner à fouiller dans le grenier des souvenirs. Le mieux était sans doute de tourner le dos à tout ça, franchement, et de s'en aller sans se retourner.

Elles sortirent du village en trottinant dans le sillage du vieux. Le chemin était difficile, caillouteux, encombré d'arbres abattus qu'il fallait enjamber. Le pire, c'était les ronces, qui, au fur et à mesure, s'élevaient de part et d'autre du sentier en murailles hérissées de piquants.

— Prenez garde ! avertit Jack, ce sont des ronces trois fois centenaires, elles sont vigoureuses. Rien n'a jamais pu les flétrir, ni l'hiver ni le feu. Lorsqu'on a essayé de les couper, elles ont repoussé dans la nuit. Leurs épines sécrètent un puissant venin qui déclenche une maladie de langueur. Tenez-vous à l'écart.

Amy serra les dents. Il jouait à les effrayer, heureux de pouvoir tourmenter, pour une fois, une autre victime que son chien. La forêt, il est vrai, se prêtait aux fantasmagories. Tout y semblait plus grand, plus contrefait qu'ailleurs. Même les champignons y avaient une apparence malsaine.

Ils avancèrent une heure en silence. Dans les passages difficiles, le vieux restait immobile, appuyé sur son bâton, pendant que les deux femmes s'entraidaient. Il ne disait plus rien, les couvant d'un œil ironique. De temps à autre, il haussait les épaules, comme si tout cela relevait de l'enfantillage. Libbie commençait à donner des signes d'épuisement. Maladroite, elle était couverte de piqûres d'orties qui la démangeaient affreusement. Pour lui « redonner du cœur », le vieillard lui avait fait boire à deux reprises une espèce de gnôle infâme au goût de pommes pourries qu'il distillait lui-même sur un alambic de fortune. Cette potion avait eu pour résultat, en la saoulant, de rendre son équilibre encore plus précaire. Amy commençait à souffrir des mollets et des pieds. Dès qu'elle s'arrêtait, l'humidité de la forêt pénétrait ses vêtements trempés de sueur, la glaçant jusqu'aux os.

— À partir d'un certain endroit faudra continuer toutes seules, annonça Jack. Je suis trop vieux pour me lancer dans des acrobaties. On se quittera là, vous me donnerez mon dû et je vous souhaiterai bonne chance.

Ils marchèrent encore une demi-heure, à travers un terrain de plus en plus accidenté. D'énormes racines, que le ruissellement des pluies avait sorties de terre, leur barraient la route. Libbie ne cessait de s'y prendre les pieds et de tomber.

— Voilà, décréta enfin le vieillard. On est arrivé. À partir d'ici la muraille de ronces devient impénétrable. Pour s'y enfoncer il faudrait porter une armure. Sans ça, on est écorché vif avant d'avoir fait deux cents pas. Je ne vous conseille pas d'essayer.

— Alors comment procède-t-on ? s'impatienta Amy, que les airs de Merlin l'Enchanteur du bonhomme commençaient à agacer.

— Y a qu'un moyen pour rejoindre le château, expliqua Jack, c'est d'emprunter l'ancien souterrain qui permettait aux seigneurs de s'échapper en cas d'attaque. Le tunnel serpente sous la forêt de ronces, il est encore praticable. Au bout de deux cents mètres, vous déboucherez au milieu des ruines. Bien évidemment, ça ne représente pas une promenade agréable. Il y fait noir et c'est plein de bêtes.

Il se dirigea vers un monticule couvert de lierre et, après avoir écarté la végétation, démasqua une porte munie d'un loquet qu'il fit jouer. Derrière s'ouvrait un tunnel.

— Voilà, fit-il. C'est tout droit. Si vous marchez vite, vous serez sorties dans dix minutes. Rabattez votre capuchon sur votre tête, faites le dos rond et foncez en tapant des semelles pour effrayer les serpents. C'est ici qu'on se quitte, mes jolies. Bon voyage chez les fantômes.

Il tendit la main, paume ouverte, pour réclamer son salaire. Amy y glissa l'un des billets trouvés dans la roulotte, puis elle sortit la lampe-torche de la besace et s'avança au seuil du souterrain. Elle se retourna pour poser une question, mais le vieux avait déjà rebroussé chemin, comme si tout cela ne le concernait plus. La jeune femme haussa les épaules et s'engagea dans le tunnel. Elle fut soulagée de constater qu'il était empierré du sol au plafond, et en bon état. Seules quelques racines avaient crevé la voûte afin de poursuivre leur croissance en liberté.

— Allons-y, décida-t-elle, il suffira de serrer les dents et de marcher d'un bon pas. Tu viens ?

Libbie la rejoignit en grimaçant.

— Quel foutu terrier ! grommela-t-elle. J'espère qu'on ne va pas tomber nez à nez avec un sanglier.

La tête rentrée dans les épaules, elles s'engagèrent sous la voûte lézardée. Les racines grêles, jaillissant d'entre les pierres, leur chatouillaient les oreilles. Elles s'avancèrent en tapant des pieds, comme le leur avait conseillé Jack. Le passage empestait la moisissure et l'excrément. Des dizaines de nuisibles avaient dû l'annexer au fil du temps. Pourtant, au fur et à mesure qu'elles avançaient, les jeunes femmes furent submergées par une odeur de suie qui les prit à la gorge. Le plafond et les parois étaient couverts d'une épaisse croûte de carbone, comme l'intérieur d'une cheminée.

— Ça provient de l'incendie... murmura Amy.

— Ça sent fort ! protesta Libbie. Tu trouves ça normal après tout ce temps ?

Pour souligner ses propos, elle effleura le mur du bout des doigts, la suie colla à sa peau.

— C'est récent, souffla-t-elle.

Elle allait ajouter quelque chose quand, après une dizaine de mètres, le passage s'élargit. Elles pénétrèrent alors dans une rotonde en forme de cloche. Il n'y avait pas d'autre porte que celle par où elles venaient d'entrer. Le tunnel mourait là, dans ce cul-de-sac imbécile dont Amy ne comprenait pas l'utilité.

— Le vieux nous a menti, ragea Libbie, ça ne mène nulle part. Il n'y a plus qu'à ressortir.

Amy fit courir le pinceau de la torche sur le périmètre de la rotonde. La voûte culminait à deux mètres cinquante. Ce n'était même pas une crypte, tout juste une cave. Les parois paraissaient vitrifiées. Amy les gratta de l'index. Quelque chose s'émietta. Des cristaux. Elle les goûta. C'était du sel.

— Du sel, annonça-t-elle. Je n'y comprends rien.

Libbie fronça les sourcils.

— Je sais, haleta-t-elle. C'est un ancien four de potier. Un four pour le grès au sel... Je crois que c'est ainsi qu'on procède : on entasse les pots et on les recouvre de cristaux, puis on mure le four avec des briques réfractaires et on entasse dessus des fagots qu'on enflamme. Le feu cuit les pots depuis l'extérieur, la chaleur traverse les parois de la cloche, fait fondre le sel qui donne du brillant aux poteries, et...

Elle se tut, comme si un doute horrible l'assaillait soudain.

— Pourquoi Jack nous aurait-il amenées dans un four ? balbutia-t-elle, le souffle court.

Amy cessa de respirer. Brusquement lui revenaient en mémoire les propos bizarres tenus par le vieux, et les regards louches dont il l'avait couvée. Qu'avait-il dit ?

Vous, par exemple, avec vos cheveux rouges, vous pourriez bien vous enflammer d'un seul coup. Le feu aime le rouge... ça lui donne envie.

Elle n'aima pas cela. « J'avais vu juste, pensa-t-elle. Un pyromane... Un fou. C'est lui qui a incendié Ownsgate. »

Elle saisit Libbie par le poignet et lança :

— Il faut sortir d'ici. Je crois que Jack nous a piégées. Il n'y a jamais eu de passage souterrain.

— Mais pourquoi, alors...

Amy tourna les talons pour regagner la sortie.

— Tu ne comprends donc pas ? gronda-t-elle. *Il va nous faire cuire.* Comme des poteries. En ce moment, il doit être en train d'entasser des fagots sur le four. Quand il l'aura recouvert, il allumera le bûcher et la chaleur descendra jusqu'ici, au cœur de la chambre de cuisson, pour nous rôtir comme des dindes.

Cédant à la panique, elles se ruèrent dans le tunnel, se gênant l'une l'autre. Amy remarqua tout de suite que quelque chose n'allait pas. Elle ne distinguait plus de lumière au bout du passage...

— Il a refermé la porte derrière nous ! gémit-elle. Il a fait semblant de s'en aller pour revenir sur la pointe des pieds dès que nous sommes entrées dans la galerie. Il nous a enfermées.

D'un même élan, elles se jetèrent contre le battant ; celui-ci ne bougea pas d'un pouce. Le loquet, poussé à fond, remplissait parfaitement son office. Elles se meurtrirent pieds et poings à distribuer des ruades désespérées. En pure perte.

— Jack ! hurla Amy. Je sais que vous êtes là... Arrêtez ça tout de suite. Libérez-nous... j'ai de l'argent, je vous payerai...

Seul un bruissement de fagots entassés à la hâte lui répondit. Le vieux dément était déjà occupé à recouvrir de bois sec le four souterrain. La chaleur du brasier n'aurait aucun mal à traverser les parois de la cloche de cuisson, quant aux braises, elles formeraient vite une croûte incandescente, ravivée par le vent, qui maintiendrait une température élevée à l'intérieur du tunnel.

« Nous allons cuire, se répéta Amy. Comme des oies, jusqu'à ce que nos muscles se détachent tout seuls de nos os... »

— Mais pourquoi fait-il ça ? pleurnicha Libbie.

— Parce qu'il est fou, soupira Amy. Il a l'obsession du feu... Je crois qu'il a incendié Ownsgate. Si nous ne trouvons pas le moyen de sortir d'ici, nous sommes foutues.

Elle s'appliqua à discipliner sa respiration. Il lui semblait qu'on l'avait formée à affronter ce type de situation. Elle ne devait pas céder à l'affolement, mais analyser les données du problème. Si la porte résistait, il fallait trouver une autre sortie.

Libbie s'était mise à sangloter. Barbouillée de suie et de larmes, elle offrait un tableau pitoyable.

— Les... les parois du four... haleta Amy, est-ce qu'elles sont épaisses ? Sûrement pas, sinon la chaleur ne descendrait pas dans la cloche de cuisson. C'est par là qu'il faut passer...

— Quoi ?

— Il faut essayer de creuser la cloche, d'y ouvrir un trou.

— Non ! Pas question de retourner dans le four... je veux rester près de la porte... en se couchant au ras du sol, on pourra aspirer l'air frais.

— La chaleur va être atroce... le couloir se remplira de fumée. Nous serons asphyxiées en dix minutes. Viens. Viens m'aider !

Mais Libbie s'accrocha au battant, refusant de s'éloigner. Amy l'abandonna à sa crise de nerfs et revint sur ses pas, au cœur de la rotonde. Les cristaux de sel crissaient sous ses semelles. À travers les murs lui parvenait le bruissement des fagots entassés par le vieux.

« La cloche n'est pas épaisse, pensa-t-elle. Si je pouvais trouver un outil pour creuser la paroi... »

Elle éclaira le sol, à la recherche d'une pierre, d'un objet pointu. Elle ne trouva qu'un antique fragment de poterie sans utilité. Elle retourna dans le tunnel avec l'idée de desceller l'une des pierres de la galerie. Les doigts crispés sur son canif, elle entreprit de gratter le mortier dans l'interstice des blocs.

Elle travaillait depuis dix minutes quand une odeur de fumée parvint à ses narines. Il lui sembla aussitôt que la température s'élevait de plusieurs degrés.

« Ça y est, songea-t-elle, il a allumé le bûcher. »

Elle continua à effriter le scellement entre les pavés, toutefois, elle ne pouvait chasser de son esprit l'image des flammes ronflantes occupées à lécher la cloche de cuisson, comme elles l'auraient fait d'une marmite posée à l'envers, ouverture contre terre. Le problème, c'est qu'elle se trouvait sous cette marmite, et que les parois qui l'entouraient n'avaient pas été conçues pour protéger quiconque de la chaleur du brasier...

« Quoi de plus normal ? pensa-t-elle. C'est un four, pas un abri. »

La sueur ruissela bientôt sur son visage, entre ses seins et le long de son échine. Ayant enfin réussi à desceller un petit pavé, elle voulut entrer dans la cloche pour s'attaquer au mur mais se figea sur le seuil, suffoquée. En une fraction de seconde, la bouffée de chaleur lui brûla les sourcils. De la fumée s'insinuait par les fissures de la voûte, rendant l'air irrespirable. Amy se força néanmoins à faire trois pas... Une grande douleur l'enveloppa, intolérable, dévorant la peau de son visage. Elle se mit à tousser et agita les mains pour dissiper les volutes noirâtres. Au bout de trente secondes, elle dut se résoudre à battre en retraite. Il faisait déjà trop chaud sous la cloche pour qu'un être vivant puisse espérer y demeurer en vie. Titubante, les poumons desséchés, elle remonta le couloir en direction de la porte où Libbie l'attendait, recroquevillée au ras du sol, essayant d'aspirer l'air frais du dehors.

« Ça ne marchera pas... songea Amy. La chaleur et la fumée vont envahir le tunnel. Ce n'est plus qu'une question de temps. »

Elle peinait à maintenir une respiration normale ; la température, insupportable, l'empêchait de réfléchir. Elle se sentait anéantie, dans l'incapacité d'imaginer la moindre riposte. Elle toucha ses joues, son front, persuadée que des cloques s'y levaient déjà. Elle comprit qu'elle n'allait plus tarder à perdre connaissance. Une fois inconsciente, l'air saturé de carbone ferait le reste ; elle mourrait asphyxiée sans même s'en rendre compte. Combien de promeneuses imprudentes Muddy Jack avait-il piégées de la même manière ?

Pour les assassins de son espèce, la guerre constituait un formidable réservoir de possibilités. Qui avait le temps, en effet, de s'inquiéter d'une nouvelle disparition ? Les bombardements faisaient tellement de victimes qu'on imaginait mal un limier de Scotland Yard se lançant sur la piste d'un tueur « artisanal ».

Une quinte de toux jeta les jeunes femmes l'une contre l'autre. Leurs yeux les piquaient, elles n'y voyaient plus. Amy avait l'illusion de mâcher de la suie ; elle songea que sa langue devait être noire.

Tout à coup, alors qu'elle essayait de reprendre son souffle, elle entendit un raclement contre sa joue, de l'autre côté de la porte. Elle mit trois secondes pour comprendre qu'on venait de libérer le loquet. Quand elle réalisa qu'on était en train de déverrouiller la porte, elle se jeta en avant, pesant de tout son poids sur le battant qui pivota ; un courant d'air brûlant passa sur ses épaules, roussissant ses vêtements. Saisissant Libbie par le poignet, elle la tira dans son sillage afin de l'éloigner de la cheminée horizontale qu'était devenu le tunnel. Une chaleur atroce s'en échappait, aspirée par la forêt. Les deux filles roulèrent dans la boue, plongeant avec soulagement leur visage dans l'herbe mouillée.

Un quart d'heure s'écoula, pendant lequel elles s'évertuèrent à chasser de leurs poumons les miasmes de la suie. Enfin, elles relevèrent la tête. Non loin de l'endroit où elles se tenaient, le bûcher recouvrant la cloche de cuisson ronflait avec entrain. Le chien de Muddy Jack tournait en rond en poussant des couinements de détresse. Il s'enfuit dans les fourrés dès qu'Amy eut esquissé un pas dans sa direction.

La jeune femme ne comprenait pas pourquoi le vieux fou était revenu sur sa décision et les avait libérées à la dernière minute, alors qu'elles allaient succomber à l'asphyxie. S'accrochant aux branches, elle s'approcha du brasier dont la fumée dessinait un panache rectiligne dans le ciel. Muddy Jack était couché sur le sol, le nez dans la boue ; ses souliers, trop proches des flammes, avaient commencé à prendre feu. Il s'en dégageait une épouvantable odeur de couenne grillée.

« L'excitation était trop forte, songea-t-elle. Il a succombé à une crise cardiaque. »

Toutefois, lorsqu'elle s'agenouilla, elle remarqua un hématome sanglant sur la tempe droite du bonhomme. Une pierre ronde, parfaitement polie, reposait dans la boue, à peu de distance, insolite et trop propre en un pareil endroit. Une minuscule tache rouge en marquait la surface.

« Une fronde, constata Amy. On l'a neutralisé avec une fronde. »

Posant deux doigts sur la veine jugulaire de Muddy Jack, elle chercha l'écho lointain de son cœur. Il ne battait plus. La pierre, projetée avec adresse, lui avait fracassé la boîte crânienne.

Au même moment, un rire clair retentit dans les fourrés. Un rire de lutin, provocant, non dénué de méchanceté. Amy se retourna. Elle ne vit personne, mais le ricanement cristallin s'éleva de nouveau, lointain.

*
* *

— Nous ne sommes pas seules, expliqua-t-elle à Libbie lorsque celle-ci eut recouvré ses esprits. Quelqu'un nous est venu en aide. Il a tué Muddy Jack et ouvert la porte du four.

— Qui ? balbutia la grosse fille. De qui parles-tu ?

— Je ne sais pas, avoua Amy. Mais c'est là... ça nous observe, et c'est diablement habile avec une fronde. D'après le rire que j'ai entendu, je dirai qu'il s'agit d'un adolescent, mais ça pourrait tout aussi bien être un ricanement d'idiot de village, de benêt monté en graine.

— Un benêt qui a cassé la tête du vieux Jack du premier coup... siffla Libbie qui se nettoyait le visage à l'aide d'une poignée d'herbe. Je suppose que tu veux continuer ?

— Oui.

— Tu ne sais même pas quelle direction prendre.

— Je l'avoue, mais le lutin va nous aider, je le sens...

Ashden n'est plus très loin. Je pense que le vieux nous a fait tourner en rond pour nous fatiguer. Si ça se trouve, le château se cache derrière cette ligne d'arbres.

— Ce n'est qu'une supposition. Et je meurs de faim. Quand nous aurons dévoré nos dernières provisions, nous serons réduites à cueillir des baies et à laper l'eau au creux des rochers.

*
* *

Elles mangèrent pour se réconforter, puis Amy longea la muraille de ronces à la recherche d'un passage permettant de traverser l'obstacle. Il n'était guère envisageable de s'y jeter tête baissée car les épineux avaient tissé une formidable pelote dont les ramifications n'auraient pu être tranchées qu'à coups de faucille, instrument dont les jeunes femmes se trouvaient dépourvues.

« Le vieux avait raison, admit la fille aux cheveux rouges, sans une bonne armure la traversée est impossible... du moins si l'on ne veut pas finir écorchée vive. »

Alors qu'elle s'apprêtait à rebrousser chemin, elle avisa un curieux dessin sur le sol. Quelqu'un avait rassemblé des cailloux de manière à former une flèche approximative.

« S'agirait-il d'un message du "lutin", se demanda Amy. M'indiquerait-il la direction à suivre ? »

Un peu plus loin, un autre signe de piste lui ordonna de bifurquer à gauche. Elle obéit mais se retrouva une fois encore face à la muraille de ronces ; toutefois, en y regardant de plus près, elle réalisa qu'un buisson rapporté dissimulait un étroit passage serpentant au sein de l'enchevêtrement d'épines. Il suffisait de déplacer cette pelote hérissée de piquants pour démasquer le passage secret.

— Parfait, murmura-t-elle, puisqu'un bon génie veille sur nous, il serait stupide de ne pas en profiter.

Elle retourna chercher Libbie et lui exposa la situation.

— D'accord, capitula l'infirmière, je suppose qu'on n'a pas le choix, hein ?

— Non, fit Amy, je suis incapable de retrouver le chemin d'Ownsgate, et je ne voudrais pas m'égarer dans les vasières du vieux Jack, car qui dit vasière dit sables mouvants.

Ramassant leurs musettes, elles gagnèrent l'entrée du tunnel d'épines et se faufilèrent dans l'étroit sentier ouvert à la faucille. Elles devaient avancer courbées, car le passage semblait avoir été taillé par un enfant, un nain... ou un lutin. Elles ne cessaient de jurer car leurs vêtements s'accrochaient aux piquants. Au bout d'une trentaine de mètres, elles étaient couvertes d'estafilades. Elles émergèrent alors de la haie de ronces pour déboucher dans une clairière au centre de laquelle se dressait un gros arbre. Une forme se balançait à l'une des basses branches. Amy crut d'abord qu'il s'agissait d'un sac, ou d'une outre en peau de chèvre. En s'approchant, elle reconnut le chien borgne de Muddy Jack. Il tirait une langue énorme. On l'avait pendu.

Libbie laissa échapper un gémissement.

— Encore un tour du lutin ? lança-t-elle d'une voix coassante. Décidément, il m'est de moins en moins sympathique.

Amy lui fit signe de se taire car elle était persuadée que leur bienfaiteur les observait à l'abri des buissons. Elle ne tenait pas à le mécontenter. Elle avait vu ce dont il était capable avec une fronde.

Au pied de l'arbre, une nouvelle croix de cailloux indiquait la direction à suivre. Elle obéit sans chercher à réfléchir ni à regarder par-dessus son épaule. Au point où elle en était, elle ne pouvait s'offrir ce luxe. Ses égratignures la démangeaient, elle aurait donné n'importe quoi pour une baignoire d'eau chaude et un morceau de savon.

Elle suivit le sentier au milieu des hautes herbes. Remarquant des rosiers retournés à l'état sauvage, elle comprit qu'elle se déplaçait au milieu des vestiges d'un parc. Son cœur fit un bond.

— Nous sommes dans le jardin du château ! haletat-elle en posant la main sur l'épaule de Libbie. Ça y est, nous sommes arrivées. Regarde ces formes enveloppées de lierres... là, c'est un portique... et là une gloriette... Ashden nous attend, de l'autre côté de ces arbres.

Pour un peu, elle aurait couru. Elles durent encore piétiner à travers les ronces pour sortir de la végétation. Le rideau d'ifs franchi, elles se trouvèrent en face d'une esplanade occupée par une douzaine de grandes tentes de toile grise qui faseyaient dans le vent.

— Un campement militaire, balbutia Libbie. Attends une minute... ce n'est peut-être pas le moment de se faire repérer.

Amy jugea plus prudent de mettre un genou en terre et de prendre le temps d'examiner les lieux. Le camp de toile occupait ce qui avait jadis été la cour d'honneur du château. On y distinguait une grande fontaine agrémentée de tritons et de dauphins aujourd'hui couverts de mousse. Derrière le bassin s'étendait un champ de ruines noircies. Un enchevêtrement de poutres carbonisées, de clochetons effondrés. La suie et la fumée avaient habillé d'une peluche noire les statues bordant la balustrade d'honneur. Un grand silence régnait sur ce paysage dévasté, seulement troublé par les sifflements du vent.

— Pas l'ombre d'une sentinelle, fit observer Libbie. On n'entend rien. Il n'y a personne. C'est bizarre.

Amy était en train de se faire la même réflexion. Elle avait beau scruter les allées séparant les tentes, elle ne voyait pas âme qui vive. Aucun camion, pas le moindre poste de D.C.A. Pas davantage de bivouac, de caleçons séchant sur un fil, ou de fusils en faisceau. Il n'y avait que ces tentes grises distendues par les bourrasques. Un camp militaire abandonné ? Peu probable.

« Il y aurait un mât, se dit-elle, avec les couleurs du bataillon... »

Plus elle y réfléchissait, plus l'endroit évoquait pour

elle un campement fantôme dont les occupants se seraient évaporés.

— Qu'est-ce qu'on fait ? chuchota Libbie. Je suis gelée, je meurs de faim. En bas on trouvera quelque chose à se mettre sous la dent... On jette un coup d'œil ?

Elles sortirent de leur cachette et s'avancèrent à pas lent vers l'étrange camp de toile. Amy ne pouvait se résoudre à lancer le traditionnel *Anybody home ?* cher aux Anglais tant l'endroit lui paraissait insolite.

Elle s'engagea dans la travée centrale, puis, n'y tenant plus, se dirigea vers l'une des tentes et s'y glissa. Elle s'immobilisa aussitôt sur le seuil, les sourcils arqués par la stupeur. Elle venait d'entrer dans un salon de musique du XVIIIe siècle, avec clavecin, tabouret de velours, table de marqueterie, chandeliers, miroirs aux encadrements dorés à la feuille... Oui, un salon de musique d'une grâce exquise, à cette différence près que tout y était rafistolé, brisé, recollé, roussi ou à demi brûlé. Il s'agissait à l'évidence d'une tentative de reconstitution élaborée à partir d'éléments de mobilier récupérés dans les décombres du castel. On avait dépensé des trésors de temps et d'énergie à réparer ces objets ravagés par la catastrophe.

Amy s'approcha du clavecin, en effleura les touches, aucun son ne s'échappa de l'instrument dont la mécanique avait été broyée.

« Un clavecin empaillé... » songea-t-elle sans savoir d'où lui venait cette pensée saugrenue. Pivotant sur ses talons, elle avisa une cheminée de marbre blanc composée d'une multitude de fragments collés les uns aux autres. Un véritable puzzle sur lequel trônaient deux vases précieux également reconstitués à partir de miettes de porcelaine éparses. Les miroirs, les tableaux, les sièges, tous avaient subi la même intervention. Telle Isis inventant la première momie à partir des débris d'un cadavre jeté dans le Nil, l'auteur de cette restauration avait dû passer des jours entiers à jongler avec un gigantesque puzzle. Amy ne put déterminer s'il fallait admirer là l'œuvre d'un artiste accompli ou s'effrayer devant la démarche obsessionnelle d'un maniaque guetté par la démence.

— *Pickaboo...* souffla Libbie, c'est quoi ce machin ?

Amy haussa les épaules en signe d'ignorance. Sur le clavecin, les partitions déchirées avaient été rapetassées au moyen de bandelettes enduites de colle.

Il se dégageait du lieu une atmosphère morbide qui serrait la gorge.

« J'ai l'impression d'être au fond de la mer, songea Amy, en train de visiter l'épave d'un paquebot englouti pendant le réveillon de la Saint-Sylvestre. »

Elle sortit, aspira une bouffée d'air frais, et pénétra dans la tente voisine.

Au cours de la demi-heure qui suivit, elle se promena ainsi au milieu d'une dizaine de reconstitutions. Il y avait une chambre à coucher avec son lit à baldaquin, une bibliothèque dont les rayonnages hébergeaient des centaines de livres à demi carbonisés, un boudoir féminin aux vitrines encombrées de délicates porcelaines, un fumoir où s'alignaient une profusion de bustes antiques... Dans la plupart des cas, le restaurateur s'était appliqué à nettoyer les objets, à les débarrasser de leur croûte de carbone, néanmoins le feu avait laissé son empreinte sur les meubles, les étoffes, les sculptures. Outre une tenace odeur de fumée, ils conservaient dans leurs plis, leurs fissures, leurs déchirures, d'infimes traces noires qui évoquaient le deuil.

« Des bêtes vicieuses, songea Amy. Des chiens attendant le moment propice pour mordre la main qui les nourrit. »

Fauteuils, sofas, clavecins, guéridons... ils tenaient debout, certes, mais comme une momie raidie de bitume, enveloppée de bandelettes, peut rester dressée contre un mur, moins par volonté propre que sous l'effet d'une *rigor mortis* née de la science des embaumeurs.

— Qui a pu faire ça ? s'étonna Libbie. C'est un travail de dingue. Je viens de compter les morceaux qui composent ce vase, il y en a cent neuf ! Tu imagines le temps qu'il a fallu pour les assembler...

Renonçant à visiter les autres tentes, Amy se dirigea vers la fontaine. L'énorme monument de bronze, défiguré par la mousse et les lichens, avait lui aussi un faux air d'épave. Les dauphins à la gueule béante semblaient prêts à mordre. La jeune femme le contourna. Elle voulait contempler les ruines du château.

D'Ashden, subsistaient quatre pans de murs troués de fenêtres ogivales. À l'intérieur de ce quadrilatère s'entassait une invraisemblable profusion de poutres goudronneuses, dont la forme générale évoquait celle d'une coque de voilier retournée, quille en l'air. Amy eut l'impression de contempler un piège aux mâchoires béantes, un piège qui s'empresserait de la broyer dès qu'elle commettrait l'erreur d'y poser le pied.

— Ne t'avise surtout pas d'entrer là-dedans, lui souffla Libbie, ce foutoir te tombera dessus au premier faux pas.

Désorientée, Amy décida d'explorer les deux dernières tentes.

Dans la première s'entassait un fouillis de plans, de lampes, de piolets qui donnait à penser qu'une équipe de spéléologues avait pris ses quartiers au château ; dans la seconde, elle trouva un unique lit de camp, une table de toilette et une malle-cabine, le tout empestant la sueur et la chaussette moite, le dortoir de collégiens. Une planche jetée sur des tréteaux tenait lieu de bureau, elle était encombrée de manuscrits, de bleus d'architecte annotés d'une écriture prétentieuse. Dans un cendrier, une pipe attendait le retour de son propriétaire. Du petit linge séchait sur une cordelette, Amy le toucha, il était humide.

— Quelqu'un vit ici, conclut-elle. Tout seul. Je ne sais pas ce qu'il cherche, mais il y met tout son cœur.

Ne voulant pas être taxée d'indiscrète, elle sortit. Ses pas la menèrent aux abords des ruines. Elle luttait contre une affreuse sensation de découragement. Elle avait espéré qu'une fois parvenue à Ashden Castle, le mystère s'éclaircirait de lui-même, en un claquement de doigts, et qu'elle éprouverait cette fameuse impression de « rideau qui se lève » dont lui avaient parlé les médecins. Or il n'en était rien. L'endroit n'éveillait en elle aucun souvenir.

« Si je ne trouve rien ici, se dit-elle, je n'aurai plus qu'à m'évaporer dans la nature. Tant pis, j'ai fait ce que j'ai pu. »

Devait-elle s'en désoler ou s'en réjouir ?

Tout à coup, un bruit d'éboulis se fit entendre au cœur des ruines. Amy se figea, cherchant à localiser l'origine du fracas. Lentement, une forme émergea des poutres carbonisées. Il s'agissait d'un homme habillé comme un mineur, un casque sur la tête, et qui traînait un sac rempli de débris cliquetants. Il se déplaçait selon un curieux itinéraire, évitant sans doute les zones susceptibles de s'ébouler. Quand il atteignit enfin l'esplanade, Amy distingua une longue figure maigre, très anglaise – et plutôt maladive – qu'enlaidissait une vilaine petite barbiche. L'inconnu affichait la trentaine, son corps décharné flottait dans des hardes noircies. Il eut un sursaut en découvrant les jeunes femmes plantées devant la fontaine. Un moment, il parut sur le point de s'enfuir, puis, combattant son premier réflexe, laissa tomber le sac, ôta son casque et s'avança en souriant.

La sueur lui collait les cheveux sur les tempes et le front. Ses pommettes trop saillantes lui dessinaient un sourire de squelette. Néanmoins, lorsqu'il prit la parole, ce fut pour s'exprimer avec l'accent d'Oxford et la nonchalance d'un jeune lord.

— Je suis désolé de m'exhiber devant vous dans cet appareil, nasilla-t-il avec l'inimitable diction « Oxbridge »[1]. Permettez-moi de me présenter puisque personne ne peut le faire à ma place. Angus Edmund Percival Mountshutton, membre de l'Académie Royale des Beaux-arts, section Architecture, en mission d'étude à Ashden.

_____

1. Contraction d'Oxford et Cambridge. S'utilise pour signaler la pointe extrême du snobisme.

On avait fini par l'oublier... du moins il le pensait. Voilà ce qui ressortait des propos qu'il tint aux deux femmes lorsqu'il eut repris visage humain, noué une cravate, et préparé du thé. Ils étaient tous trois assis autour d'une table pliante de safari, sur des tabourets de sangles en cuir de buffle, devant la fontaine, tandis qu'Angus faisait le service, versant le thé rouge dans des tasses délicates exhumées de la malle-cabine.

— J'avoue que j'ai perdu la notion du temps, avoua-t-il avec un rire hautain. Je m'intéresse fort peu à ce qui se déroule hors des limites du château, le courrier n'arrive pas jusqu'ici et je descends rarement au village. J'ai tellement travaillé, ces derniers mois, que je suis dans un état d'épuisement avancé, mais il y a tant à faire... Je tremble à l'idée qu'une paire de sergents recruteurs pourrait débarquer ici un beau matin pour m'incorporer de force dans l'armée. Non pas que je redoute d'aller me battre, non, mais cela impliquerait que j'abandonne ma besogne de reconstitution, et cela je ne puis l'envisager. Ce serait... horrible. À l'idée de devoir tout laisser là, sans surveillance, je deviens fou... Une tempête pourrait arracher les tentes, exposer les objets aux intempéries. Non, non, ce serait atroce...

Sa voix avait grimpé dans l'aigu et il se tordait les mains. Une fois peigné, il était loin d'être laid, et cela en dépit de sa maigreur. Des tics déformaient son visage, trahissant un grand désordre intérieur.

— Pour me rassurer je me dis qu'on m'a oublié, reprit-il. De nos jours, qui se soucie d'un historien frotté d'architecture qui a choisi de vivre en ermite dans les décombres d'un château, je vous le demande ? Quant à ma famille, me sachant inapte à la vie réelle, je pense qu'elle préfère me savoir ici plutôt que déguisé en soldat, dans un uniforme de confection, aux prises avec des contingences auxquelles ne m'a pas habitué mon éducation. Je ne saurais me comporter au milieu des rustres issus de Limehouse, et je n'ose imaginer ce qui se passerait si je devais obéir aux ordres d'un sergent né à Clapham ! Ce serait le monde à l'envers...

Il parlait vite, s'interrompant pour tousser. Il avait accueilli avec une rare crédulité la fable des infirmières perdues dans la forêt au cours d'un pique-nique troublé par les bombardements. Il était d'une politesse exquise. Il proposa à ses invitées de s'installer dans la tente-atelier où il entassait son matériel d'exploration. Il disposait de plusieurs lits de sangles – ayant jadis envisagé d'entraîner d'autres étudiants dans sa folie – ces demoiselles pouvaient en disposer à leur guise...

Puis il recommença à tousser et prit congé. Il était épuisé, il lui fallait prendre du repos ou bien il allait s'effondrer à leurs pieds, ce qui serait gênant pour tout le monde, n'est-ce pas ?

Multipliant les courbettes, il disparut dans sa tente, abandonnant Amy et Libbie face à la théière encore chaude.

— Drôle de type, murmura l'infirmière. Mais beau gosse... dommage qu'il soit à moitié crevé.

— Tu penses que... s'étonna Amy.

— Mais oui, fit la grosse fille. Il s'en va de la poitrine. C'est pour ça que l'armée n'est jamais venue le chercher. Elle a choisi de le laisser mourir ici, au milieu de l'humidité des bois. À ce train-là, il ne fêtera pas Noël.

Amy et sa compagne décidèrent d'aller se coucher, elles aussi. Comme elles étaient fatiguées et que le jour baissait, elles déplièrent les lits de camp. Dans une caisse, elles trouvèrent des sacs de couchage militaires dans lesquels elles s'empaquetèrent. Libbie s'endormit tout de suite, mais Amy, contrairement à ce qu'elle prévoyait, ne trouva pas le sommeil. Elle éprouvait une excitation étrange à camper ainsi, au cœur des ruines d'Ashden.

À plusieurs reprises, elle détecta des frôlements autour de la tente, comme si quelqu'un s'amusait à en caresser la toile du bout des doigts. Il ne pouvait en aucun cas s'agir d'Angus. Qui alors ? Le « lutin » de la forêt, celui qui les avait tirées du four de potier avant de pendre le chien du vieux Jack ?

Elle fut tentée de bondir hors de l'abri de toile pour saisir le plaisantin au collet ; un reste de prudence l'en dissuada. Elle finit par s'assoupir tandis qu'au loin, retentissait l'agaçant petit rire.

*
* *

Elle se réveilla aux premières lueurs de l'aube, transie de froid, et se dépêcha de s'habiller. Comme elle sortait satisfaire un besoin naturel, elle se heurta à Angus qui faisait bouillir de l'eau pour le thé. Il paraissait en meilleure forme, mais son front restait moite et ses yeux brillants. Elle devina que la fièvre le rongeait. Il l'invita à partager son breakfast qui se composait de porridge, de biscuits secs et de confiture d'orange.

— En votre honneur, j'ai ouvert une boîte de jambon, annonça-t-il. Personnellement je mange très peu, mais j'aime m'entourer de gens gourmands. Je les envie. Il y a un tel appétit de vivre dans leur façon d'engloutir la nourriture. C'est ce qui m'a toujours fait défaut.

Amy s'installa devant la table de safari, ce matin recouverte d'une nappe damassée.

— Angus, attaqua-t-elle, soyez franc, dites-moi ce que vous fichez réellement ici. Quel est le sens de ces reconstitutions ? Ces salons de musique, ces fumoirs... Ce sont d'incroyables puzzles, mais à quoi servent-ils ?

Le jeune homme gloussa, prit le temps d'avaler une cuillerée de porridge, puis déclara :

— Petit garçon, je rêvais de devenir scaphandrier. Mes poumons déficients ne me l'ont jamais permis, mais ici, dans ces ruines, je peux satisfaire mon vieux rêve, explorer une épave et en ramener les trésors. (Il agita une main molle en direction de la masse noirâtre des décombres.) Je vais vous révéler un secret... Contrairement à ce que croient la plupart des gens, le manoir n'a pas été entièrement détruit par le feu. En réalité, les planchers ont cédé, et les cinq étages de la bâtisse sont descendus dans les caves, s'empilant les uns sur les autres. Cette compression souterraine a étouffé l'incendie. Le château s'est transformé en un gigantesque mille-feuille enterré à trente mètres au-dessous de l'esplanade... Le souffle de la compression a éteint les flammes. Tout ce qui se trouvait pris entre les planchers et les plafonds a été broyé, concassé, mais n'a pas brûlé... Seuls l'étage supérieur et les greniers, demeurés au-dessus du sol, ont été consumés par le brasier. C'est ce que vous contemplez en ce moment, cet amas dressé au milieu du parc.

— D'accord, fit Amy. J'ai compris, si on est assez courageux, ou assez fou, pour chercher un passage à l'intérieur du mille-feuille enseveli, on peut accéder aux trésors du château.

Angus sourit.

— Vous avez tout saisi, très chère, fit-il en inclinant le buste. C'est un travail de taupe, certes. Salissant et dangereux, je vous le concède, mais le jeu en vaut la chandelle. Ashden Castle était avant la catastrophe un véritable musée débordant d'œuvres d'art. Une trentaine de tableaux fabuleux, des statues antiques... Le comte appartenait à cette race de collectionneurs qui vivent au milieu de leurs acquisitions et pour lesquels le monde extérieur n'est qu'un réservoir où ils iront puiser de nouvelles raisons de rester cloîtrés chez eux, abîmés dans la contemplation de leurs trésors.

— On m'a dit que ces peintures avaient été détruites par le feu, coupa Amy, redoutant une nouvelle digression philosophique.

— C'est hélas vrai, soupira Angus en baissant le nez sur son assiette. Les tableaux se trouvaient dans le grenier transformé en galerie au début du siècle dernier. Toutes les précautions contre un éventuel cambriolage avaient été prises. Les combles étaient aussi étanches qu'un sous-marin. Le comte y passait le plus clair de son temps. En fait, il y avait aménagé un appartement. On raconte qu'il lui arrivait de s'y retirer deux mois durant, en compagnie d'un valet qui lui faisait la cuisine à partir de conserves entreposées en prévision de cette retraite. Sa femme et sa fille avaient l'habitude de ses lubies. Elles évitaient de le déranger. Le comte était un lunatique, seule la contemplation de ses collections l'empêchait de s'abandonner à cette célèbre maladie de langueur qui décima une bonne partie de ses ancêtres. Savez-vous que...

— Il ne faisait que ça ? lança Amy, incrédule. Il fixait ses tableaux... *toute la journée ?* Et il recommençait le lendemain ?

— Cela vous étonne ? Pas moi. Je pourrais l'imiter sans peine, si toutefois je disposais d'une trentaine de chefs-d'œuvre.

La jeune femme s'efforça au calme. Elle ne devait pas brusquer Angus, ou il se recroquevillerait telle une anémone de mer effleurée par un crabe.

— Et, reprit-elle plus sereinement, ce sanctuaire d'acier n'a pas résisté au feu ?

— Non, le métal n'aime pas la chaleur, il se tord, il fond. L'incendie a ramolli le grenier, les poutrelles d'acier qui soutenaient l'ensemble ont plié. La grande galerie s'est déchirée par le milieu sous l'effet des torsions contraires, et les flammes se sont ruées là-dedans comme dans une cheminée. Pour parachever le tout, la charpente du château s'est abattue par-dessus, martelant l'ensemble. La chaleur à l'intérieur du musée s'est élevée dans des proportions effroyables, rien n'y a survécu. La grande galerie d'exposition s'est transformée en chaudière... une chaudière dont la puissance aurait pu propulser un paquebot. Vous imaginez ?

Amy hocha la tête. Des images effroyables traversèrent son esprit. *Des souvenirs ?*

« Allons ! se dit-elle, j'invente. Je me laisse suggestionner par les délires de ce benêt aux joues chaudes, aux mains moites... »

Angus se redressa.

— Venez ! haleta-t-il, je vais vous faire visiter ce qui reste de la collection du comte Ashden. J'ai récupéré tout ce qui pouvait l'être. Depuis la catastrophe, personne n'a jamais contemplé ce que vous allez voir.

Intriguée, Amy le suivit jusqu'à sa tente. Il y régnait une odeur de camphre et de maladie. Un appareil à fumigation trônait sur une valise faisant office de table de chevet, près du lit de camp. D'un geste impatient, Angus l'invita à s'approcher de la table de travail. Il venait d'y déposer un énorme livre de cuir dont chaque page était recouverte d'un feuillet de papier cristal, à la façon des albums prisés par les philatélistes. Au centre de chaque page était collé ce que la jeune femme prit tout d'abord pour une pièce de puzzle, mais qui se révéla un morceau de toile peinte au pourtour calciné.

— Ce fragment de quatre centimètres carrés, annonça Angus, c'est tout ce qui subsiste d'un tableau de deux mètres sur trois. Une descente de croix de Rembrandt, dont vous pouvez voir la reproduction ici... j'ai eu beaucoup de mal à l'identifier à partir de l'unique morceau ayant survécu à l'incendie.

Amy écarquilla les yeux, fascinée par le pauvre débris qu'elle aurait, pour sa part, jeté aux ordures sans l'ombre d'un remords. Déjà, Angus tournait une nouvelle page, faisant apparaître un autre fragment prestigieux... Le Titien, le Tintoret, Léonard de Vinci... Angus égrenait les patronymes titanesques avec un ronronnement de matou repu.

Une heure durant, la jeune femme dut s'extasier sur les restes de la collection Ashden, et comparer les menus morceaux exhumés des décombres aux reproductions les accompagnant. Chaque partie « survivante » était bien évidemment signalée par un cercle rouge sur la carte postale tenant lieu de référence.

— Je me suis heurté à quelques cas douteux, avoua le jeune homme avec une moue dépitée. J'ai préféré ne pas trancher. Mais dans l'ensemble, je suis satisfait, j'ai réussi à reconstituer la mythique collection Ashden. J'hésite à prévenir le British Museum... j'avoue que je prends beaucoup de plaisir à feuilleter cet album. Cela me permet d'imaginer ce que ressentait Lord Ashden lorsqu'il faisait retraite dans sa galerie.

Amy se dispensa de le contrarier, et cela même si la vision des bouts de toile brûlée éveillait en elle une certaine perplexité.

— Vous comprenez sans doute mieux ma mission, à présent, n'est-ce pas ? conclut Angus. J'éprouve une grande exaltation. Jusqu'à mon arrivée, personne ne s'était donné le mal de collecter les restes des tableaux. On avait laissé la collection... sans sépulture, si j'ose dire.

Soudain fatigué d'avoir tant parlé, il ferma l'album avec précaution et pria Amy de le laisser se reposer. Celle-ci sortit de la tente avec un réel soulagement. Elle avait au moins appris une chose : Muddy Jack n'avait pas menti, la collection Ashden était bel et bien partie en fumée.

*
* *

Les deux jours qui suivirent s'écoulèrent dans une atmosphère de conte de fées. Parfois Angus émergeait de sa tente déguisé en mineur pour descendre dans les entrailles du château, parfois au contraire il s'isolait dans son « atelier » et passait de longues heures à recoller d'infimes débris ramenés des abîmes. La nuit, il rédigeait le catalogue, un journal recensant de façon pointilleuse les pièces restaurées. Il était à l'évidence de plus en plus malade et l'occupation obsessionnelle qu'il avait choisie pour meubler les derniers mois de son existence avait, aux yeux d'Amy, quelque chose de pathétique. Elle finit par comprendre qu'il s'échinait à laisser une trace, à devenir l'homme qui aurait mené à bien l'inventaire des trésors perdus d'Ashden Castle.

De temps à autre, elle le découvrait, endormi, abattu par l'épuisement sur la table de travail, entre les pots de colle et les fragments de porcelaine. Il émanait de lui une odeur de sueur et de fièvre qu'il s'évertuait à dissimuler sous une eau de Cologne de chez Harrod's.

La jeune femme tournait alors les talons pour entamer la visite méthodique des autres tentes. La bibliothèque, le fumoir, le salon de musique... Ce puzzle en trois dimensions la fascinait. Elle avait l'impression qu'au douzième coup de minuit l'enchantement qui faisait tenir ces ruines debout cesserait, et que les meubles, les objets, tomberaient en miettes, recouvrant le sol d'un million de débris non identifiables.

Un soir, alors qu'Angus se promenait à la lisière du parc, elle l'accosta sans souci de troubler sa méditation.

— Je voudrais savoir une chose, attaqua-t-elle. Comment l'incendie s'est-il déclaré ?

Le jeune homme haussa les épaules. De toute évidence, l'origine du sinistre ne l'intéressait guère. Seules les ruines le passionnaient, or, sans incendie, il n'aurait jamais eu l'occasion de fouiller les décombres du château. Le désastre étant la condition nécessaire de son plaisir, il ne pouvait regretter qu'il se soit produit, même si cela générait chez lui une certaine culpabilité.

— Je vous avouerai que n'étant pas expert en catastrophes, et ne travaillant pas pour une compagnie d'assurances, je n'ai jamais cherché à le savoir, souffla-t-il en tripotant sa barbiche. En fait, personne ne sait ce qui s'est *réellement* passé. L'endroit est isolé, comme vous pouvez le constater. Le comte n'était pas mondain. Il détestait le modernisme et n'avait ni le téléphone ni la radio. Il vivait en complète autarcie, servie par une famille de serviteurs qui faisaient également office de gardiens. Ils se nommaient Monroe, je crois. Holden et Maggie Monroe. Ils avaient une fillette de onze ans, Alicia. Il y avait aussi une vieille nourrice, Granny Kathie... Tous ces gens ont péri dans l'incendie avant d'avoir pu évacuer la bâtisse. Le village le plus proche est à dix kilomètres. Quand les paysans ont vu la colonne de fumée grimper dans le ciel, il était trop tard. De toute manière, ils ne disposaient pas de l'équipement requis

144

pour affronter un sinistre de cette ampleur. Lorsqu'ils ont franchi la grille du parc, la toiture s'effondrait déjà. La chaleur était telle qu'ils n'ont pu approcher de la bâtisse à moins de trente mètres. Ils sont restés là, les bras ballants, à contempler les flammes qui ronflaient avec un bruit d'enfer.

— Cela se passait quand ?

— Il y a un an. Peu de temps après la défaite de Dunkerque. Les bombardements sur Londres venaient juste de commencer, mais la campagne n'était pas touchée. De toute façon, il n'y avait alors aucune cible stratégique dans la région, et l'on ne peut imaginer que le manoir ait été bombardé par erreur. Ce serait d'une rare stupidité. Aucun avion allemand ne se serait risqué jusqu'ici. Ç'aurait été courir de gros risques pour rien. De plus, en s'avançant aussi loin à l'intérieur des terres, il se serait trouvé à court de carburant, ce qui l'aurait fatalement condamné à se poser au milieu des champs. Non, l'hypothèse du bombardement est à écarter.

— Un orage alors ?

— Non plus. Il ne pleuvait pas ce soir-là.

Amy lui jeta un coup d'œil à la dérobée. Elle devinait qu'Angus en savait beaucoup plus qu'il ne voulait bien le dire.

— Je suis certaine que vous avez une théorie personnelle, lança-t-elle. Le dossier vous tient trop à cœur. Vous avez forcément procédé à une reconstitution imaginaire. Je me trompe ?

Angus s'agita, mal à l'aise. Amy fut surprise de le voir regarder par-dessus son épaule comme s'il craignait d'être entendu.

— C'est là un sujet délicat, chuchota-t-il. Épineux. On en est réduit aux suppositions... J'ai mené ma petite enquête, c'est vrai. J'ai interrogé les gens du village, recueilli des ragots, des rumeurs. La mort des protagonistes autorise toutes les extravagances. Comment s'y retrouver ? À qui se fier ?

— Inutile de prendre tant de précautions, trancha Amy. Je ne suis pas idiote. Pour vous l'incendie est d'origine criminelle, n'est-ce pas ?

Angus frissonna. Il avait à présent l'air d'un lièvre qui vient d'entendre tonner au loin le fusil du chasseur. Sans plus s'occuper de la jeune femme, il scruta les taillis.

— Ne parlez pas si fort ! haleta-t-il. On pourrait vous entendre.

— Qui ? insista Amy. Le lutin qui manie si bien la fronde ?

Angus pâlit.

— Oh... hoqueta-t-il, alors vous connaissez son existence.

— Nous avons eu affaire à lui, avoua la jeune femme. Il nous a guidées jusqu'ici.

— Mais vous ne l'avez pas vu, n'est-ce pas ?

— Non, je l'ai seulement entendu rire... Ricaner serait un terme plus approprié.

L'architecte agita la main pour lui signifier de se taire. Cette fois, il semblait effrayé.

— Il ne faut pas prendre ces choses à la légère, balbutia-t-il. Le... le « lutin », comme vous l'appelez, vit dans le parc du château. Il nous observe en permanence. Tant qu'on ne fait rien de déplaisant, il nous tolère, il lui arrive même de nous protéger, mais si on le contrarie, alors là c'est une autre chanson... J'ai l'habitude de lui faire des offrandes. Je me conduis avec lui comme les Romains avec leurs dieux lares. Je vais jusqu'à cette gloriette et je dépose une assiette de *corned beef*... ou de porridge... Le matin et le soir. Quand le repas lui plaît, il me laisse en paix, si le menu n'est pas à sa convenance, je dois m'attendre à une méchante farce. Je retrouve ma tente sens dessus dessous, ou bien mes pantalons lacérés, ou mon lit compissé... C'est ainsi. Il ne faut pas agacer le petit dieu. Et rien ne l'irrite plus que de le regarder en face. Ne cherchez jamais à le voir, il pourrait vous en cuire. Si vous entendez du bruit dans un taillis, je vous conseille de détourner les yeux et de faire comme si de rien n'était. Ne vous étonnez pas si vos affaires disparaissent. Le « lutin » souffre de kleptomanie. À votre place, je cacherais mes cheveux sous un foulard, car il pourrait bien venir vous les couper la nuit prochaine. Tel que je le connais, tout ce rouge doit l'énerver.

— D'accord, fit Amy. J'ai compris l'avertissement. Maintenant vous allez me dire de qui il s'agit...

Elle plissa les paupières, sur la défensive. Depuis trois minutes, elle se demandait si Angus et le fameux « lutin » ne constituaient pas une seule et même personne.

Le jeune homme se troubla.

— Je... je ne devrais pas en parler, bredouilla-t-il. C'est plus dangereux qu'il n'y paraît. Au début, je n'y croyais pas moi-même. Je voyais là une de ces légendes dont les paysans sont prodigues. Les culs-terreux aiment les histoires de loup-garou, c'est bien connu. J'ai dû faire amende honorable... Il y a bel et bien quelqu'un dans les bois...

— Qui ? Allez-vous parler à la fin ?

— Ça remonte à l'incendie. D'abord on a cru que tout le monde avait péri... Les corps retirés des décombres étaient méconnaissables. Des statues de goudron réduites de moitié, incomplètes. Au point qu'il était impossible d'en déterminer l'âge et le sexe. C'est alors que les infestations ont commencé.

— Les infestations ? s'étonna Amy.

— Oui, c'est le terme qu'emploient les gens d'ici. Il est apparu que quelque chose vivait dans les bois et venait piller les poulaillers, les celliers pour se nourrir. Certains l'ont entr'aperçu... une petite silhouette galopant au milieu des taillis, noire, d'une saleté repoussante, couverte de croûtes, un visage d'une laideur atroce. On a tout de suite parlé d'enfant sauvage, et l'on s'est rappelé qu'il y avait deux fillettes au château le soir de l'incendie : Sharon l'héritière du comte, et Alicia, la fille du couple de serviteurs.

Amy retint son souffle.

— Bon sang ! fit-elle, vous voulez dire que l'une des deux gamines aurait survécu ? Mais laquelle ?

Angus haussa les épaules.

— Justement, on n'en sait rien, soupira-t-il. Elles avaient le même âge. On suppose que l'une des deux se sera sauvée dans la forêt, traumatisée, brûlée au visage. Elle a probablement perdu l'esprit et s'est appliquée à vivoter comme une jeune louve, sans jamais revenir vers les hommes. C'est elle qui hante les buissons, c'est encore elle que vous surnommez « le lutin ».

— On n'a jamais rien tenté pour la récupérer ?

— Si, le pasteur Cornblutt a organisé une battue, mais la gosse l'a remercié d'un coup de fronde. Elle lui a fendu le crâne et crevé un œil. Depuis, plus personne ne se risque à l'approcher. Elle est capricieuse, curieuse, et souvent méchante. Elle m'aime bien car je suis une victime consentante, qui pleurniche mais ne se rebelle jamais. Un jouet, si vous préférez. Son jouet. Je ne suis pas fou, si je me mettais en tête de lui flanquer une fessée, elle s'arrangerait pour me faire dégringoler un pan de ruines sur la tête. Soyez prudente avec elle.

— Vous ne savez donc pas de qui il s'agit ?

— Non... Sharon ou Alicia ? La jeune comtesse ou la fille des serviteurs ? Les paris sont ouverts. Mais ce type de spéculation ne m'intéresse pas.

— L'avez-vous aperçue ?

— Non... ou vaguement. Juste une forme, très maigre, très noire. Je crois qu'elle vit nue, le corps couvert de glaise. Elle n'a plus de cheveux. Je pense qu'elle est défigurée et ne peut plus parler. Il est également possible qu'à la suite du traumatisme, elle ait commencé à régresser. De toute manière, elle est condamnée à brève échéance. J'ai lu une brochure sur les enfants sauvages, ils ne vivent jamais très vieux. La plupart meurent vers l'âge de quinze ans.

Amy était abasourdie. Elle fit quelques pas, pour se donner le temps d'ordonner ses pensées. L'affaire prenait un tour surprenant. Ayant surmonté sa stupeur, elle revint vers Angus.

— Vous n'avez toujours pas répondu à ma question, martela-t-elle. Quelle est votre théorie sur l'origine de l'incendie ?

Les épaules du jeune homme s'affaissèrent. Il n'avait pas l'habitude des interrogatoires.

— On murmure des choses à propos des fillettes, souffla-t-il en approchant sa bouche de la tempe d'Amy. Une vive jalousie les aurait opposées. D'abord très amies, elles auraient commencé à se détester aux alentours de douze ans. Sharon serait devenue snob, Alicia, la fille des serviteurs, n'aurait pas supporté d'être ravalée au rang de domestique. La veille de l'incendie, Sharon, au retour d'une promenade à cheval, aurait ordonné à son ex-amie de nettoyer ses bottes. Alicia serait alors entrée dans une rage confinant à la crise de nerfs.

— De qui tenez-vous ces détails ?

— D'une repasseuse qui travaillait au château cet après-midi-là. La mère Connaway, blanchisseuse-repasseuse de son état depuis trente ans. Elle a assisté à la querelle des gamines. Elle assure que l'état d'Alicia était effrayant. Elle m'a dit, textuellement : *on aurait cru une sorcière... elle m'a fait peur.*

Amy soupira. Quel crédit pouvait-on accorder à ce type de révélation, faite *a posteriori*, et sans doute amplifiée par l'imagination du témoin ?

— Donc, conclut-elle, selon vous, Alicia aurait décidé de se venger en mettant le feu au manoir pendant la nuit... Cela vous semble crédible de la part d'une enfant de cet âge ?

— Pourquoi pas ? Vous savez ce qu'on raconte à propos des propriétés spéciales du bois qui pousse ici... Son inflammabilité, et tout ce qui s'ensuit. Il a suffi d'un petit foyer pour amorcer la catastrophe.

— Hum... grommela Amy, dubitative. Vous croyez que les compagnies d'assurances auraient accepté de couvrir les collections du comte dans ces conditions ?

— Le comte d'Ashden n'était pas assuré, corrigea Angus. Il méprisait ces pratiques de boutiquier. C'était un noble à l'ancienne. Prendre une telle précaution l'aurait déshonoré. C'était pour lui inconcevable. Il détestait la bureaucratie, la frilosité des petits rentiers. C'était quelqu'un qui partait à la chasse au sanglier armé d'un seul épieu. Vous commencez à vous faire une idée du personnage ?

Amy resta silencieuse. Si son inconscient avait guidé ses pas jusqu'ici, c'est qu'elle n'était pas étrangère au château. Elle essaya d'imaginer quel rôle elle avait tenu dans cet étrange théâtre.

— Vous ne disposez d'aucune documentation sur la famille Ashden ? demanda-t-elle d'un ton presque implorant. Des photographies, des coupures de presse... le bottin mondain... je ne sais pas...

Angus gloussa comme si elle venait de proférer une bourde du dernier comique.

— Vous déraisonnez, très chère, pouffa-t-il. Le comte ne fréquentait pas le monde. Regardez ces grilles tordues... Là, tout autour de nous ; elles ne marquent pas seulement les limites du parc, elles servaient à emprisonner un fragment du XIXᵉ siècle, et ce morceau de temps immobile, préservé, était la propriété exclusive du comte Ashden. Cela vous donne la dimension du bonhomme. Riche, tyrannique, méprisant, ne s'intéressant qu'à ses collections, jetant à peine un coup d'œil à sa famille, allant parfois jusqu'à confondre sa fille Sharon avec celle de ses domestiques. On ne sait pas grand-chose des événements qui se sont déroulés ici au cours des mois précédant l'incendie. Quelqu'un est-il venu ? Quelqu'un est-il parti ? Cela demeurera à jamais un mystère.

Amy réfléchissait. Dans la bouche du jeune homme, les mystères du château d'Ashden prenaient peu à peu l'allure d'un conte gothique signé Ann Radcliffe, elle soupçonnait une réalité plus triviale.

« J'ai été mêlée à ce drame, se répéta-t-elle. Mais étais-je du côté des victimes ou de celui des assassins ? »

Quand elle retrouva Libbie, elle s'empressa de lui rapporter les propos d'Angus. L'infirmière ne parut guère étonnée.

— Tu sais, soupira-t-elle, les enfants sauvages, on en trouve même à Londres. La plupart du temps, il s'agit de gosses traumatisés par les bombardements. Ils ont perdu leurs parents, ils se cachent dans les décombres pour fuir le monde extérieur. On en a amené un à *Saint Job's*, une fois, un garçonnet d'une dizaine d'années. Il ne savait même plus parler. Il se déplaçait à quatre pattes et ne supportait pas la lumière. Il était si sale qu'on le surnommait « l'enfant rat ». Il a refusé de s'alimenter. Trois semaines après, il était mort.

Amy ne fit aucun commentaire. Elle commençait à penser qu'Angus ne lui serait d'aucune utilité. C'était un doux rêveur, enfermé dans son travail de reconstitution. Son unique but était de retrouver au moins un fragment de chacune des œuvres d'art jadis détenues par le comte. Un éclat de marbre, un débris de toile peinte de la taille d'un timbre-poste... son ambition s'arrêtait là. La psychologie des protagonistes, les passions qui les avaient agités, le laissaient froid. Seuls les objets éveillaient sa compassion. Ces pauvres objets, si malades, si détériorés...

Plus elle y pensait, plus Amy sentait qu'il lui fallait se tourner vers le « lutin »... la méchante petite fée à la fronde, celle qui cassait la tête des vieillards et pendait les chiens aux basses branches des arbres. Sharon ou Alicia... peu lui importait. Elle n'était pas là pour retrouver l'héritière d'un royaume parti en fumée, elle avait besoin d'un témoin des événements. Quelqu'un qui pourrait lui dire en quoi elle y avait été mêlée, elle, la fille aux cheveux rouges.

« Je dois me débrouiller pour l'apprivoiser, décida-t-elle. Établir le contact, la mettre en confiance, et l'interroger. »

Le programme était sans doute un tantinet optimiste mais elle devrait s'y tenir, sous peine de s'enliser dans le mystère des ruines.

*
* *

Libbie, quant à elle, prenait ces curieuses vacances avec philosophie. Il ne lui déplaisait pas de ne plus être réveillée par les cris des mourants. Elle dormait beaucoup, comme si elle avait des années de sommeil à rattraper. La campagne lui plaisait. S'étant découvert une âme de braconnière, elle entreprit de poser des collets afin de corser les maigres ragoûts confectionnés par Angus. Elle coupa du bois, assembla des fagots, ramassa des mûres, fit des confitures, du pâté de bécasse, de la terrine de lièvre. Installée sous la tente réfectoire du campement, elle piétinait devant ses fourneaux, la face empourprée, le corsage bâillant sur ses gros seins blancs.

— La nourriture, c'est la vie... bougonnait-elle quand Amy lui demandait pourquoi elle s'agitait de la sorte. Ça me change des pansements et des culs à nettoyer, tu ne peux pas comprendre. La vie, la vraie vie...

Amy décida de mettre à profit les talents culinaires de sa camarade pour améliorer les offrandes du « petit dieu ». Elle prit l'habitude d'aller déposer une belle tranche de pâté, une coupelle de confiture, deux ou trois muffins, dans l'enceinte de la gloriette, là où l'enfant sauvage s'approvisionnait. Elle espérait que la petite folle remarquerait l'amélioration survenue dans son ordinaire et chercherait à en comprendre la raison. C'est par la gourmandise qu'on apprivoise les animaux, tous les dompteurs le savent.

Une fois les offrandes déposées, elle s'embusquait derrière un pan de ruines et attendait en retenant sa respiration, mais la gosse se méfiait, et sa patience semblait infinie.

« Elle sait que je suis là, se disait la jeune femme. Elle ne viendra pas. Si je m'obstine, je finirai par l'indisposer. »

Alors elle sortait de sa cachette, esquissait une révérence, et tournait les talons. Une fois, une seule, elle vit une ombre gracile se couler hors des buissons. C'était maigre et nu, pathétique, les côtes saillantes... hélas, le soleil se couchait et elle ne put distinguer le visage de l'enfant. Elle eut l'illusion de contempler une guenon sans poil, barbouillée de glaise, la jeune femelle d'une peuplade troglodyte que l'Évolution aurait oublié là, dans le parc du château fantôme.

Son cœur se serra. Elle ébaucha un pas en avant, puis se ravisa. Il ne fallait rien brusquer.

Le soir même, elle vola une chemise de nuit dans la malle-cabine d'Angus et alla la déposer dans la gloriette.

*
* *

— Il faut que vous visitiez les ruines, déclara le jeune homme un beau matin. Ce serait bête d'être venue jusqu'ici pour demeurer frileusement dans le parc. Accompagnez-moi, ce sera une promenade exaltante, je vous le promets.

Amy accepta, l'estomac noué par l'appréhension, mais elle estimait que son interlocuteur avait raison. Si elle voulait pénétrer les secrets du manoir, il lui fallait descendre au centre du bûcher, explorer le territoire des morts.

Angus lui donna une combinaison d'égoutier, des bottes et un casque de mineur muni d'une petite lampe à réflecteur.

— Restez derrière moi, conseilla-t-il. Déplacez-vous dans mon sillage, marchez où je marche, ne vous cognez jamais aux poutres. Il suffit parfois d'un rien pour qu'un passage s'éboule. Nous allons descendre au centre du « mille-feuille », là où les cinq étages du château se sont emboîtés les uns dans les autres. Vous devrez vous déplacer avec une grande économie de mouvement pour ne pas faire voler la cendre. Dans le cas contraire, nous nous retrouverons submergés par la suie. On peut vite s'étouffer à ce petit jeu.

Lui ayant remis un masque à gaz, il sortit de la tente et s'avança vers les ruines. Amy n'en menait pas large. Soudain, les décombres lui apparaissaient sous l'aspect d'une carcasse malfaisante. Le squelette d'un animal pas tout à fait mort, et dont les ultimes soubresauts pouvaient encore tuer.

— J'ai exploré différentes voies, expliqua Angus. Cela relève de la spéléologie en terrain miné, je ne vous le cache pas. Mais le voyage en vaut la chandelle, pour un peu que vous sachiez regarder au bon endroit, vous surprendrez des merveilles.

La proximité de l'action le transformait, le dépouillait de son déguisement de fils de bonne famille jouant de son élocution comme d'un air de flûte. Brusquement, il devenait quelqu'un d'autre. Un être plus solide, sur qui on pouvait compter.

À pas lent, ils entrèrent dans le champ des décombres dont les scories craquaient sous leurs semelles. Tout semblait fragile. Le moindre effleurement réveillait des tourbillons de cendre. Par bonheur, la pluie avait alourdi le tapis grisâtre, le rendant moins volatil.

Angus s'agenouilla pour désigner une carcasse d'acier tordue qu'Amy prit tout d'abord pour l'épave d'un bombardier quadri moteur encastré dans la charpente.

— Voilà tout ce qui reste du musée, chuchota le jeune homme. La grande galerie aux chefs-d'œuvre se trouvait dans ce cylindre. Aujourd'hui, tout est aplati, mais à l'origine, l'endroit était assez large pour abriter une rame de métro. Le feu l'a chauffé au rouge, comme une marmite. À l'intérieur, la température a dû atteindre un bon millier de degrés. Lord Ashden et sa collection ont été carbonisés en moins d'une minute...

Amy estima qu'il enjolivait, mais ne put s'empêcher de tendre le cou pour jeter un coup d'œil dans la carcasse éventrée. Encore une fois, elle eut l'impression de contempler un gros avion abattu par la D.C.A. De la somptueuse galerie d'exposition évoquée par Angus ne subsistait qu'un enfer de ferraille fondue d'où s'échappait une odeur atroce.

— J'y suis entré, dit Angus. C'est là que j'ai récupéré les débris qui figurent dans l'album. C'est une exploration éprouvante, dans l'obscurité totale. On a l'impression de nager dans un océan de cendre. Ce qui est terrible, c'est de penser que cette cendre est composée du corps de lord Ashden et d'une trentaine de merveilles picturales détruites à jamais.

Sentant peser sur lui le regard de la jeune femme, il s'ébroua et lui ordonna de mettre son masque à gaz.

Alors commença un étrange périple dans les entrailles du manoir englouti. Angus avait localisé des tunnels par où il était possible d'accéder aux étages encastrés dans le sol. Amy constata que le château s'était effectivement replié à la façon d'un accordéon pour s'enfoncer dans les profondeurs des caves. Ce brusque effondrement avait en partie protégé le mobilier des ravages de l'incendie.

Après avoir rampé le long d'étroits boyaux, on débouchait dans une salle au mobilier intact, mais dont la hauteur avait été réduite de moitié, voire des trois quarts. Il était désormais impossible de s'y déplacer autrement qu'à quatre pattes. On y côtoyait des fauteuils, des canapés, des lits encore intacts. C'était une impression troublante que de découvrir, au milieu de ce saccage, des meubles d'une facture exquise, à peine ternis par la claustration et l'humidité. Un roman, une écharpe, traînaient sur un sofa, là où on les avait oubliés la veille de l'incendie. Des roses desséchées étaient tombées de leur vase pour rouler à la surface d'une crédence. Partout, de menus objets semblaient attendre que leur propriétaire vienne les récupérer. Là c'était une paire de lorgnons, là un éventail, là encore une coûteuse broche en forme de cygne.

— Fascinant, n'est-ce pas ? souffla Angus à travers la pastille du masque. Je crois que c'est ici que vit l'enfant sauvage... La nuit venue, elle se retire dans les tunnels et regagne son ancienne chambre, quelque part sous nos pieds.

— Vous avez tout exploré ? s'étonna Amy.

— Non, à certains endroits les passages sont trop resserrés pour un adulte et il est hors de question de les élargir. Au moindre coup de pioche, tout s'écroulerait. Nous sommes à l'intérieur d'un château de cartes. C'est un miracle que cela tienne encore debout. C'est temporaire, du reste. Un jour ou l'autre une poutre cédera, l'équilibre sera rompu... Voilà pourquoi je m'obstine à remonter certains objets. Je choisis ceux qui sont cassés, et que je peux transporter en pièces détachées. Il me serait impossible d'emporter du mobilier intact, je ne suis pas assez fort, et les boyaux sont trop étroits. Je sais que vous me prenez pour un ahuri, mais de cette façon tout ne sera pas perdu. Il subsistera quelque chose d'Ashden.

Amy l'écoutait d'une oreille distraite, des considérations plus pragmatiques l'habitaient. Elle se demandait s'il lui serait possible de perquisitionner à l'intérieur de ces commodes, de ces secrétaires et d'y dénicher des indices utilisables. Elle tendit la main vers un tiroir et l'ouvrit. Angus se cabra.

— Que faites-vous ? hoqueta-t-il. Vous êtes folle ! C'est de la violation de sépulture. Je ne touche jamais aux affaires personnelles des défunts... Je n'ai jamais remonté de lettres, de lingerie. Pas même un chapeau ou une écharpe... Arrêtez ça immédiatement !

Amy suspendit son geste, stupéfaite par la soudaine métamorphose de son compagnon. Elle recula, sentant qu'il n'hésiterait pas à la brutaliser.

À partir de cet instant, la visite tourna court. D'un ton boudeur, Angus prit prétexte des difficultés d'accès aux étages inférieurs pour rebrousser chemin. « Il ne me juge pas digne de partager ses trésors, songea Amy. Je l'ai déçu. Tant pis. »

Au vrai, elle n'avait aucune envie de s'attarder dans ces catacombes s'il ne lui était pas permis d'y collecter des informations. Elle aurait donné cher pour compulser les archives du manoir, lettres, photographies, journaux intimes... Là se trouvait la réponse aux questions qu'elle se posait.

Ils remontèrent à l'air libre et se séparèrent froidement. La jeune femme comprit qu'elle avait commis un crime de lèse-majesté. Il n'était pas impossible qu'Angus les priât de quitter les lieux.

« Cela, mon bonhomme, se dit-elle, tu peux toujours courir ! Je ne m'en irai pas avant d'avoir découvert ce que je fichais ici au cours des semaines qui ont précédé la catastrophe. »

De mauvaise humeur, elle rejoignit Libbie qui somnolait étendue sur une chaise longue, une couverture écossaise tirée jusqu'au menton. Elle entreprit de lui raconter sa bévue. L'infirmière haussa les épaules.

— De quoi t'étonnes-tu ? soupira-t-elle. Ce petit crevé est à moitié maboule. Il se prend pour un prêtre égyptien. Sa pyramide, c'est ce tas de décombres. Espérons qu'il ne deviendra pas méchant. Je me méfie toujours de ce genre de type. C'est maigre comme un coucou mais ça se transforme en assassin à la première crise de nerfs. Ne l'asticote pas trop.

Amy estima que Libbie avait raison. Elle devait abandonner Angus à sa folie et se concentrer sur l'enfant sauvage. La clef du mystère résidait là.

« Je dois la rencontrer, se répéta-t-elle. Coûte que coûte. »

Elle savait qu'elle jouait un jeu dangereux, au premier faux pas, la petite fille lui casserait la tête d'un caillou bien ajusté, comme elle l'avait fait pour Muddy Jack.

« Elle nous a sauvées du four, se rappela Amy. C'est donc que nous lui sommes sympathiques. Si rien n'est encore gagné, tout n'est peut-être pas perdu ! »

*
* *

La nuit, Angus allumait de petites lampes à pétrole dans chacune des tentes d'exposition ; au début Amy s'était demandé pourquoi, elle comprenait à présent qu'il s'agissait avant tout de séduire l'enfant sauvage que ces lumières nocturnes attiraient comme un papillon. Enveloppée dans son manteau noir, le capuchon rabattu sur la tête, la jeune femme s'embusqua dans un boqueteau pour tenter de surprendre la petite fille au cours de ses déambulations. Elle dut patienter jusqu'à minuit, enfin, alors que les crampes la gagnaient, elle vit sortir de la forêt une mince silhouette vêtue de la chemise de nuit déposée en offrande quelques jours auparavant. Malgré l'excitation qui la gagnait, elle s'obligea à l'immobilité, retenant son souffle.

« Espérons que le vent ne lui apportera pas mon odeur... », se surprit-elle à penser.

La fillette entra dans la tente qui abritait la reconstitution du salon de musique. La lumière de la lampe à pétrole projetait sa silhouette sur la toile tendue, comme pour un spectacle d'ombres chinoises, ce qui permettait à Amy de suivre ce qui se passait à l'intérieur de l'abri.

L'enfant s'assit au clavecin et commença à « jouer » une sonate. L'instrument étant hors d'usage, ses doigts frappaient les touches muettes, produisant un son désagréable de petits maillets heurtant le bois. Elle ne semblait pas s'en rendre compte. De temps à autre, elle s'arrêtait pour tourner une page de la partition calée sur le lutrin.

« Si elle sait jouer du clavecin, songea Amy, on pourrait en déduire qu'il s'agit de la jeune comtesse. Seulement voilà : en l'absence de toute musique, il est difficile de savoir si elle joue vraiment quelque chose ou si elle se contente d'imiter les mouvements d'une claveciniste... dans ce cas, nous serions en présence d'Alicia, la fille des domestiques. »

Elle serra les dents, agacée. De toute manière, cela ne prouvait rien. Si les deux gamines avaient été élevées ensemble, Alicia avait très bien pu apprendre le piano...

« Ça n'a pas d'importance, se répéta-t-elle. Qu'il s'agisse de Sharon ou d'Alicia, ce n'est pas ton problème. Il te faut un témoin, c'est tout. Quelqu'un qui se trouvait là au moment de la catastrophe. »

Elle n'était pas flic, son enquête n'avait pas pour but de châtier une éventuelle incendiaire. Qu'Alicia ait mis le feu au château pour se venger de sa petite camarade n'entrait pas en ligne de compte. Elle ne devait pas se focaliser sur cette énigme.

La sonate achevée, la fillette quitta le salon de musique pour visiter la chambre à coucher, là elle s'installa devant le miroir rafistolé de la coiffeuse et entreprit de se peigner au moyen de ses doigts écartés. Elle penchait la tête de côté, comme si elle possédait encore une longue chevelure, mimant les cent coups de brosse rituels du soir. Considérant le petit crâne rendu chauve par l'incendie, Amy sentit son cœur se serrer.

L'enfant joua à se pomponner pendant une bonne demi-heure. Elle mimait à la perfection les gestes d'une coquette, faisait semblant de passer une robe, de tourner devant le miroir pour se contempler... Elle évoluait avec grâce, comme aurait pu le faire une fille de la noblesse, habituée dès son plus jeune âge à contrôler ses gestes pour leur imprimer cette fluidité caractéristique des femmes du grand monde.

Puis, tout à coup, elle sortit de sa transe, reprit sa posture d'animal traqué et bondit hors de la tente pour filer vers la forêt.

« A-t-elle senti que je l'observais ? » se demanda Amy.

Le lendemain, la jeune femme s'empressa d'aller déposer de nouvelles offrandes dans la gloriette. Cette fois, elle aligna, à côté des écuelles de nourriture, des objets plus féminins : une brosse à cheveux, un flacon de parfum, des ciseaux à ongles. Elle avait failli prélever un miroir de poche dans les affaires d'Angus, puis s'était ravisée en songeant que la fillette n'éprouverait aucun plaisir à détailler son visage ravagé par les brûlures. Mieux valait éviter les impairs.

À la tombée du jour, les cadeaux avaient disparu. Amy jugea cela de bon augure.

« Je progresse, se dit-elle en se glissant dans son sac de couchage, la nuit venue. Dans quelques jours, je tenterai d'aller à sa rencontre, physiquement cette fois. »

Elle dormait depuis deux heures quand elle s'éveilla soudain, persuadée que quelqu'un venait de se glisser dans la tente. À l'odeur, elle comprit qu'il ne s'agissait pas d'Angus. Une curieuse puanteur parfumée flottait autour d'elle, mélange de crasse et d'eau de toilette.

« C'est la gamine, songea-t-elle aussitôt. Elle s'est aspergée de parfum. Elle vient me rendre visite... »

Elle décida de feindre le sommeil et de rester immobile, les paupières closes, afin de ne pas effrayer la visiteuse nocturne. À certains frôlements, elle devina que la gosse tournait autour du lit de camp pour l'observer sous différents angles. Amy percevait sa respiration chuintante, précipitée. L'enfant resta un moment immobile au pied de la couche, puis s'approcha de la table de chevet. Amy essaya de ne pas céder à la panique car, depuis trois minutes, son instinct lui criait qu'elle était en danger et qu'elle ne devait pas demeurer ainsi, offerte, sans défense...

Malgré tout, elle garda les yeux clos et s'appliqua à discipliner les battements de son cœur. La fillette était maintenant toute proche, son odeur devenait incommodante.

Amy sentit qu'une main caressait ses cheveux éparpillés sur l'oreiller, jouant avec les mèches bouclées d'un rouge profond, puis quelque chose de froid se posa sur sa gorge... la pointe des ciseaux à ongles qu'elle avait déposés dans la gloriette, avec les offrandes au début de l'après-midi.

« J'aurais dû m'y attendre... », se dit-elle en s'obligeant à la plus complète immobilité.

L'acier lui piqua la chair, puis décrivit un arc de cercle sur son cou, mimant un égorgement symbolique.

« Elle sait que je suis réveillée, pensa la jeune femme. Elle me met à l'épreuve. La petite garce veut savoir si j'accepte de lui faire allégeance... »

160

La pression s'accentua. À présent, un peu de sang devait perler à la pointe des lames. Il était invraisemblable qu'Amy pût continuer à dormir dans ces conditions, la fillette le savait ; mais c'était un jeu... un jeu pervers dont tout allait dépendre.

« Et si elle était folle, songea Amy. Si elle décidait de m'égorger ? »

Elle allait céder à la panique, lancer la main droite pour capturer le poignet qui menaçait sa gorge, quand les ciseaux furent retirés. En les entendant cliqueter dans l'obscurité, elle comprit qu'on était en train de couper une mèche de ses cheveux.

Il y eut un froissement de toile et l'odeur disparut. La visiteuse avait regagné la forêt.

Amy était en sueur. Elle toucha son cou, éprouva une légère douleur. Un peu de sang poissa ses doigts. La petite peste l'avait entaillée.

*
* *

Lorsque le jour se leva, elle nettoya la plaie et la dissimula sous un ruban de taffetas gommé. Elle se réjouissait d'avoir franchi une étape décisive. Le contact avait enfin eu lieu, restait, désormais, à personnaliser la relation.

Alors qu'elle sortait de la tente elle fut apostrophée par Angus.

— Vous croyez que je n'ai pas compris à quel jeu vous jouez ? lança-t-il, la respiration sifflante. Vous allez tous nous faire tuer, oui ! La gosse est en train de se moquer de vous... Elle vous mène par le bout du nez. Elle s'amuse à laisser croire qu'elle s'apprivoise. C'est une ruse, ne tombez pas dans le panneau. Elle va vous attirer dans la forêt pour vous régler votre compte. C'est toujours ainsi qu'elle procède. Je vous en conjure, rentrez chez vous. Ne restez pas ici. Elle vous a choisie pour victime...

— Vous pensez qu'elle m'assassinera ? répliqua Amy.

— Oui, chuchota le jeune homme. Il existe plusieurs façons de mourir dans la région, soit vous tomberez dans une fosse à sanglier, soit vous vous égarerez dans les marécages, et les sables mouvants feront le reste. Il y a aussi les serpents, les vipères... Les paysans ne sont pas dupes ; quand l'un des leurs disparaît dans la forêt, ils savent qu'une fois sur deux c'est l'œuvre de la gamine. Ils ne font rien parce qu'ils ont peur, et parce qu'ils lui attribuent des pouvoirs surnaturels. Les moins superstitieux voient en elle une incendiaire. Ils préfèrent la laisser en paix plutôt que de voir leur village flamber, comme ce fut le cas pour Ownsgate. Elle a pris l'habitude de rester impunie, vous comprenez ? Elle n'hésite plus à tuer. Elle est devenue le mauvais génie des bois.

— Ça suffit ! coupa Amy en se dégageant. Je n'ai pas l'intention de laisser cette enfant finir ses jours dans la forêt. Elle a besoin d'aide. *Hau ab*[1] !

— Vous êtes stupide ! explosa Angus. Vous vous attaquez à quelque chose qui vous dépasse. Je vous aurais prévenue.

Sur ce, il lui tourna le dos et s'éloigna d'un pas rapide en marmonnant des menaces.

— Je sais pourquoi il est en colère, grommela Libbie qui émergeait de la tente réfectoire. Il a peur que tu lui enlèves la gamine parce que, d'une certaine manière, elle fait partie de sa collection... S'il pouvait l'empailler et la coller sur un socle, avec une étiquette, il le ferait sans hésiter. Tu imagines le tableau : *Enfant sauvage de douze ans, identité non définie. Probablement responsable de l'incendie du château d'Ashden...* C'est ça qui lui plairait, pour le coup.

Amy décida de brusquer les choses. Elle craignait en effet qu'Angus ne devienne incontrôlable et finisse par se laisser aller à de fâcheuses extrémités. S'étant équi-

---

1. Foutez le camp !

pée d'une gourde et d'un bâton, elle s'enfonça dans la forêt.

Elle progressa lentement, suivant les étroits sentiers ouverts dans la végétation. Elle était persuadée que la fillette l'avait repérée dès son entrée sous les frondaisons, elle attendait donc que le petit fantôme se manifeste d'une manière ou d'une autre.

Elle finit par découvrir une cahute constituée de branches tressées et de glaise. Le lierre la recouvrant en partie, la cache était invisible pour des yeux non avertis. Amy prit soin de s'annoncer par un « Y a quelqu'un ? » proféré d'une voix qu'elle espérait engageante. N'obtenant aucune réponse, elle se baissa pour examiner l'intérieur de la cabane. C'était une caverne d'Ali Baba dérisoire emplie de jouets récupérés dans les décombres. Des poupées noircies voisinaient avec des marionnettes aux têtes charbonneuses. Un cheval à bascule carbonisé montait la garde sur le seuil, fixant Amy d'un œil méchant.

L'endroit était sinistre. Dans un coin, on avait aménagé un lit de feuilles. Des peaux de lapin suspendues à une ficelle achevaient de se racornir. Amy estima la cache trop sommaire pour être autre chose qu'un repaire parmi d'autres. L'enfant avait dû construire de nombreuses tanières analogues aux abords du manoir ; imitant Angus, elle les emplissait d'objets glanés dans les ruines.

Alors qu'elle s'apprêtait à pénétrer dans la cabane, la jeune femme remarqua une liane tendue en travers du seuil. Un piège. Le lien devait commander la chute d'une pierre ou d'une bûche posée en équilibre à la fourche d'une branche, provoquant ainsi l'écrasement de la baraque. Elle recula.

Au cours de l'heure qui suivit, elle repéra de justesse deux autres pièges : une fosse à sanglier garnie d'épieux pointus, et une potiche remplie de vipères qui aurait dû se renverser sur ses épaules, à son passage. Elle comprit la raison de ce déploiement de précautions lorsque, atteignant la lisière des bois, elle découvrit de nombreux pantins de chiffons cloués sur les arbres. Toutes les poupées avaient la tête noircie au charbon. Le mot *Sorcière* avait été tracé sur leur ventre d'une écriture enfantine.

« Les gosses du village, supposa-t-elle. Ils ne peuvent s'empêcher de la persécuter... C'est de leurs incursions qu'elle se protège. Peut-être n'a-t-elle pas tort. »

Fatiguée par la tension nerveuse, Amy décida de rebrousser chemin. Des frôlements en provenance des taillis voisins lui apprirent que la fillette la suivait de près. L'amnésique se garda bien de jeter un coup d'œil par-dessus son épaule. Jusqu'au bout, elle s'attendit au pire, toutefois elle émergea de la forêt sans avoir subi aucune agression.

« On dirait que je progresse, se dit-elle en regagnant sa tente. Avec un peu de chance, une rencontre devrait se produire d'ici peu. »

*
* *

Elle attendit la nuit avec impatience car son instinct lui soufflait que le contact tant attendu aurait lieu à la faveur de l'obscurité. Angus s'était retiré dans ses quartiers sans lui adresser la parole. La rupture était désormais consommée. S'il en avait eu la force physique, il les aurait chassées de « son » territoire séance tenante.

Les jeunes femmes se couchèrent mais, tandis que Libbie basculait d'emblée dans le sommeil comme à son habitude, Amy resta sur le qui-vive, la respiration courte, prête à toute éventualité. Immobile au milieu des ténèbres, le temps lui parut long. Elle avait jugé inutile de se munir d'une arme car elle se savait incapable d'en frapper son adversaire le cas échéant.

Aux alentours de minuit, elle perçut des frôlements contre la tente, puis l'odeur de crasse et parfum mêlés la submergea. Elle garda les paupières baissées. La fillette se tenait près du lit. Amy sentit qu'on lui glissait quelque chose entre les mains – un livre ?— puis l'enfant fit volte-face et s'en alla comme elle était venue.

Amy attendit une dizaine de minutes, le cœur battant. Enfin, elle s'assit sur sa couche et alluma la lampe de poche.

Ce n'était pas un livre mais un cadre en argent dont le verre avait explosé sous l'effet de la chaleur. Il contenait une photographie aux trois quarts brûlée dont seule subsistait la partie supérieure gauche. On y distinguait trois visages féminins. Deux fillettes souriantes encadrant une jeune femme. La fillette de gauche était jolie, celle de droite assez quelconque, quant à la jeune femme c'était...

Amy crut que son cœur bondissait hors de sa poitrine.

La jeune femme, c'était elle-même... Amy Sweetheart.

*
* *

Sous le coup de l'émotion, Amy alluma la lampe à pétrole et réveilla Libbie. D'abord grommelante, l'infirmière ne tarda pas à se passionner pour ce nouveau coup de théâtre.

— Bon sang ! hoqueta-t-elle, la femme, c'est toi ! Regarde un peu... tu es juste mieux coiffée, c'est tout. Et puis tu as ce joli collier autour du cou. Un truc pareil ça doit coûter bonbon ! Qui sont les gamines ?

— Je ne sais pas, répondit Amy, le souffle court. Je suppose qu'il s'agit de Sharon et d'Alicia, les filles du château. La jeune comtesse et la gosse des domestiques. Mais laquelle est laquelle, ça, mystère !

— Tu as été photographiée avec elles, réfléchit Libbie, ça prouve que tu étais quelqu'un d'important.

— Je devais être leur préceptrice, supposa Amy. Je leur donnais sans doute des cours de culture générale, de maintien... le genre de choses qu'on enseigne dans la haute société.

La grosse fille secoua la tête en signe de dénégation.

— Non, fit-elle, les sourcils froncés. Ça ne colle pas. Une simple employée ne porterait pas un collier de cette valeur. Ma vieille, c'est l'évidence même ! Tu étais la femme du comte Ashden, *la mère de Sharon.*

Amy se raidit.

— Mais oui, insista Libbie. Tu as l'âge requis, un peu plus de la trentaine... je dirais 32 ans. Regarde les gamines, elles ont environ 11 ans, ça veut dire que tu aurais accouché à 21 ans, c'est correct. Voilà pourquoi tu tenais tellement à rentrer ici, c'est chez toi... Tu es revenue chercher ta fille. L'enfant sauvage, c'est ta gosse.

Amy réalisa qu'elle tremblait. Elle dut serrer les mâchoires pour empêcher ses dents de claquer. Voyant dans quel état elle se trouvait, Libbie l'enveloppa dans une couverture.

— Reprends-toi ! ordonna-t-elle. Tu ne vas pas tourner de l'œil tout de même ?

Quand elle eut recouvré son sang-froid, Amy reprit la photographie des mains de sa camarade et la scruta, essayant de déceler une ressemblance sur les traits de l'une ou l'autre fillette.

— Si la photo était en couleur, on verrait si l'une des deux est rousse... murmura-t-elle.

— Celle de gauche, la plus jolie, a les cheveux frisés, fit observer Libbie. À mon avis, c'est ta fille.

Amy essayait de réfléchir, mais les pensées se bousculaient dans son esprit.

« Je me prenais pour une espionne allemande, songea-t-elle, et voilà que je me découvre mariée à un lord anglais, mère d'une petite fille... »

L'un n'empêche pas l'autre, lui souffla au même moment une méchante petite voix, *tu n'as donc jamais entendu parler des agents dormants ?*

Amy fit la grimace, elle savait ce que cachait ce terme : des espions installés dans le pays depuis des années, intégrés à la population, insoupçonnables, attendant un signe de leurs maîtres pour passer enfin à l'action.

Et quelle meilleure couverture pour un agent dormant que de devenir une lady ? insista la voix. *Comment soupçonner l'épouse d'un pair du Royaume d'être une espionne au service du IIIe Reich ?*

Non, l'un n'empêchait pas l'autre...

— À mon avis, la gamine t'a reconnue, expliqua Libbie. Voilà pourquoi elle s'est portée à notre secours quand le vieux Jack a tenté de nous brûler vives.

— Mais ensuite, se plaignit Amy, elle aurait pu venir à moi... au lieu de ça elle a continué à jouer à cache-cache.

— Ça peut se comprendre si elle considère que tu l'as abandonnée au milieu des ruines. Probable qu'elle t'en veut.

— Évidemment, vu de cette manière...

— Bon sang ! répéta l'infirmière, quelle nouvelle. J'ai besoin de boire un coup. Ça tombe bien, j'ai justement piqué un flacon de brandy à ce pauvre Angus. On va s'en jeter un, ça nous requinquera, tu es plus pâle qu'une statue de la mère Tussaud.

Amy avala d'un trait le contenu du gobelet que Libbie venait de lui glisser dans la main. L'alcool lui fit du bien.

— C'est bon signe, soliloqua l'infirmière. Si la môme t'a apporté ce cadre, c'est qu'elle veut mettre fin aux hostilités. Elle te fait comprendre qu'elle accepte de te reprendre pour mère, tu piges ?

Amy hocha la tête, dépassée par les événements. Tout de suite après, elle se sentit envahie d'inquiétudes au sujet de l'enfant : était-elle vraiment défigurée ? Avait-elle perdu la parole ?

« Je ne peux pas la laisser ici, se dit-elle, je dois l'emmener, même si cela complique les choses. Nous ne devons plus nous séparer. »

Elle s'aperçut qu'elle avait repris le cadre et le serrait au point de s'entailler les doigts sur l'arête d'argent ébréchée. Elle scruta le visage de la petite fille aux cheveux frisés. Pendant une minute, elle espéra que les souvenirs allaient émerger du brouillard, que tout allait lui être rendu, d'un coup, comme cela se passe dans les romans, mais rien ne vint. Rien du tout. Alors elle fondit en larmes, et Libbie la prit par les épaules en lui chuchotant des fadaises, comme l'on fait pour les enfants qui se débattent au milieu d'un cauchemar.

*
* *

Ce sentiment de désorientation dissipé, Amy reprit le contrôle d'elle-même. Un morceau de cervelle lui avait été ôté, et avec lui son passé de mère, les sentiments qu'elle avait jadis éprouvés pour sa fille, son mari... Cette masse d'informations, de joies, de vie domestique, le bistouri du chirurgien l'en avait amputée. Il était inutile de pleurnicher, cela ne reviendrait jamais, elle devait l'admettre une fois pour toutes.

« Je ne suis pas amnésique, songea-t-elle, je suis une invalide, au même titre que ces soldats qui se promènent avec une jambe de bois. Eux aussi, on les a privés d'un morceau d'eux-mêmes. Un morceau qu'ils seraient bien en peine de réclamer. »

Il ne lui restait qu'une chose à faire : récupérer sa fille et repartir de zéro, essayer de construire avec elle des relations qui ne s'appuieraient pas sur le passé. L'enfant le comprendrait-elle ? Et d'abord, avait-elle encore toute sa tête ?

Le cadre d'argent à la main, elle entra dans la forêt, retourna près de la cabane et s'assit sur une souche. Là, elle rassembla son courage et dit d'une voix qu'elle espérait ferme :

— Je ne t'ai pas abandonnée... J'ai été blessée à la tête. Tu as dû voir la cicatrice quand tu m'as coupé une mèche de cheveux... À la suite de cette blessure, j'ai perdu la mémoire. Je ne me souviens de rien. Ni du château ni... de toi. Mais nous pouvons nous entraider. Une force contre laquelle je ne pouvais pas lutter m'a ramenée ici, sans doute pour te chercher. Cela prouve qu'en dépit de l'amnésie, je tiens toujours à toi. Tu comprends ?

168

Elle se tut et écouta bruire le feuillage. Avait-elle dit ce qu'il fallait ? Était-ce ainsi que se comportaient les mères ? Elle ne disposait d'aucune référence, d'aucun modèle. Elle ne savait pas ce qu'elle éprouvait réellement : de l'excitation ? un vague agacement ? de l'ennui à la perspective d'un problème qu'elle ne saurait maîtriser ? Des choses informes grouillaient en elle, accentuant son trouble de minute en minute.

Retenant un fou rire nerveux, elle songea : « J'aurais dû ajouter : *Ta maman est aussi une espionne du IIIᵉ Reich, ça complique un peu les choses, ma chérie... Tu devras être indulgente si je ne réussis pas très bien le pudding au chocolat...* »

Enfin, un bruit de branchages malmenés s'éleva et une mince silhouette apparut. Maculée de glaise de la tête aux pieds, la chemise de nuit crasseuse collée au corps, elle avait l'air d'un cadavre exhumé d'une tourbière. Elle fit trois pas en direction d'Amy, puis s'arrêta soudain, incapable d'aller plus loin, grelottante d'angoisse ou de colère. La jeune femme se leva, pleine de confusion. Dans les romans, mère et fille, à l'heure des retrouvailles, s'étreignaient en sanglotant de joie ; en ce qui la concernait, elle n'éprouvait qu'un grand vide, une absence de sentiment. Elle avait beau la fixer, la manger des yeux, l'adolescente qui se dressait devant elle demeurait une étrangère.

« Qu'attend-elle pour se manifester, cette fichue voix du sang dont les écrivains nous rebattent les oreilles ? se dit-elle avec colère. Mes "entrailles" restent muettes. Aucun message ne me parvient du fond de ma conscience... »

Elle fit trois pas, elle aussi, soucieuse de ne rien brusquer. À présent, elle distinguait mieux l'étrange créature qui se tenait au centre de la clairière, dans un rayon de soleil. La glaise dont elle était recouverte masquait en partie les cicatrices rétractiles de son visage, mais il était difficile d'ignorer que ses traits avaient subi la morsure du feu. Le cuir chevelu, ravagé, conservait de rares mèches, pour l'heure plaquées en arrière.

— Je ne sais même pas comment je m'appelais, soupira Amy en tendant la main vers l'enfant.

— Alexandra, dit le petit fantôme d'une voix enrouée. Tu ne voulais pas qu'on t'appelle « mère » parce que ça te vieillissait. Tu exigeais qu'on t'appelle Alexandra... je n'ai jamais aimé ça.

Puis elle fondit en larmes. Amy franchit l'espace qui la séparait de l'enfant, et ôta son manteau pour le poser sur les épaules de la silhouette boueuse aux os saillants qui continuait à pleurer, la tête baissée, menton sur la poitrine, les bras le long du corps, comme une collégienne réprimandée par une pionne dépourvue de compassion.

— Je dois te prévenir, balbutia l'adolescente entre deux sanglots, je suis devenue très laide... Tu vas avoir honte de moi... Tu n'aimais pas les gens laids, je m'en souviens... Un jour tu as renvoyé une bonne qui avait un bec-de-lièvre. Tu disais qu'elle te donnait des cauchemars...

« Est-il possible que j'aie pu être aussi stupide ? » se demanda Amy en posant son bras en travers des épaules de la fillette.

— Viens, murmura-t-elle, on va s'occuper de toi. Mon amie est infirmière, elle se nomme Libbie...

— Je sais, fit l'enfant, je vous observe depuis votre entrée dans la forêt. C'est comme ça que j'ai compris que tu avais tout oublié... ça t'a sauvé la vie... sinon j'aurais laissé Muddy Jack te brûler dans son fichu four. Ça ne m'aurait pas gênée.

Elle parlait d'une voix enrouée, en avalant les syllabes, si bien qu'il était parfois difficile de comprendre ce qu'elle disait. À d'autres moments, elle employait des mots inconnus, sans doute des néologismes de son invention, ou des bribes du patois local.

Ce corps décharné qui tremblait contre le sien finit par émouvoir Amy. « C'est donc Sharon, et non Alicia... pensa-t-elle. Voilà au moins un mystère éclairci. Et comme elle semble se souvenir de tout, je vais peut-être enfin savoir qui j'étais. »

À la lisière de la forêt, elles furent accueillies par une Libbie en transe qui, d'autorité, s'empara de Sharon pour la conduire jusqu'au *tub* rempli d'eau chaude qu'elle avait préparé « au cas où »...

Le moment où l'infirmière dépouilla l'adolescente de ses hardes fut des plus pénibles car le corps nu, marbré de grandes plaques cicatricielles, apparut en plein jour dans toute sa maigreur. Amy sentit une boule se former dans sa gorge. Paradoxalement, elle fut heureuse d'éprouver enfin quelque chose, de se comporter en être humain.

Déjà, Libbie avait fait asseoir l'enfant dans la cuve de zinc et la nettoyait à l'aide d'une grosse éponge. L'eau devint plus verte que celle d'une mare. Au fur et à mesure que la croûte de glaise se délayait, de nouvelles blessures apparaissaient. Sharon avait été brûlée sur tout le côté gauche. Si ses cheveux avaient disparu, le visage, lui, n'était pas franchement défiguré. Sa peau avait toutefois pris un aspect tendu, luisant, qui lui donnait l'aspect caoutchouteux d'une tête de poupée déformée. Elle conservait le menton sur la poitrine, sans doute parce qu'elle avait honte de s'exhiber ainsi devant sa mère.

En dépit de ses douze ans, elle avait conservé un corps de petite fille.

— C'est à cause des carences alimentaires, murmura Libbie, répondant à la question qu'elle venait de lire dans les yeux de sa compagne. Sa croissance a pris beaucoup de retard, toutefois c'est un miracle qu'elle ait survécu à de telles brûlures sans secours médical.

— Quelqu'un m'a aidée... chuchota Sharon sans relever la tête. Au début... Une vieille femme qui vivait dans les bois. Une guérisseuse. La mère Collins. C'est elle qui m'a récupérée après l'incendie. Pendant trois mois, elle m'a barbouillée de pommade puante. Elle voulait faire de moi son apprentie, mais elle est morte l'hiver dernier, d'une pneumonie. Je ne l'aimais pas... elle me traitait comme une servante. Elle me battait avec une badine. Elle disait que je lui appartenais parce qu'elle m'avait sauvé la vie.

— Te fatigue pas, mon chou, intervint Libbie. Tu nous raconteras ça plus tard. Maintenant faut que tu manges pour faire du lard. Tu n'as que la peau sur les os, on dirait un lapin malade.

Saisissant la jeune fille sous les aisselles, elle la força à se lever et l'enveloppa dans un drap de bain brodé aux armes d'Angus.

Dans la demi-heure qui suivit, on profita de l'absence du jeune homme pour piller la malle-cabine à la recherche de vêtements propres. Faute de garde-robe féminine, on dut se résoudre à habiller Sharon en garçon. Dans un touchant sursaut de coquetterie, l'adolescente s'empara avec avidité d'une casquette de golf qu'elle vissa sur son crâne chauve, la visière au ras des sourcils. À cette occasion, Amy remarqua qu'elle n'avait plus d'ongles à la main gauche.

« Mon Dieu ! songea-t-elle, j'en suis sortie indemne alors qu'elle a été dévorée par le feu. Elle doit estimer que c'est injuste. Que s'est-il réellement passé ? Ai-je fui le château dès le début de l'incendie... pour préserver ma beauté, par crainte d'être défigurée ? Ai-je abandonné ma fille à son sort, par lâcheté, par coquetterie ? »

Elle s'aperçut qu'elle avait peur de se découvrir sous les traits d'une femme hautaine, d'une coquette au cœur sec, barricadée dans son égoïsme de femme du monde, d'ancienne idole des salons...

Elle s'imagina, le soir de l'embrasement, fuyant le manoir sans se retourner alors que sa fille, prisonnière des flammes, l'appelait en vain au secours depuis une fenêtre du deuxième étage.

« Allons, se dit-elle, pas de mélodrame. Ressaisis-toi. »

Toutefois, ce qu'elle avait vu à Londres lui avait appris que le mélodrame est le pain quotidien de la guerre, aussi ne put-elle se défaire d'un sentiment de culpabilité.

L'arrivée d'Angus vint tout compliquer. Il lui suffit d'un regard pour reconstituer ce qui s'était passé en son absence, et, de toute évidence, la métamorphose de Sharon ne le remplit pas de joie. Saisissant Amy par le coude, il l'entraîna à l'écart, furibond.

— Qu'avez-vous fait ? haleta-t-il en essayant de contenir sa colère. Vous l'avez dénaturée... C'est... c'est inadmissible. Elle avait sa place dans le tableau. Vous ne comprenez donc rien. Elle était au diapason des ruines, de la catastrophe. Elle faisait partie de la collection. Cette enfant changée en petit faune, errant dans les bois, habitant les décombres comme un fantôme, c'était magnifique... digne d'un poème de Byron, d'un opéra... Et vous... vous l'avez récurée, peignée... Sauvage, boueuse, elle était admirable. Regardez ce que vous avez fait. On dirait un singe savant déguisé en général d'opérette !

À bout de patience, Amy le repoussa.

— Ça suffit ! gronda-t-elle, j'en ai assez de vos fantasmes artistiques de pacotille. Vous vous croyez dans un opéra de Wagner ? Vous imaginiez que j'allais laisser ma fille vivre comme un animal, dans la forêt ?

Angus écarquilla les yeux, aspira une bouffée d'air et éclata d'un rire énorme.

— Ah ! hoqueta-t-il, c'est donc ça ? Vous vous prenez pour la comtesse Ashden à présent ! Ma pauvre fille, vous êtes aussi folle que la gosse que vous avez arrachée à ces bois !

— Qu'en savez-vous ? répliqua Amy. Vous m'avez avoué n'avoir jamais su à quoi ressemblait Alexandra Ashden... Pourquoi ne serai-je pas la mère de Sharon ? Qu'est-ce qui vous permet de me dénier ce titre ?

Angus, toujours secoué de rire, agita les mains.

— Mais parce que vous n'en avez pas la classe ! lança-t-il. On voit tout de suite que vous sortez du ruisseau. Vous ne pourriez pas faire une lady... c'est évident ! Quant à la créature que vous avez capturée dans la forêt, êtes-vous bien sûre qu'il s'agisse de Sharon ? Croyez-vous qu'il faille se fier à ce qu'elle raconte ? Et si c'était

173

Alicia, hein ? La fille des domestiques ? Alicia jouant la comédie... Vous n'avez pas pensé à ça, hein ?

Cette flèche décochée, il s'éloigna en titubant, en proie à une agitation extrême.

Amy demeura indécise, bouillonnant de fureur.

« Je le hais parce qu'il a raison, s'avoua-t-elle quand elle eut recouvré son calme. Je n'ai d'autre preuve qu'une photo à demi brûlée où je figure en compagnie de deux fillettes. Est-ce vraiment suffisant pour me bâtir une identité ? »

Elle regagna la tente où Libbie improvisait un repas pour Sharon. L'adolescente gardait la tête baissée, dissimulant son visage abîmé sous l'ombre de la visière. Ses mains tremblaient. Constellées de cicatrices et de griffures, elles faisaient penser à deux gants de cuir qui auraient passé l'hiver au fond du jardin, oubliés sur un banc.

« Ne te laisse pas attendrir, lui souffla la voix de la prudence. *Et si c'était Alicia ?* Alicia profitant de ton amnésie pour tenter de te berner... »

Angus n'avait-il pas raconté que les deux fillettes se haïssaient ?

« Alicia pourrait essayer de retourner la situation à son avantage, songea la jeune femme. Mais après tout qu'importe puisque tu ne gardes aucun souvenir de ta fille... Alicia ou Sharon, qu'est-ce que ça change ? Ce qui compte, c'est de disposer d'un témoin, d'un témoin capable de te restituer une partie de ton passé. »

Elle s'assit pendant que l'adolescente dévorait les aliments que Libbie déposait dans son assiette.

— C'est bon... répétait-elle d'une voix d'enfant. C'est bon.

*
* *

Gavée, Sharon s'abattit sur l'un des lits de camp et s'endormit. Les deux femmes s'éclipsèrent sans bruit.

— Alors ? s'enquit l'infirmière une fois qu'elles furent dehors. Qu'en penses-tu ?

— Je ne sais pas, avoua Amy. Je n'éprouve rien au fond de moi... aucun appel, aucun élan. Il me semble que si j'étais sa mère...

— Ne dis pas de conneries, coupa Libbie. On n'est pas dans un roman à l'eau de rose. Le morceau de cerveau où ton passé de mère était stocké t'a été enlevé. C'est normal que tu ne ressentes rien. Ne t'épuise pas à chercher, tu ne trouveras que dalle ! Tout ce que tu peux espérer c'est essayer de reconstruire quelque chose avec cette môme, repartir de zéro, et apprendre à l'apprécier, jour après jour. Ça te semble impossible ?

— Je ne sais pas, répéta Amy. Tout ça est si brutal. Ça me fait peur. J'ai besoin d'y réfléchir.

Jusqu'au soir, elle se promena seule dans le parc, essayant de mettre de l'ordre dans ses pensées. En réalité, elle avait hâte que Sharon se réveille pour pouvoir commencer à l'interroger.

« Je suis inhumaine, constata-t-elle, dépourvue de compassion. Je suis une espionne. »

*
* *

Quand la fillette s'éveilla, Amy la pria de la suivre. Elles s'installèrent sur un banc, dans l'ancienne roseraie du manoir. Là, Amy fit une nouvelle fois le point.

— Alors, vraiment, murmura Sharon avec une pointe d'incrédulité dans la voix, tu ne te rappelles rien ?

« Ça commence mal, songea Amy. Elle croit manifestement que j'ai inventé ce conte de fées pour ne pas avoir à répondre de mes erreurs passées. »

Patiemment, elle entreprit de récapituler ce qui lui était arrivé depuis son réveil au *Saint Job's*, en prenant soin, toutefois, d'éluder ce qui concernait ses activités d'espionnage.

— Mon dernier souvenir d'avant, conclut-elle, c'est l'image d'un mur de brique qui vole en éclats. C'est ainsi qu'on m'a trouvée, dans les décombres d'un immeuble bombardé, au bord de la Tamise. Je ne sais rien de plus. Libbie dit que je ne récupérerai jamais mes souvenirs parce qu'on m'a ôté un morceau de cerveau. C'est comme si on m'avait amputé d'un bras, tu comprends ? Ça ne repoussera pas... Il n'y a que toi qui puisses me dire qui j'étais.

L'adolescente hocha la tête ; Amy crut discerner une étincelle de méfiance dans ses yeux.

— Que veux-tu savoir ? s'enquit Sharon.

— Tout, comment nous vivions, quels étaient nos rapports...

La jeune fille grimaça. Depuis le début de l'entretien elle s'arrangeait pour cacher son visage derrière ses mains.

— On ne se parlait pas beaucoup, dit-elle enfin. C'était surtout Granny Kathie, la nurse, qui s'occupait de moi. Elle était vieille, elle radotait, et elle avait tendance à croire que j'avais toujours six ans. Toi... toi tu étais déprimée. Tu buvais, ou bien tu prenais du laudanum. Tu passais des journées entières dans ta chambre à lire des revues de cinéma. Tu t'ennuyais. Ça te rendait désagréable. On n'a jamais beaucoup communiqué toi et moi, dans notre milieu ça ne se fait pas. Les mères ne commencent à s'intéresser à leurs filles que lorsque l'heure a sonné de les lancer dans le monde... et de les marier.

Amy se sentit rougir. Les yeux de la gosse étaient rivés aux siens.

— En réalité, poursuivit Sharon, tu te fichais pas mal de moi. On se côtoyait poliment mais tu ne me demandais jamais rien. Ça fonctionnait de cette manière. Tu mourais d'envie de retourner à Londres, tu ne supportais pas la campagne, mais Père ne voulait pas en entendre parler.

— Qui étais-je avant de me marier ? demanda Amy, mal à l'aise.

Sharon eut un geste vague de la main.

— Je n'ai jamais trop su, éluda-t-elle. Tu travaillais dans la mode, chez un grand couturier. Tu créais des chapeaux, je crois. Tu racontais toujours que la reine mère portait l'un de tes modèles. À mon avis, il n'y avait pas de quoi se vanter !

Amy ne releva pas l'insolence. Elle supposa que cette activité professionnelle n'avait été qu'un leurre destiné à masquer sa véritable identité d'agent dormant.

— Et... comment cela se passait-il avec ton père ?

— Mal. Je crois que Père nous détestait toutes les deux, toi, parce que tu n'avais pas su lui donner un héritier mâle, moi, parce que je n'étais pas le fils tant désiré. À partir de là, nous avons du jour au lendemain cessé de l'intéresser. Il nous tolérait, sans plus. La dernière année, il a dû m'adresser trois fois la parole. Il lui arrivait de me confondre avec Alicia, la fille des domestiques, alors que cette dinde ne me ressemblait pas. J'étais pour lui une espèce de chiot. À condition de ne pas aboyer et de ne pas pisser sur les tapis, je pouvais rester au manoir aussi longtemps que j'en aurais envie. Mon avenir, il s'en fichait éperdument.

— J'ai du mal à imaginer quel homme c'était... murmura Amy.

Sharon détourna les yeux pour cacher ses larmes.

— Il était bizarre, énonça-t-elle d'une voix qui tremblait. Souvent, il me faisait penser à un somnambule. Il ne s'éveillait qu'en présence de ses fichus tableaux. Sa collection, c'était la seule chose qui l'intéressait. Il avait fait construire une espèce de grenier de fer au château. Un ingénieur était venu de Londres pour tapisser les combles avec des plaques d'acier. On se serait cru à l'intérieur d'un sous-marin. Pas de fenêtres, une seule porte, épaisse comme celle d'un coffre-fort et munie d'une serrure à combinaison. Il y avait fait aménager une galerie, avec des tentures, des draperies pour cacher les soudures des parois. Quand j'étais petite, ça m'émerveillait parce que ça évoquait pour moi le palais d'un sultan des mille et une nuits. C'est là qu'il entassait les tableaux... des images noires, peintes au jus de chique, qui me faisaient peur, des bonshommes avec des trognes affreuses.

— Angus prétend que le comte vivait là en permanence, hasarda Amy. C'est vrai ?

— À la fin, oui, il ne descendait presque plus. Ça l'a pris comme une maladie. Au début, il y montait une heure, après dîner. Puis, au lieu d'une heure, il a commencé à y rester deux, puis trois, puis quatre... Un jour, j'ai grimpé là-haut, voir ce qu'il fichait. Il était là, comme hypnotisé par un fakir, à fixer une toile. Il avait l'air d'un fou, ça m'a fait peur, je me suis enfuie. Au début, quand on se retrouvait à table, tu le plaisantais à ce sujet, puis tu as fini par comprendre que ça présentait des avantages...

— Lesquels ?

— Ça te permettait de seller une jument et d'aller courir la campagne. Sauf que c'était pour faire des cochonneries avec les gars du coin dans les meules de foin.

Amy s'appliqua à ne rien laisser transparaître de ses sentiments.

« Peut-être s'agissait-il de rendez-vous avec d'autres espions, se dit-elle. L'infidélité n'était sans doute qu'un écran de fumée... »

— Tu te conduisais comme une putain ! cracha soudain Sharon, son vilain petit visage plissé par la fureur. Tu me faisais honte ! Tu ne te cachais même pas... Tous les gens du village étaient au courant... À la fin, je n'osais plus franchir les limites du parc.

Amy sourit tristement.

— Pardonne-moi, chuchota-t-elle, je ne m'en souviens pas. C'est comme si tu me parlais d'une étrangère. Je suppose que je m'ennuyais ?

— Tu étais superficielle, égoïste, uniquement préoccupée de ta beauté... Tu passais des heures devant les miroirs à vérifier qu'une méchante vilaine petite ride d'un demi-millimètre n'était pas apparue au coin de ton œil. Voilà comment j'ai grandi : entre une mère penchée sur son miroir et un père scrutant ses tableaux. Vous étiez toujours en train de regarder ailleurs... Il ne vous serait jamais venu à l'idée de tourner les yeux vers moi !

Amy esquissa un geste pour poser sa main sur celle de Sharon, mais l'adolescente se rétracta avec violence.

— Je ne suis plus celle dont tu parles, énonça calmement Amy. Je ne me reconnais pas en elle. Je suis devenue quelqu'un d'autre... quelqu'un qu'il me reste encore à découvrir. Ce que tu me racontes me peine profondément. Je sais que tout cela est un peu difficile à comprendre pour toi, mais quand quelqu'un est blessé à la tête, il arrive que sa personnalité change du tout au tout[1], Libbie te le confirmera.

Le silence s'installa, comme si Sharon hésitait à poursuivre. Retranchée dans la pénombre, elle semblait guetter quelque chose entre les feuilles. Ses traits ravagés donnaient à son visage un aspect animal un peu inquiétant.

« Elle n'est pas vraiment laide, songea Amy, mais elle a l'air d'un petit faune... d'une créature hybride sortie du *Songe d'une nuit d'été*. »

Elle eut l'impression désagréable qu'au premier sourire les lèvres de Sharon se retrousseraient sur des crocs pointus de jeune louve... Elle dut faire un effort pour chasser ce fantasme.

— La vie était toujours pareille, reprit l'adolescente. Tous les jours, mois après mois... À cette différence près que Père vivait désormais au grenier, dans son musée, et qu'il ne descendait plus nous voir.

— Mais que faisait-il là-haut ?

— Il rédigeait un catalogue commenté, avec ses impressions, ses analyses, des choses comme ça... Ça lui fournissait un nouveau prétexte pour examiner les tableaux. La dernière année, il les explorait à la loupe, comme Sherlock Holmes, à la recherche de détails invi-

---

1. Exact

sibles à l'œil nu. Je crois qu'il était en train de perdre la tête. Il paraît que ça se produit chez les collectionneurs. Le temps s'enlisait... J'ai pensé à m'enfuir, à rejoindre le petit cirque qui s'arrêtait tous les ans à Ownsgate. Je me disais que je pourrais peut-être devenir écuyère puisque j'avais l'habitude des chevaux. Je suis allée les épier, pour me faire une idée, mais c'étaient des gens grossiers. Des étrangers qui parlaient entre eux une langue bizarre. J'ai compris qu'ils me traiteraient mal, que je serai pour eux une sorte de bonniche, alors j'ai renoncé. J'étais très déçue, car Alicia m'avait beaucoup encouragée à partir.

— Alicia ?

— Oui, elle espérait prendre ma place, c'était son obsession. Elle était timbrée. Tu disais « exaltée » mais moi je savais bien qu'elle était dingue. Au début, quand elle était petite, elle était rigolote, puis elle est devenue collante, elle se prenait pour ma sœur. Elle portait mes vieux vêtements, elle se coiffait comme moi. En fait, elle avait honte d'être la fille des domestiques, elle aurait voulu être comtesse... Peu à peu, c'est devenu pénible. Bien sûr, tu t'en fichais, tu considérais cela comme un enfantillage. Pour toi, c'était une espèce de petit singe savant que j'aurais dû apprécier d'avoir sous la main, pour me distraire.

« Tout cela est en somme très banal, estima Amy. La richesse, la campagne, l'isolement, l'ennui, la femme mal mariée qui bascule dans l'adultère, le hobereau mal léché... des dizaines de jeunes héritières ont dû connaître cela, mais quel était l'envers du décor ? Si j'étais un agent dormant, on m'a "réactivée" dès le début de la guerre. Le petit cirque servait manifestement de point de chute et de filière d'exfiltration au cas où j'aurais été démasquée. Pourquoi les choses ont-elles déraillé ? »

Elle commençait à penser que le comte avait peut-être découvert sa véritable identité.

« Il a pu me suivre, un jour, pensa-t-elle, aiguillonné par la jalousie, ou en ayant assez d'être tourné en ridicule par les gens du village. Il m'a prise en filature dans

180

l'espoir de me surprendre avec mon amant... au lieu de ça, il m'a trouvée parlant allemand avec d'autres espions, ou en train d'émettre un message à l'intention de Berlin. Il a tout compris. Il est fort possible qu'il ait décidé de me dénoncer aux autorités... »

Alors, il avait fallu le neutraliser, sans attendre. Sauver le réseau coûte que coûte.

Amy se crispa. De la sueur perla à ses tempes.

« Ils m'ont ordonné de m'en charger, se dit-elle. Oui, c'est ainsi que ça s'est passé. Ils m'ont donné des grenades incendiaires pour que je mette le feu au château. Le but, c'était de faire croire à un incendie accidentel. J'ai abattu le comte, puis j'ai mis le feu à la galerie, mais quelque chose s'est produit... quelque chose d'imprévisible. »

Le cirque avait brûlé lui aussi, or il était trop loin d'Ashden pour avoir succombé au même incendie. Non, il s'était passé quelque chose à Ownsgate. Un affrontement, un règlement de comptes...

« Peut-être ont-ils estimé que je constituais un danger pour eux. On m'avait démasquée, je devais donc être éliminée sur-le-champ. Seulement je ne me suis pas laissé faire. J'ai répliqué en incendiant les roulottes à l'aide des grenades au phosphore ! Oui, c'est ainsi qu'est née la légende du lion à la crinière de flammes. »

Le scénario tenait la route. Ensuite, elle avait fui Ashden, rejoint Londres, sans doute dans l'espoir d'y prendre contact avec un autre agent. L'ironie du sort avait voulu qu'elle soit victime d'un bombardement.

Elle eut conscience qu'elle respirait trop fort.

Quand Sharon reprit la parole, ce fut d'une voix à peine perceptible, comme si elle ne souhaitait pas être entendue.

— Et puis tout s'est détraqué, murmura-t-elle. Père s'est mis à souffrir de troubles visuels. Il en a déduit qu'il devenait aveugle, et son humeur a changé. De somnambule, il a viré méchant... Il ne supportait plus rien, ni la musique du piano, ni le chant des oiseaux. Il ne dormait plus. Il buvait beaucoup de café pour chasser le sommeil, il voulait profiter de ses chers tableaux avant que la cécité ne le prive à jamais de leur vue. Ses nerfs n'y ont pas résisté, il a commencé à se montrer violent avec les domestiques, avec Alicia... une fois il l'a giflée en croyant que c'était moi, ça m'a bien fait rire !

— Et moi, je réagissais de quelle manière ?

— Tu passais de plus en plus de temps dehors. Tu sellais la jument dès le soleil levé et tu disparaissais. Souvent, tu ne rentrais qu'à la nuit. J'aurais voulu faire comme toi. Le soir, dans mon lit, j'étudiais les cartes des environs afin d'élaborer un plan d'évasion. Je me racontais qu'à cause de la guerre on me croirait morte et qu'on ne me rechercherait pas. Comme j'avais entendu dire que Londres était bombardée, j'avais imaginé de me rendre là-bas et de raconter aux policiers que mes parents avaient été tués dans un bombardement. Je me disais qu'on me mettrait dans un orphelinat, et que ce serait toujours mieux qu'ici.

— Et l'incendie ? demanda Amy en essayant de dissimuler son impatience.

Sharon haussa les épaules.

— Décidément, cracha-t-elle, il n'y a que ça qui t'intéresse. Quand je te parle de moi tu t'en fiches. On t'a peut-être enlevé un bout du cerveau mais, au fond, tu n'as pas changé !

Elle prit le temps de bouder pendant une demi-minute, puis murmura :

— Ce jour-là, tu es partie à cheval, comme les autres jours, pour l'un de tes rendez-vous galants, je suppose. Ce que tu n'avais pas prévu, c'est que Père s'en irait à ta recherche une heure plus tard. Je ne sais pas pourquoi il a fait ça. D'habitude il ne prêtait guère attention à tes allées et venues. Toujours est-il, qu'il a fait seller Sultan et s'est enfoncé dans les bois... Sur l'instant, je n'ai pas réagi. Je lisais dans ma chambre. Je m'y étais enfermée à clef pour échapper aux harcèlements d'Alicia. Je faisais le moins de bruit possible pour qu'elle ne se rende pas compte que j'étais là, elle aurait été capable d'entrer par la fenêtre, cette folle !

— Ensuite ?

— Ensuite je me suis endormie. Il faisait chaud, je m'étais gavée de chocolats parce que j'avais entendu dire qu'à cause de la guerre, on n'en trouverait bientôt plus. J'ai dormi jusqu'au soir. J'ai été réveillée par des cris, des bruits de meubles renversés. Ça venait du grenier... je veux dire de la galerie. Alors je suis montée voir. La porte blindée était entrouverte, je me suis faufilée dans l'entrebâillement. Père et toi vous battiez comme des chiffonniers. Tu étais sur le sol, couchée sur le dos, et... il essayait de t'étrangler. Il était comme fou, méconnaissable, il hurlait des horreurs... des... des choses honteuses. J'ai d'un seul coup réalisé qu'il t'avait surprise avec l'un de tes amants. Il ne badinait pas avec l'honneur. À l'époque où il daignait encore nous adresser la parole, il lui arrivait souvent de nous raser avec les hauts faits de ses ancêtres, des gens pleins d'honneur et tout et tout... Être cocu, ça ne lui plaisait pas du tout. À un moment, il a empoigné une statuette de bronze sur une desserte. J'ai compris qu'il allait te fendre le crâne et je me suis précipitée pour le retenir. Alors c'est moi qu'il a frappée, en m'injuriant... Il m'a traitée de « sale femelle ». Il a dit que j'avais volé la place de son fils et que j'aurais mieux fait de mourir à la naissance, surtout si c'était pour prendre la défense de ma putain de mère.

Sharon se tut. Elle éprouvait de la difficulté à respirer. Elle se leva et se mit à tourner en rond dans les feuilles mortes.

— Ça m'a rendue ivre de rage, reprit-elle. D'un seul coup, je n'ai plus pensé à rien d'autre qu'à me venger, qu'à lui faire du mal... J'ai pris un coupe-papier sur une table, et j'ai lacéré l'une de ses chères peintures. Il a poussé un hurlement horrible, comme si on l'écorchait vif. Il ne s'est même pas occupé de moi, il a couru vers la toile, pour la toucher... il caressait la déchirure comme si c'était une blessure... il bredouillait des choses... c'était dégoûtant. Alors, moi aussi, j'ai commencé à hurler des injures, j'ai crevé d'autres toiles, puis j'ai jeté un chandelier sur une tenture. Les bougies ont mis le feu au tissu. En l'espace de trois secondes, des flammes énormes crépitaient dans la pièce. Tu t'es relevée, tu m'as attrapée par la main pour m'entraîner dehors.

— Et lui, le comte, il n'a pas tenté de nous retenir ?

— Non, il courait d'une peinture à une autre, pour toucher les balafres. Il pleurait. Il semblait ne pas avoir conscience que la salle était en feu. La chaleur est vite devenue atroce. Il y avait beaucoup de fumée et on suffoquait. Je me suis laissé traîner. J'étais vide, je n'avais plus aucun ressort. Tu m'as tirée jusqu'à ta chambre. Je me revois, assise sur le lit, les bras ballants, comme une idiote. Tu entassais du linge dans une valise, de l'argent, des papiers. Tu m'as dit qu'on partait pour Londres, qu'on ne pouvait plus rester ici... D'un seul coup, je me suis sentie heureuse, j'ai failli te sauter au cou, et puis...

— Et puis ?

— Je... je ne sais plus...Quand on est ressorties de la chambre, le grand escalier était déjà en feu. Les flammes se propageaient très vite. La fumée me coupait la respiration. Je crois que je me suis évanouie. Quand je me suis réveillée, j'étais sur la pelouse, près de la fontaine aux dauphins. Le château brûlait dans la nuit. J'avais mal partout et tu n'étais pas là. Je t'ai appelée, mais tu n'es pas venue. La lumière des flammes me blessait les yeux. J'avais peur que la maison ne s'effondre sur mon dos, alors j'ai rampé vers la forêt. Là, j'ai encore perdu connaissance. C'est tout.

— C'est tout ?

— Oui. Quand je suis revenue à moi, il faisait jour, je n'avais pas la force de bouger. Puisque tu ne venais pas, j'ai décidé de me laisser mourir. Je sentais bien que j'étais défigurée, hideuse. Ça ne m'a pas donné envie de lutter. J'ai dû rester comme ça une journée entière, dans la boue. C'est alors qu'une vieille bonne femme, la mère Collins, m'a trouvée. C'était une rebouteuse qui vivait dans les bois. Elle cueillait des champignons, posait des collets et fabriquait tout un tas de potions pour les paysans du coin.

— Tu m'as dit qu'elle t'avait soignée...

— Oui, mais elle n'a pas agi par bonté d'âme. Elle espérait faire de moi son esclave. Elle s'ennuyait, il lui fallait un souffre-douleur. Elle m'utilisait également comme cobaye, pour tester ses potions. Elle a failli m'empoisonner à dix reprises. C'était une vieille salope.

Sharon cracha sur le sol pour souligner son mépris. Se tournant vers Amy, elle lança, d'un ton tranchant :

— Où es-tu passée le soir de l'incendie ? Pourquoi m'as-tu abandonnée sur la pelouse, hein ? Pourquoi es-tu partie à Londres sans moi ?

— Je ne sais pas, souffla la jeune femme. J'ai perdu ces souvenirs. Je n'ai aucune idée de ce qui a pu se passer ce soir-là... L'escalier s'est peut-être effondré, je t'ai sans doute crue morte... *Je ne sais pas*. Le pire, c'est que personne ne pourra jamais répondre à ces questions, il nous faudra apprendre à vivre avec.

*
* *

À bout de nerfs, Sharon mit fin à l'entretien et s'éloigna d'un pas vif en direction de la forêt. Elle marcha longuement à la lisière des arbres, comme si elle hésitait à demeurer plus longtemps dans le monde des humains. Aux secousses agitant ses épaules maigres, il était facile de comprendre qu'elle pleurait.

Amy, elle, n'avait pas bougé. Si la vue de cette adolescente détruite l'émouvait, elle s'évertuait néanmoins à tenir ses émotions en laisse. Tout ce que lui avait révélé Sharon lui était étranger... et le resterait. On ne s'improvise pas mère d'une inconnue de douze ans du jour au lendemain. Pour le moment, aucun lien ne l'attachait encore à la jeune fille, cela viendrait peut-être... *ou pas*.

Elle décida de se concentrer sur le récit qu'elle venait d'entendre. Bien évidemment, Sharon ne connaissait qu'une moitié de l'histoire, elle interprétait l'affrontement de ses parents comme une scène de ménage résultant des frasques sexuelles de sa mère. Elle ignorait qu'en réalité, le comte, au cours de sa promenade, avait surpris son épouse en compagnie d'espions du IIIᵉ Reich.

« J'ai sans doute tenté de le supprimer ce soir-là, songea-t-elle, mais il a eu le dessus. Sans l'intervention de la petite, il m'aurait tuée. C'est à la gosse que je dois d'être encore en vie. »

Un point d'interrogation subsistait toutefois : pourquoi avait-elle abandonné sa fille à l'intérieur de la bâtisse en feu ?

« J'ose espérer que je ne l'ai pas fait sciemment, se dit-elle en frissonnant. Pour me débarrasser d'un poids mort qui risquait de ralentir ma fuite. »

Mais elle n'en était pas certaine et cela l'horrifiait. Avait-elle été capable, jadis, de se comporter ainsi ? En tueuse froide, rationnelle, ne se préoccupant que du succès de sa mission ? On disait les agents nazis impitoyables, or elle sortait du même moule, des mêmes centres de formation.

Elle s'imagina, assommant la fillette au pied de l'escalier, enfermant, sous la menace d'une arme, le personnel dans les caves du manoir, afin de ne laisser subsister aucun témoin... Un corps carbonisé est difficilement identifiable, surtout lorsqu'il a été broyé dans un effondrement. Les policiers, incapables de faire le tri des cadavres en miettes, supposeraient qu'elle avait péri dans l'incendie avec les autres, voilà tout.

C'était intelligemment calculé, mais c'était inhumain.

Elle s'aperçut qu'elle tremblait.

Ich schlaf, se dit-elle, *ich schlaf und habe eine bösen Traum* [1]...

*
* *

Une heure plus tard, elle fut assaillie par Angus qui s'en revenait d'une plongée au sein des décombres, cou-

---

1. Je dors... Je dors et je fais un mauvais rêve...

vert de suie et de cendre. Avisant Sharon trottinant au long des allées, il entra dans une colère terrible et se mit à radoter comme à l'ordinaire.

— Regardez ce que vous avez fait d'elle ! hoqueta-t-il. Une mendiante... On dirait la petite bâtarde d'un cockney se rendant à la soupe populaire ! Elle était magnifique en bête sauvage, en créature de la forêt, vous l'avez dégradée. Hier, elle faisait peur, aujourd'hui elle est devenue risible. Pour un peu, on lui ferait l'aumône. Il ne fallait pas la domestiquer... Pouvez-vous comprendre cela ? Elle était la déesse des ruines, le faune vengeur régnant sur les décombres... Vous, vous l'avez rapetissée !

Amy le planta là sans répondre. Angus l'horripilait, elle n'était pas disposée à supporter plus longtemps ses délires d'esthète fiévreux. Elle alla rejoindre Libbie qui préparait le thé.

— Alors ? lui demanda l'infirmière, comment ça s'est passé ?

Amy lui résuma l'entretien.

— Maintenant que tu connais ta véritable identité, déclara Libbie, tu dois entreprendre des démarches pour rentrer en possession de tes biens. Ce domaine t'appartient, non ? Le comte avait sûrement de l'argent à la banque... il faut t'en inquiéter. Si tu récupères ton héritage, tu pourras mener une vie décente et t'occuper de ta fille. Et si tu m'engages comme nounou, je plaque aussitôt l'hôpital.

Amy garda le silence. Libbie était dans le vrai. Hélas, pour récupérer l'héritage du comte Ashden, il lui faudrait prouver son identité et celle de l'adolescente. Il y aurait une enquête, on fouillerait son passé... cela, elle voulait l'éviter car elle doutait que sa « couverture » résistât à un examen conduit par des spécialistes en filiation. Les enquêteurs, étonnés par l'absence de documents, de témoignages, renifleraient vite la supercherie.

« Si je suis Allemande, se dit-elle, mon enfance, mes parents, mes études... tout cela a été fabriqué à Berlin en vue de mon infiltration en territoire ennemi. J'ai bénéficié de complicités pour m'implanter à Londres. D'autres agents dormants se sont portés garants de mon honorabilité ; toutefois, si l'on fouille en amont de ma brusque apparition dans le milieu de la mode, on ne trouvera rien... J'aurai l'air de ce que je suis réellement : un fantôme surgi de nulle part. »

Non, elle ne pouvait se permettre de prendre un tel risque. D'autant plus que son retour d'entre les morts ne manquerait pas d'éveiller la curiosité de la presse. Les journaux s'en donneraient à cœur joie. Elle imaginait déjà les titres : *Brûlée vive mais plus jolie que jamais... Le trop charmant spectre du château d'Ashden... Qui est réellement Lady Alexandra ?*

Non, vraiment, il fallait éviter toute publicité, demeurer dans l'ombre en attendant d'en savoir plus.

Elle passa la soirée à réfléchir, à tenter d'élaborer un plan. Alors qu'elle commençait à désespérer, une phrase prononcée par Sharon lui revint en mémoire. Se levant d'un bond, elle sortit de la tente pour rejoindre l'adolescente qui ruminait des pensées moroses, allongée sur un banc de pierre.

— La nuit de l'incendie, lança-t-elle, je t'ai dit que nous allions nous réfugier à Londres... Sais-tu si nous avions un pied-à-terre là-bas ? Une maison ? Un quelconque point de chute ?

— Non, répondit la jeune fille en s'asseyant. Pas que je sache en tout cas, mais tu y allais souvent avec Alicia, une fois par semaine. Tu refusais de m'emmener. Ces escapades à deux me rendaient folle de jalousie. Tu dévalisais les boutiques, tu revenais les bras chargés de paquets.

Interdite, Amy s'assit à côté de sa fille.

— J'emmenais Alicia ? s'étonna-t-elle. La gosse des domestiques. Et pourquoi donc ? Pour qu'elle porte mes emplettes ?

Sharon secoua la tête avec irritation.

— Tu m'énerves ! siffla-t-elle. Tu ne te rappelles vraiment rien ? Tu emmenais Alicia chez un médecin au nom impossible, un spécialiste des maladies nerveuses. Elle était en train de devenir dingue. Père avait menacé de la faire enfermer chez les fous. Par égard pour ses parents, tu ne voulais pas en arriver là, alors tu as eu l'idée de ces consultations. Tu espérais que ça améliorerait son état.

— Elle allait mal ?

— Oui. Tu avais été trop gentille avec elle quand elle était petite. Comme tu craignais que je m'ennuie, tu avais fait d'elle ma demoiselle de compagnie... Le problème, c'est que tu ne marquais aucune différence entre elle et moi, si bien qu'elle a fini par se prendre pour ma sœur. En grandissant, elle s'est rendu compte qu'elle n'était qu'une fille de domestiques, et ça l'a rendue zinzin. Elle s'est mise à faire des choses bizarres. Elle me singeait dans ma façon de parler, de m'habiller, elle me piquait mes vêtements, mes livres. Elle essayait de me surpasser en tout, en équitation, au tennis... Tu as essayé de la remettre à sa place, alors elle est devenue méchante. Un jour, elle a aspergé de pétrole la crinière de mon cheval, Asmara, et y a mis le feu. La pauvre bête s'est échappée de l'écurie pour galoper à travers les champs, comme ça, la tête environnée de flammes, terrifiant les paysans... On a dû l'abattre. J'ai pleuré pendant un mois. Voilà pourquoi tu l'emmenais chez ce docteur. Il l'interrogeait, lui prescrivait des cachets qu'elle refusait de prendre... Mais tu voulais jouer les bonnes âmes, les gentilles châtelaines. Tu aurais mieux fait de t'occuper de moi.

— Comment s'appelait ce médecin ?

— Je ne sais plus. Un vrai nom de charabia. C'était vos affaires, j'avais décidé de ne pas m'en mêler. Je sais seulement qu'Alicia le trouvait beau. Elle racontait qu'il essayait de flirter avec elle et la couvrait de compliments, mais c'était pour me faire enrager. Elle disait qu'il avait un accent. À l'entendre, les consultations duraient des heures. C'était absurde, bien sûr.

— Tu ne te souviens pas de son nom, de son adresse ?

— Non, mais tu avais écrit ses coordonnées dans ton carnet rouge, celui que tu conservais dans le tiroir de ta table de chevet. Il doit encore s'y trouver si tu ne l'as pas pris la nuit de l'incendie.

Amy sursauta.

— Comment ? haleta-t-elle. Tu veux dire que ce carnet serait encore là, dans les ruines ?

— Oui, confirma Sharon. Quand tu m'as emmenée dans ta chambre, en sortant de la galerie, tu as entassé des vêtements dans une valise, mais je ne t'ai pas vue prendre le carnet. Tu étais affolée, tu n'y as pas pensé. Ta chambre n'a pas brûlé, elle est toujours là, sous l'empilement des ruines. Tu sais de quoi je parle, Angus t'a fait visiter les caves. Le château s'est replié comme un accordéon, ta chambre a été à moitié écrasée, mais le feu ne l'a pas touchée. En descendant dans les décombres, on peut encore s'y faufiler. Attention ! je ne dis pas que c'est facile, mais c'est envisageable. La table de chevet n'a pas bougé. Il suffirait d'ouvrir le tiroir. Le carnet rouge est là.

— Tu crois ?

— Oui, Angus ne touche jamais aux papiers personnels. Il appelle ça « le devoir de discrétion ». Je le sais, parce qu'avant votre arrivée, à toi et à Libbie, il avait l'habitude de parler tout seul dans sa tente. Je me faufilais dans le parc pour l'écouter, ça me distrayait. Peut-être qu'il devinait ma présence, d'ailleurs, et qu'il s'adressait à moi sans en avoir l'air.

Amy réfléchissait à toute vitesse. Cette histoire de rendez-vous médical lui paraissait hautement suspecte.

« Un alibi, décida-t-elle. Un prétexte pour quitter le château et rencontrer quelqu'un à Londres. Un contact, un correspondant. Ce médecin était probablement un comparse. Il occupait Alicia pendant que je faisais... autre chose. »

Un bel homme avec un accent... avait dit Sharon. Amy songea soudain au prince crapaud dissimulé sous son masque à gaz... *Kleine rotkopf...*

« Je ne pourrai pas fuir éternellement, songea-t-elle, sans argent, sans appui. Je dois faire la paix avec ces gens-là. Leur expliquer que je ne représente pas un danger pour eux, que j'ai tout oublié, qu'ils peuvent tirer un trait sur moi. Si nous arrivions à nous entendre je n'aurais plus à me cacher... j'essayerai de reconstruire ma vie ici, avec Sharon, aux confins du pays... »

Oui, il suffirait pour cela qu'ils acceptent de lui donner une petite somme d'argent, juste de quoi s'installer, ensuite... ensuite elle verrait bien... mais elle ne voulait plus entendre parler d'espionnage, de complots, de machinations.

Était-ce chimérique ?

« Tu n'as pas le choix, se dit-elle. Tôt ou tard ils te rattraperont. Tu sais bien qu'ils sont à tes trousses. Il faut faire la paix et te débrouiller par toi-même. Tu ne pourras plus compter sur Libbie bien longtemps car elle ne manquera pas de s'étonner lorsqu'elle verra que tu ne cherches pas à récupérer ton héritage. Cela lui semblera suspect. Et elle aura raison. Il va falloir te séparer d'elle à brève échéance. Et continuer avec Sharon... »

— Si tu veux, proposa l'adolescente, je peux descendre dans les ruines pour essayer de retrouver le carnet ?

Sa voix ramena Amy à la réalité.

— Tu ferais cela ? souffla-t-elle. C'est dangereux.

— Tu sais, gloussa la jeune fille, l'hiver dernier je suis descendue dormir toutes les nuits dans mon ancienne chambre. Il y faisait moins froid que dans la forêt. Quand la mère Collins est morte, j'ai quitté sa cabane pour revenir ici. C'était trop sale là-bas. Et puis il y avait le corps... le cadavre, je veux dire. Je n'ai pas eu le courage de l'enterrer, je l'ai laissé dans le lit. Enfin, bref, je suis revenue au château. C'était amusant de se glisser dans ces pièces toutes comprimées. On est forcée de s'y déplacer à quatre pattes, c'est un peu comme si on vivait dans une maison de poupées.

— Tu sais que tout peut s'écrouler d'un instant à l'autre ?

— Oui, mais je m'en fiche.

— D'accord, capitula Amy, mais je viendrai avec toi. À partir de maintenant, on ne se sépare plus, ça marche ?

— Ne fais pas de promesses, siffla Sharon en détournant les yeux. Tu n'as jamais été capable de les tenir.

*
* *

Quand la nuit tomba, Amy était à bout de nerfs. Elle avait passé les dernières heures à imaginer cent scénarii et tout autant d'hypothèses quant à la suite des événements. Elle se sentait fatiguée ; elle n'aspirait plus qu'à se retirer du monde, en Écosse ou ailleurs, en compagnie de sa fille, pour garder les moutons, tisser la laine. Elle ne voulait plus entendre parler ni des hommes ni de la guerre. Elle avait décidé de se consacrer à Sharon, de l'apprivoiser et de s'appliquer à bâtir avec elle quelque chose de solide. C'était là un programme ambitieux, d'autant plus qu'elle ne disposait pas de bonnes cartes pour entamer la partie...

Aux alentours de minuit, l'adolescente se présenta au seuil de la tente.

— Ça y est, annonça-t-elle, Angus vient de s'endormir. C'est le moment de descendre. Nous avons de la chance, il n'a pas plu aujourd'hui, ça nous évitera de patauger dans la boue noire des cendres. Vous avez les lampes ?

Amy et Libbie se levèrent. L'infirmière était pâle. La perspective de plonger au cœur des décombres la terrifiait. Il lui semblait déjà entendre le craquement des poutres en train de s'effondrer.

— J'ai un mauvais pressentiment, balbutia-t-elle. Je ferais mieux de rester ici.

— Si tu veux, fit Amy, conciliante.

— Non, fit durement Sharon. Si l'une d'entre nous reste coincée, on ne sera pas trop de deux pour la dégager. Je préfère qu'on descende à trois. Assez papoté, en route.

Elles quittèrent la tente en file indienne pour prendre la direction des ruines. L'adolescente connaissait de toute évidence le chemin par cœur. À la lueur du clair de lune, elle conduisit les deux femmes vers l'entrée d'un puits dans lequel elle laissa filer une lampe-torche attachée au bout d'une ficelle.

— C'est ici, chuchota-t-elle. Servez-vous de la poutre centrale, elle est solide. Une fois en bas, mettez-vous à quatre pattes et imitez chacun de mes gestes. Ne vous éloignez jamais, ne touchez à rien.

Elle disparut dans l'orifice avec une souplesse de chat de gouttière. Amy et l'infirmière essayèrent d'en faire autant.

Amy retrouva le décor oppressant qu'elle avait entrevu en compagnie d'Angus. Les étages compressés donnaient aux visiteuses l'illusion d'avoir de nouveau cinq ans et d'être en train de ramper à l'intérieur d'une maison de poupées géante. Le plus terrible, c'était l'aspect inextricable de ce labyrinthe. Poutres et escaliers créaient des forêts hérissées d'échardes qui, tout à coup, s'ouvraient sur la clairière d'un boudoir aux fauteuils encore en bon état. Au fur et à mesure qu'elle s'enfonçait dans la terre, Amy sentait l'air lui manquer.

Enfin, après d'innombrables détours, Sharon annonça : « On y est... »

Le cœur d'Amy s'emballa. Elle écarquilla les yeux. Ainsi, elle allait entrer dans *sa* chambre... Celle qu'elle avait occupée durant des années, toutes ces années pendant lesquelles elle avait joué le rôle d'une *lady* superficielle et vaniteuse...

Dans la faible lueur des lampes, elle devina la forme d'un lit couvert de vêtements en vrac. L'armoire, compressée par l'abaissement du plafond, avait explosé, projetant des esquilles en tous sens. Amy tendit la main pour toucher un corsage de soie... une robe...

C'était donc là, sur ce lit, qu'elle avait fait sa valise, le soir de l'incendie. Et cela même alors que le château était en feu... Quel sang-froid ! Il est vrai qu'elle avait été entraînée à gérer ce genre de situation.

Le crissement d'un tiroir la fit tressaillir. Sharon se tenait agenouillée devant la table de chevet à demi ensevelie sous les gravats.

— Je l'ai ! lança-t-elle sur une note de triomphe. Le carnet rouge... le voilà !

Elle brandissait un agenda qu'elle ouvrit et feuilleta sous l'œil nauséeux de Libbie.

— L'adresse y est ? s'inquiéta Amy.

— Oui, fit l'adolescente. La voilà. (Elle souligna une inscription du bout de l'ongle.) Je ne m'en souvenais plus, mais en la relisant je la reconnais, c'est celle-là.

Elle glissa l'agenda dans la poche de son pantalon et ordonna :

— Demi-tour ! On s'en va. Vous n'entendez pas ? Il commence à pleuvoir, dans dix minutes le sous-sol se remplira d'eau, les poutres vont devenir glissantes, on ne pourra plus les escalader.

Amy tendit l'oreille. Elle crut déceler un tapotement régulier dans le lointain.

— Au fur et à mesure qu'on remontera, expliqua Sharon, on traversera des zones de plus en plus perméables. Ici, on est très enterrées, les infiltrations sont presque inexistantes car les tapis, les moquettes qui s'entassent au-dessus de nos têtes, les absorbent comme le ferait une éponge. Aux étages supérieurs, c'est différent, ça pisse dru... Ne traînons pas.

Elles battirent en retraite dans une certaine confusion. Sharon n'avait pas exagéré. Chaque fois qu'elles s'élevaient d'un étage, la pluie se faisait plus présente. Chargée de suie, de cendre, elle barbouillait les objets d'un film gluant qui rendait les prises malaisées. Libbie perdit pied et s'affala dans un geyser d'éclaboussures, éveillant d'inquiétants craquements dans la charpente.

L'angoisse s'empara d'Amy. Luttant contre le ruissellement qui l'aveuglait, elle se cramponnait aux poutres, se hissant difficilement vers la surface. Elle avait du mal à garder les yeux ouverts. Enfin, alors qu'elle n'y croyait plus, elle aperçut le disque pâle de la lune au-dessus d'elle. Couverte de boue noirâtre, elle s'extirpa du trou et se retourna pour aider Libbie que son excès de poids handicapait. Sharon les rejoignit enfin, trempée elle aussi.

— Sortons d'ici... balbutia Amy. J'ai cru que j'allais me noyer.

Au même moment, le halo d'une torche électrique les cloua sur place. C'était Angus. Échevelé, ruisselant, il se dressait à la lisière des décombres. De la main gauche, il brandissait une lampe, de l'autre un revolver d'ordonnance *Webley* qui avait dû appartenir à son père.

— Vous ne l'emporterez pas avec vous ! cria-t-il d'une voix de fausset.

Amy leva le bras pour se protéger de l'éblouissement. Il lui parut évident que le jeune homme n'était pas dans son état normal. Avait-il bu ? Avait-il absorbé du laudanum ? Il semblait la proie d'une exaltation qui n'annonçait rien de bon.

— Calmez-vous ! lança-t-elle. Posez cette arme, vous allez blesser quelqu'un.

Au lieu d'obéir, Angus s'avança au milieu des ruines, de plus en plus menaçant.

— L'enfant... hurla-t-il, vous ne l'emmènerez nulle part. Elle m'appartient. Elle fait partie de la collection. Elle doit rester ici. Si elle s'en allait, rien ne serait plus pareil. Elle est le génie du lieu. Vous comprenez ? Non, sûrement pas. Vous n'êtes qu'une vache stupide. Vous n'êtes pas d'ici. Vous n'êtes pas la comtesse Ashden, et cette enfant n'est pas votre fille... J'ai un droit sur elle. Le droit d'épave. C'est dans le code maritime, vous pouvez vérifier. Je l'ai vue le premier, elle m'appartient, et je veux qu'elle reste dans le parc, qu'elle ôte ces stupides vêtements et qu'elle redevienne ce qu'elle était avant, le petit fantôme des ruines... le faune d'Ashden.

— Ça suffit, siffla Amy, vous avez trop lu *Peter Pan*, réveillez-vous !

Cédant à l'énervement, elle se précipita sur Angus pour lui arracher son arme. Le garçon prit peur, fit un

195

bond en arrière, et heurta l'une des poutres fichées dans le sol. Une détonation retentit, suivie d'un cri. Aussitôt le sol s'affaissa. Amy vit la boue s'engouffrer dans une crevasse qui s'élargissait entre ses pieds. Dans un épouvantable vacarme, tout un pan de charpente s'enfonça dans les caves, ouvrant un cratère au milieu des ruines. Amy eut le réflexe de saisir la main de Sharon et de bondir hors du périmètre dangereux. La mère et la fille roulèrent sur l'herbe tandis que le trou continuait à avaler poutres et tuiles, pierres et fragments de maçonnerie.

« Mon Dieu ! songea Amy, cette fois tout le château est en train de s'enfoncer dans la terre ! »

Elle se coucha sur l'adolescente pour la protéger de la caillasse qui ricochait. Elle reçut un coup terrible sous l'omoplate et cria de douleur.

— Maman ? hurla Sharon en se pelotonnant contre elle. Maman... tu es blessée ?

Amy ne put répondre tant la souffrance lui coupait le souffle. Elle lança sa main en arrière, pour palper son dos, persuadée qu'un morceau de bois venait de se ficher sous son omoplate, mais elle eut si mal qu'elle dut suspendre son geste.

L'orage s'éloigna, les effondrements cessèrent. Ce qui subsistait de la charpente semblait s'être stabilisé audessus du cratère ouvert par l'éboulis. Sharon aida sa mère à s'agenouiller puis lui palpa le dos, sous ses vêtements.

— Tu as deux côtes cassées, annonça-t-elle. Je sais soigner ça, la mère Collins me l'a appris. Ne bouge pas trop, tu pourrais te perforer les poumons.

— Où est Libbie ? murmura Amy.

— Le trou l'a avalée, répondit l'adolescente. Je l'ai vue basculer au moment où la balle tirée par Angus l'a touchée. Je crois qu'elle a été tuée sur le coup. Puis le sol s'est mis à bouger et Angus a disparu, lui aussi...

— Qu'est-ce qui s'est passé ? haleta Amy.

— Je vous avais prévenues, dit Sharon, d'un ton dur. L'empilement tenait par miracle. Il suffisait d'un rien pour en compromettre l'équilibre. Cet idiot d'Angus s'en est allé heurter une poutre maîtresse. J'ai tout de suite compris ce qui allait suivre...

Amy tituba vers le bord du cratère. Elle ne pouvait accepter l'idée que Libbie soit morte. Elle découvrait soudain qu'elle avait fini par s'attacher à cette grosse fille agaçante.

— Attention ! cria Sharon en se précipitant pour lui prendre le bras. Si tu perds l'équilibre, tu basculeras dans le trou.

Amy grimaça. Le cratère ouvrait un abîme menaçant dans les décombres. La suie, que la pluie avait changée en boue noire, recouvrait tout. Angus et Libbie étaient quelque part en bas, perdus sous l'enchevêtrement des poutres, des meubles broyés.

— Ils sont morts, diagnostiqua Sharon. La maison les a bouffés. Viens, on ne peut plus rien pour eux. Maintenant il faut te soigner.

*
* *

Elles regagnèrent la tente d'Angus pour utiliser sa pharmacie. D'une main experte, Sharon banda le torse de sa mère pour empêcher que les côtes cassées ne bougent.

— Même un vrai médecin ne ferait pas mieux, déclara l'adolescente. Tu vas te changer et prendre un peu de laudanum, c'est bon contre la douleur. La mère Collins m'en donnait quand mes brûlures me faisaient souffrir. J'avais fini par y prendre goût.

Amy se laissa manipuler. Elle était épuisée et elle avait mal. Sharon la dévêtit et l'aida à s'étendre sur le lit de sangles d'Angus. Avant de rabattre la couverture, l'adolescente prit le temps de contempler le corps de sa mère.

— Tu es très belle, fit-elle avec une pointe d'amertume. J'aurais pu devenir comme toi... si tu m'avais sauvée de l'incendie.

Amy n'eut pas la force de répondre. Le laudanum faisait déjà son effet, empâtant sa langue. Elle s'endormit.

QUATRIÈME PARTIE

Les sept royaumes du prince crapaud

Amy passa deux jours couchée, abrutie par les vapeurs de la drogue, à attendre que ses douleurs s'assoupissent.

« Il faudrait partir, se répétait-elle. L'endroit est trop isolé, on pourrait nous y assassiner à coup de fusil sans déranger personne. »

Un sentiment de danger imminent la pressait de reprendre la route. Le château constituait l'endroit idéal pour une exécution sans témoin ; un tueur pouvait commodément s'embusquer dans les taillis, à la lisière de la forêt, attendre que ses proies croisent sa ligne de mire, et presser la détente en toute quiétude. Il ne risquait pas qu'un voisin dresse l'oreille et téléphone à la police. Or, Amy ne voulait pas être abattue sans avoir eu l'occasion de s'expliquer. Elle espérait encore signer un pacte de non-agression avec ses anciens employeurs.

Quand elle se sentit mieux, elle demanda :

— Comment peut-on partir d'ici ? Angus disposait-il d'un moyen de transport ?

— Oui, répondit Sharon. Il avait un camion, sinon il n'aurait jamais pu amener ici tout ce matériel. Mais il l'a caché dans les bois car il avait peur que les militaires le réquisitionnent. Je sais où. Il est recouvert d'une toile de camouflage. Je suis tombée dessus par hasard, au printemps dernier.

— Il est en état de marche ?

— Sans doute. Tu sais conduire ?

— Je l'espère...

— Alors on ira dès que tu seras capable de tenir debout.

Amy sombra dans la somnolence. Elle avait découvert qu'elle aimait se réveiller pour voir sa fille penchée sur elle ou vaquant à des occupations ménagères. Ce climat d'intimité éveillait en elle des sentiments confus de bonheur perdu. Comme si ce climat d'attendrissement la mettait mal à l'aise, Sharon prit les mesures adéquates pour y couper court.

Un soir, alors qu'elle était plantée au chevet d'Amy, les poings sur les hanches, elle dit, d'un ton moqueur :

— Tu es pire qu'un nouveau-né, on pourrait te rouler dans la farine avec une facilité déconcertante. Quelle preuve as-tu, après tout, que je suis bien ta fille et non Alicia ? Hein ? Aucune ! Si ça se trouve, je suis la gosse des Monroe, la môme des domestiques, et je te raconte des boniments depuis le début pour que tu t'occupes de moi... Tu y as pensé ?

— Oui, fit Amy en soutenant le regard dominateur de l'adolescente. Mais est-ce que ça a vraiment de l'importance ? Je ne me souviens ni de Sharon ni d'Alicia. Alors, pourquoi aurais-je une préférence ?

— Tu ne sens rien au fond de toi ? Un élan ? Une reconnaissance instinctive ? Quelque chose qui t'affirme que je suis ta chair et ton sang...

Amy soupira.

— Non, fit-elle. Tu as trop lu de romans victoriens. Dans la réalité, les choses ne se passent pas ainsi. Je ne vois qu'une chose : nous sommes toutes deux perdues, à la dérive, nous pouvons tenter de nous associer au lieu de nous faire la guerre. Je te le répète, je ne suis plus la femme que tu as connue. Les reproches que tu me fais s'adressent à une autre, une autre qui s'en est allée avec le morceau de cervelle que j'ai perdu.

Au moment où elle prononçait ces mots, elle eut conscience de simplifier à outrance, mais elle n'avait guère de temps à consacrer aux provocations de l'adolescente.

Quand Amy fut capable de marcher, elles rassemblèrent leur paquetage. Prévoyant qu'elles seraient forcées de camper, elles emportèrent le réchaud à alcool, les sacs de couchage, sans oublier divers outils prélevés dans la trousse d'Angus. Ces précautions prises, elles s'enfoncèrent dans la forêt. Sharon allait en tête, tantôt bavarde comme une pie, tantôt étrangement silencieuse. Elle évoquait le château, son père, l'ennui, ses prises de bec incessantes avec Alicia, la domesticité terrorisée par les colères du lord.

— En fait, marmonna-t-elle, la vie est devenue vraiment pénible quand Père a commencé à perdre la vue... Ce n'est pas qu'il était aveugle, non, mais il voyait flou. Il avait beau mettre des lunettes, il n'y avait aucune amélioration. Je crois qu'il aurait préféré qu'on lui coupe bras et jambes. Mais ça... ça, c'était la pire des malédictions. Il ne pouvait plus contempler ses chers tableaux. C'était la fin du monde.

— A-t-il consulté un spécialiste ? s'enquit Amy pour entretenir la conversation.

— Oui, un type est venu de Londres, avec tout un attirail, mais il n'y a rien compris. Quand il a commencé à parler de maladie imaginaire Père l'a chassé en l'accablant d'injures.

Amy remarqua que la forêt s'éclaircissait. Une odeur désagréable flottait dans l'air.

— On approche des marécages, expliqua Sharon. Le coin est dangereux, les paysans l'évitent comme la peste. Il y a des sables mouvants.

Tout à coup le paysage changea. Amy et Sharon se retrouvèrent en face d'un grand fouillis d'arbres brisés à mi-hauteur, et dont l'écroulement avait ouvert une sorte de piste dans la forêt.

— Qu'est-ce que c'est ? demanda la jeune femme. Un chantier de bûcherons ?

L'adolescente haussa les épaules.

— Ne dis pas d'âneries ! répliqua-t-elle. Les bûcherons ne coupent pas les troncs à cette hauteur-là ! Non, c'est un avion qui a fait ça, en s'écrasant. Je pense qu'il a essayé de se poser, mais il a percuté les arbres.

— Un avion ! s'étonna Amy. Où est-il ?

— Là-bas, au bord du marécage.

La jeune femme pressa le pas. Soudain, le souffle lui manqua. L'une des ailes de l'appareil avait été arrachée lors de la collision. Elle s'était plantée dans le sol, à la verticale, tel un grand totem de fer. L'emblème qui s'y trouvait peint ne laissait planer aucune équivoque.

« Une croix allemande, constata Amy. Probablement un Junkers... un chasseur-bombardier. Depuis quand est-il là ? »

Sans doute s'agissait-il d'un appareil abattu au-dessus de la zone interdite alors qu'il bombardait les fausses usines de carton-pâte installées dans la plaine ? Il n'était pas tombé tout de suite. Il avait plané en utilisant les courants aériens, avant de s'enfoncer comme un coin dans la forêt.

— Le reste de la carcasse est là-bas, précisa Sharon, l'hélice est plantée dans la vase. Quand je vivais avec la mère Collins, j'allais la voir chaque fois qu'on passait par ici, mais il n'y a personne dans la carlingue, pas de cadavre, rien...

— Sais-tu si les fausses usines étaient déjà plantées sur la prairie quand il est tombé ? s'enquit Amy.

— Non, répondit l'adolescente d'un ton catégorique. À l'époque, il n'y avait que des vaches. Les usines sont seulement là depuis six mois. J'ai découvert la carcasse de l'avion trois mois après l'incendie, alors que la vieille m'apprenait à reconnaître les plantes médicinales. Elle m'a dit qu'il était tombé la nuit où le château a brûlé, et même qu'elle avait cru que l'appareil s'était écrasé après nous avoir bombardés.

— Mais il n'y a pas eu de bombardement, n'est-ce pas ? insista Amy.

Sharon plissa la bouche avec colère.

— Je t'ai déjà raconté ce qui s'était passé, cracha-t-elle. J'ai mis le feu à la maison pour te sauver... tu n'as pas encore compris ça ? *Pour te sauver !* Et tout le monde est mort à cause de nous. Alicia, les domestiques, la gouvernante, Miss Hancock ma préceptrice... Nous les avons tous tués. Aucun n'a réussi à sortir du château. Ils ont été asphyxiés par la fumée avant d'avoir pu atteindre la porte. C'est notre crime, nous sommes liées par cette chose horrible, comme si nous avions signé un pacte de sang.

Amy leva la main en signe de capitulation. Elle se méfiait des envolées lyriques de Sharon car elles se terminaient en crise de nerfs.

— On ne parle plus de l'avion, d'accord ? murmura-t-elle. Trouvons ce camion et fichons le camp d'ici.

*
* *

Elles finirent par dénicher le véhicule, dissimulé sous une bâche, comme l'avait annoncé la jeune fille. Des bidons d'essence avaient été entassés sur la plate-forme en prévision d'un éventuel retour. Amy s'installa au volant, vida son esprit, et, s'en remettant à son instinct, laissa ses mains aller et venir sur le tableau de bord. Bien entretenu, le moteur démarra à la première sollicitation. La boîte à gants contenait de nombreuses cartes de la région, une boussole, une pipe et une blague à tabac. Amy posa les paumes sur le volant, les pieds sur les pédales, et tenta sa chance... Trois minutes plus tard elle comprit qu'elle savait conduire.

— Bien, souffla-t-elle. Voilà au moins quelque chose de positif. On prend nos affaires et on s'en va.

Pendant qu'elles roulaient en direction du château, Sharon se trémoussa pour extraire de sa poche le carnet de cuir rouge. De ses doigts dépourvus d'ongles, elle le feuilleta maladroitement jusqu'à la page qui l'intéressait.

— Là... dit-elle, c'est cette adresse. C'est là que tu emmenais Alicia, chez ce docteur Shapozki... tu disais que c'était un Polonais qui avait fui les Nazis. Un médecin des maladies nerveuses.

— Et comment se comportait Alicia, au retour ?

Sharon haussa les épaules.

— Comme d'habitude, soupira-t-elle. Elle inventait des histoires à dormir debout pour se rendre intéressante. Elle prétendait que le docteur l'avait hypnotisée pour la forcer à avouer des choses dégoûtantes. Ou bien il lui avait assuré qu'elle avait raison d'agir comme elle le faisait, qu'elle était moralement ma sœur et qu'elle pouvait prétendre aux mêmes droits que moi. Bref, ça dépendait de son humeur. Personnellement je n'ai jamais eu l'impression que le traitement lui était bénéfique.

— Hum, hum... grogna Amy sans se compromettre.

— Pourquoi tiens-tu à aller voir ce charlatan ? lança Sharon.

— J'espère tirer de lui certains renseignements. Mon instinct me conseille d'agir ainsi, je vais lui obéir car je n'ai aucun autre plan de rechange.

L'adolescente, contrariée, se recroquevilla sur son siège. De toute évidence, elle ne tenait pas à rencontrer le fameux docteur Shapozki.

« Pourquoi ? se demanda Amy. Même si elle est en réalité Alicia, même si elle m'a menti, dans l'état où se trouve son visage, le bonhomme sera incapable de la reconnaître, alors ? Il y a autre chose, mais quoi ? »

Arrivées au campement, elles chargèrent le camion sans attendre. Amy avait hâte de tourner le dos à ces lieux maudits. Après avoir fait le plein, elles prirent la route. Sharon, qui connaissait la région à la perfection, lui indiqua le chemin du village qu'elles traversèrent sans s'arrêter. De là, il leur fut facile de rejoindre la piste de terre serpentant à travers la zone interdite, entre les fausses usines de carton-pâte.

Elles échangèrent peu de mots durant le trajet. Au fur et à mesure qu'on se rapprochait de Londres, Sharon s'enfonçait dans sa bouderie, la bouche close, les bras croisés sur la poitrine. Grâce aux billets trouvés dans la roulotte, Amy aurait pu sans difficulté louer une chambre d'hôtel, mais elle préférait se perdre dans l'anonymat d'un camp de réfugiés, comme elle l'avait déjà fait. Elle savait que les blessures de la fillette éloigneraient les curieux et les dispenseraient de justifier leur présence.

Elle gara le camion dans un endroit calme, avec l'espoir qu'il ne serait ni bombardé ni volé, puis elle expliqua à sa fille comment allait se jouer la partie.

— Tout est en ruines ! s'étonna celle-ci. Finalement, c'est pas mieux qu'Ashden... Moi qui croyais découvrir une belle ville... visiter des magasins... C'est affreux.

— La ville est bombardée presque toutes les nuits, expliqua Amy. Tous ceux qui le peuvent s'enfuient vers l'intérieur des terres. Nous allons essayer de ne pas nous attarder. Je vais téléphoner à ce médecin pour obtenir un rendez-vous le plus tôt possible. Quand nous irons le voir, tu prétendras être Alicia. Fais semblant de l'avoir déjà vu.

— Le berner sera facile, ricana la fillette, c'est sûr qu'il ne risque pas de me reconnaître, je suis devenue presque aussi moche que cette cinglée !

Munie du carnet rouge, Amy se rendit dans un bureau de poste et demanda qu'on lui passe le numéro du médecin. Elle dut attendre, les bombardements avaient coupé de nombreuses lignes. En outre, les appels prioritaires reléguaient les coups de fil personnels en dernière position. On lui indiqua enfin une cabine.

— Oui ? fit une voix teintée d'accent. Ici, le docteur Shapozki... que puis-je pour vous ?

— Je suis désolée de vous importuner, bredouilla Amy, je suis lady Ashden... peut-être vous souvenez-vous de moi ? Il y a environ un an, je venais vous voir en compagnie d'une fillette, Alicia Monroe...

Il y eut un silence au bout du fil.

— Mon Dieu ! s'exclama le médecin, quel bonheur de vous entendre... Je vous croyais morte... enfin, on m'avait dit... J'avais entendu parler d'un incendie... Avec tous ces événements, je n'ai pas eu le temps de vérifier. Je vous ai adressé un courrier qui est resté sans réponse. Je suis heureux de savoir que vous avez survécu à cette épreuve. Comment allez-vous ? Et l'enfant ?

— Justement, haleta Amy, c'est elle la raison de mon appel. Elle ne va pas bien du tout. Elle a été brûlée dans l'incendie, et son comportement s'en est trouvé aggravé. Pourriez-vous nous recevoir ? Nous sommes de passage à Londres...

Shapozki l'assura de son entier dévouement et lui ménagea un entretien pour le lendemain matin, à dix heures précises, l'une de ses patientes s'étant décommandée.

Amy raccrocha, en proie à un malaise diffus. L'accent du vieillard la gênait, ainsi que son excessive cordialité.

« Il a été décontenancé, songea-t-elle, ensuite il s'est repris et il a improvisé... mais quelque chose sonnait faux dans ses paroles. En fait, il a eu ce ton si particulier que les médecins adoptent pour parler aux fous... Le ton que les internes prenaient avec moi au *Saint Job's Infirmary*. »

Elle eut la conviction d'avoir gaffé, mais elle ignorait en quoi. Elle sortit de la cabine, persuadée d'avoir fait son premier faux pas. La police ou les services secrets étaient-ils sur ses traces ? Avaient-ils contacté tous ceux avec qui elle avait entretenu des relations ?

« Tant pis, décida-t-elle, j'irai tout de même au rendez-vous. Je ne peux pas continuer à courir dans le brouillard. Il faut que je sache... »

Et pour savoir, elle n'avait d'autre choix que de remettre les pieds dans ses propres traces, de refaire le chemin qu'elle avait emprunté avant d'être blessée à la tête. Elle était fatiguée, lasse, les aventures vécues au château d'Ashden avaient usé sa résistance nerveuse. Elle se savait en bout de course, tenaillée par la hâte de voir le bout du tunnel... et tant pis si les types de l'*Intelligence service* l'attendaient à la sortie de ce même tunnel pour la conduire devant le peloton d'exécution.

Elle passa le reste de l'après-midi avec sa fille, à écumer les boutiques pour se procurer des vêtements convenables. En tant que lady, elle ne pouvait se présenter chez Shapozki empaquetée de hardes. Leurs emplettes achevées, elles se firent admettre dans un dortoir pour sans abri et s'isolèrent dans un coin. On leur donna à manger sans leur poser de question. Le visage de Sharon agissait comme un formidable repoussoir. Elles passèrent une nuit tranquille, se levèrent tôt pour enfiler leurs habits neufs, et quittèrent le local sans attendre la distribution du petit déjeuner.

Amy avait les mains moites et la respiration courte. Elle consulta le plan de Londres pour localiser l'adresse relevée dans le carnet rouge et héla un taxi. Le véhicule dut faire de multiples détours à cause des rues obstruées par les décombres des immeubles bombardés. Il s'arrêta enfin au pied d'une maison d'allure modeste, noircie par la fumée des incendies. Amy dénombra six étages, le dernier étant occupé par une grande verrière aux vitres fêlées. Elle s'en étonna, une lady n'aurait-elle pas plutôt choisi un praticien exerçant dans le quartier de Belgravia ?

Sharon sur ses talons, elle entra dans le hall. Une plaque de cuivre lui apprit que le docteur Shapozki logeait au cinquième étage. Un ascenseur poussif les hissa en gémissant jusqu'au palier souhaité. La cage d'escalier sentait la friture, le tapis était usé. Amy serra la main de Sharon et lui répéta ses instructions. La fillette se dégagea avec une mimique agacée. La porte s'ouvrit à son deuxième coup de sonnette. Un homme de haute taille se tenait sur le seuil. Vêtu d'un complet croisé gris, il affichait une soixantaine fatiguée, mais son visage était empreint d'une expression autoritaire qu'un sourire de commande n'arrivait pas à masquer.

« Il a une tête de dompteur... » songea sottement Amy. Le médecin les pria d'entrer. Ses cheveux étaient blancs, ses mouvements hésitants comme s'il souffrait d'arthrose. L'appartement, plongé dans la pénombre, avait cet aspect étouffant et surchargé des logements victoriens qu'aucune femme de ménage n'a épousseté depuis un siècle.

Shapozki les poussa dans un cabinet aux fenêtres occultées par de lourds rideaux rouges. Une tête phrénologique, en plâtre peint, trônait au milieu d'un amoncellement de dossiers et de traités médicaux.

— Ainsi, dit-il en s'asseyant, vous êtes lady Ashden... J'ai failli ne pas vous reconnaître, vous avez beaucoup maigri. Et cette jeune personne est Alicia...

Son regard filtrait entre ses paupières à demi baissées, allant de l'une à l'autre avec une méfiance toute policière.

« Quelque chose ne fonctionne pas... songea Amy. Toujours cette gaffe. Qu'ai-je dit ? À quel moment me suis-je trompée ? »

Mais déjà Shapozki entamait un dialogue enjoué avec Sharon, comme s'il n'avait pas remarqué ses brûlures, comme si elle était toujours intacte. Sans laisser à l'adolescente le temps de répondre, il se tourna vers Amy et lança :

— Et vous, ma chère comtesse, comment allez-vous ? Comment avez-vous vécu ces dernières épreuves ?

La jeune femme improvisa un récit à partir des éléments fournis par la fillette. Le médecin l'écoutait, la tête penchée. Au bout d'un moment, abruptement et avec une certaine impolitesse, il pria Amy de le laisser seul avec l'enfant afin de pouvoir l'interroger sans contrainte.

— Pouvez-vous patienter une demi-heure au salon ? s'enquit-il d'un ton qui n'admettait pas la réplique. Je regrette de ne pouvoir vous faire servir le thé, mais ma gouvernante a dû s'absenter en raison d'un deuil familial.

Amy se leva gauchement et sortit du cabinet. Elle avait conscience que la situation lui échappait. Seule, debout au milieu de la salle d'attente, elle hésita sur la conduite à tenir. Devait-elle prendre la fuite sans demander son reste ? Le docteur l'avait-il fait sortir pour appeler Scotland Yard en toute tranquillité ?

Était-il en train de chuchoter dans le micro : *L'espionne... elle est là... venez vite !*

Cédant à la panique, elle courut vers la porte, l'ouvrit sans faire de bruit et sortit sur le palier. Là, elle s'immobilisa, gagnée par une impression familière. Une réminiscence... Au lieu de s'engouffrer dans l'ascenseur, elle grimpa lentement les marches menant à l'étage supérieur. Une porte à double battant occupait le palier. Vissée à hauteur de regard, une plaque de cuivre ternie annonçait : *Kingsley BLEDSOE, artiste peintre.*

« J'ai déjà vu cette plaque, se dit-elle, le souffle court. Je suis déjà venue. Pendant qu'Alicia restait seule avec Shapozki, je montais ici... oui, c'était un rituel. Le médecin n'était qu'un alibi, un prétexte pour me rendre à Londres. Pendant qu'il hypnotisait la gosse, je grimpais un étage, je sonnais à cette porte... Avec qui avais-je rendez-vous ? Un amant, comme le prétendrait Sharon. »

Elle répéta doucement les syllabes gravées dans le cuivre... *King-sley-Bled-soe...*

Elle leva la main vers le bouton de la sonnette, puis se ravisa.

« Celui qui habitait ici s'en est allé, pour toujours... » songea-t-elle sans savoir d'où elle tenait cette certitude. Ses mains tremblaient et elle avait envie de pleurer, comme si la disparition de cet inconnu était pour elle une catastrophe majeure.

— Lady Ashden ? fit la voix du médecin à l'étage inférieur. Lady Ashden ?

Amy sursauta. Tournant la tête, elle aperçut Shapozki sur le palier du cinquième, qui l'observait d'un air étrange.

— Voulez-vous me suivre ? dit-il avec une insistance qui n'admettait pas le refus. J'aimerais que nous fassions le point.

Incapable de lui résister, Amy le rejoignit. Elle avait les yeux pleins de larmes. En fait, elle débordait d'une incompréhensible tristesse. Quand elle entra dans le cabinet, Sharon détourna la tête et se recroquevilla sur son siège.

« Quelque chose ne va pas, se répéta Amy en s'asseyant. Je me suis moi-même piégée. »

Elle eut un regard pour la tête phrénologique posée sur le bureau, aurait-elle la force de la soulever pour la jeter au visage du médecin avant qu'il ne prononce des paroles irrémédiables ?

— Vous avez beaucoup changé, Lady Ashden, grogna Shapozki. Alicia a subi elle aussi une métamorphose radicale... bref, tout le monde au château semble avoir décidé de se transformer. En ce qui concerne Alicia, je ne puis me prononcer. Il n'en va pas de même pour vous, Lady Ashden... ou devrais-je dire Miss Hancock... Lorene Hancock pour être tout à fait exact.

— Je... je ne comprends pas... bredouilla Amy.

— Moi non plus, soupira le médecin, mais sachez que vous n'êtes pas Lady Alexandra Ashden. Vous êtes Lorene Hancock, la préceptrice de Sharon. C'est vous qui veniez chaque semaine ici, accompagnée d'Alicia. Voyons, réfléchissez un peu : croyez-vous qu'une lady se serait déplacée pour chaperonner la fille de ses domestiques ? D'ailleurs je puis aisément prouver ce que j'avance.

Du monceau de paperasse entassé sur son bureau, il extirpa un dossier d'où il tira plusieurs fiches agrémentées de photographies.

— Voici un cliché représentant Alexandra Ashden, dit-il, je l'ai découpé dans une revue mondaine. Vous pouvez vérifier qu'elle ne vous ressemblait pas du tout. Elle avait cinquante ans et était beaucoup plus petite. Cette photo représente Alicia, celle-ci Sharon, la jeune comtesse... et vous voici, ma chère. Lorene Hancock, trente ans, préceptrice. Ancien professeur de maintien à l'institut Sweeton et Sweet. On ne peut guère se tromper, n'est-ce pas ?

Amy crut qu'elle allait s'évanouir. Pendant une dizaine de secondes, le paysage du cabinet se mit à tour-

212

ner à la vitesse d'un manège pris de folie, puis elle se ressaisit et se pencha sur les fiches d'identité.

— Mes dossiers sont à jour, commenta le médecin. Nombre de mes patients appartiennent de près ou de loin à la *gentry*, et je sais parfaitement que lady Ashden est morte, comme son époux... et peut-être sa fille, quoique ce dernier point demande à être vérifié. Voilà pourquoi j'ai tiqué, hier, quand vous m'avez appelé. Je ne sais pas à quel jeu vous jouez, mais je puis vous certifier que c'est vous, et vous seule qui, pendant un an, avez accompagné Alicia dans ce cabinet. Vous êtes Lorene Hancock, la préceptrice de la jeune comtesse Sharon... une employée. Quant à cette enfant (il se tourna vers l'adolescente), je ne puis malheureusement déterminer son identité. Elle a grandi, son apparence physique s'est trouvée modifiée à la suite d'un fâcheux accident... Elle ne m'a rien dit de décisif qui me permette de trancher dans un sens ou dans l'autre. Alicia ? Sharon ? Ni l'une ni l'autre ? J'avoue mon impuissance.

Amy repoussa son siège. Elle avait l'impression d'être prisonnière d'un corset de fer chauffé à blanc. Il fallait qu'elle sorte, qu'elle prenne la fuite...

— Attendez ! lança Shapozki, ne partez pas. Je puis vous aider... À condition qu'il ne s'agisse pas d'une tentative d'escroquerie destinée à mettre la main sur la fortune de la famille Ashden, je puis vous venir en aide. Si vous n'êtes pas en train de jouer la comédie, il n'y a que deux explications envisageables : soit vous souffrez de troubles de la personnalité, soit vous avez perdu la mémoire...

Amy se rua hors de la pièce, Sharon sur ses talons. Dédaignant l'ascenseur, aveuglée par les larmes, elle dégringola l'escalier à toute vitesse, au risque de se tordre la cheville. Quand elle fut dans la rue, elle se mit à marcher au hasard. Les battements de son cœur lui martelaient la tête comme autant de maillets d'acier.

Elle finit par deviner qu'on courait derrière elle. Pour finir, une petite main se glissa dans la sienne. Celle de l'adolescente.

— Tu m'as menti... haleta Amy sans tourner la tête. Tu m'as raconté que j'étais ta mère... Tu m'as culpabilisée, alors que je n'étais qu'une employée... une fille chargée de t'apprendre à faire la révérence, à rire sans trop montrer tes dents, à ne pas fixer les messieurs aux mauvais endroits...

— Pardon, murmura la gamine. J'ai eu tort, je le sais... C'était mal. Mais je ne voulais plus être seule... J'ai imaginé ça pour t'attacher à moi. Je me suis dit que si je parvenais à te convaincre que j'étais ta fille, tu n'oserais pas m'abandonner une deuxième fois...

Amy s'immobilisa, refoulant la fureur qui grondait en elle, elle se tourna vers l'enfant.

— Et d'abord, lança-t-elle, qui es-tu ?

L'adolescente leva vers elle un affreux petit visage dont le sel des larmes avivait les cicatrices.

— Sharon... chuchota-t-elle. Je suis Sharon... C'est vrai. Tout ce que je t'ai raconté est vrai... à part le fait que tu n'es pas ma mère, bien sûr. Ma mère savait à peine que j'existais. Elle m'ignorait. Il n'y a que toi qui t'intéressais à moi. C'est pour cette raison que j'étais en rivalité avec Alicia, nous tentions chacune d'être ta préférée, ton chouchou.

Amy s'essuya les yeux. Elle avait recouvré son sang-froid. Déjà, elle bâtissait des hypothèses...

— Répète-moi ce que tu viens de dire, fit-elle d'un ton sec. Quand tu prétends que tout le reste était vrai, cela signifie-t-il que je dois croire à ta version de l'incendie ?

— Oui, cria presque Sharon. Ça s'est passé comme je te l'ai raconté. Je t'ai trouvée en train de te battre avec mon père. Il voulait te tuer. Mais il ne te traitait pas de putain, non... ça je l'ai inventé. Il disait : « Voleuse ! Voleuse ! », je n'ai pas compris pourquoi. J'ai mis le feu aux tableaux pour te sauver, pour détourner son attention... mais tu m'as abandonnée.

— Comment cela ? s'étonna la jeune femme.

— Quand on a quitté ta chambre, avec la valise, on a commencé à descendre le grand escalier. Mais une poutre enflammée est tombée entre nous, nous séparant. Tu ne pouvais pas revenir en arrière, alors tu m'as dit de remonter et de passer par la fenêtre du couloir, de sauter dans le vide... que tu me rattraperais en bas. Tu as continué à descendre, tu es sortie du château... J'ai fait comme tu disais. J'ai gagné le corridor de l'aile sud et j'ai ouvert une fenêtre, mais c'était trop haut et j'ai eu peur de sauter dans le vide... Je te voyais en bas. Je criais, je t'appelais au secours. Alors...

— Oui ?

— Alors tu en as eu assez... tu m'as tourné le dos et tu es montée dans une voiture qui venait de s'arrêter en bas du perron. J'ai entendu la portière claquer et je t'ai vue partir... et moi je suis restée là-haut, à brûler...

Sharon s'était caché le visage dans les paumes. Ses genoux plièrent et elle s'effondra sur le trottoir pour se recroqueviller comme un animal à l'agonie. Amy la souleva dans ses bras, la forçant à se redresser. Elle ne tenait pas à éveiller la curiosité des *bobbies*.

Elles étaient toutes deux trop troublées pour retourner au dortoir municipal, aussi Amy décida-t-elle de louer une chambre dans un hôtel du quartier. Elle se fit monter des toasts, du thé, de la marmelade d'orange pour essayer de se réconforter.

La chambre comportait deux lits, elles s'assirent l'une en face de l'autre sans penser à ôter leurs manteaux.

— Tu m'en veux ? interrogea Sharon d'une voix étouffée.

— Non, soupira Amy, je comprends ta réaction. J'aurais sans doute fait la même chose à ta place. Mais ce médecin m'a cueillie à froid. J'ai eu peur qu'il prévienne la police. Il nous regardait comme si nous étions deux intrigantes en train de monter une escroquerie... et je n'arrive pas à saisir pourquoi je t'ai abandonnée dans le château en flammes. Tu dis qu'une voiture s'est arrêtée devant le perron ?

— Oui. Elle a surgi à toute allure. J'ai cru que c'était les secours, mais non. On venait juste te chercher... toi, et seulement toi.

Amy versa le thé dans les tasses et tartina les toasts.

« Soit, songea-t-elle, on me connaissait sous le nom de Lorene Hancock et j'exerçais le métier de préceptrice, mais tout cela n'est probablement qu'une couverture... une fausse identité qui m'a permis de m'infiltrer au château. »

Un autre point ne cessait de l'intriguer. La présence de ce peintre au-dessus du cabinet du médecin aliéniste. C'était une coïncidence étrange. Il était beaucoup trop question de peinture dans cette histoire. Au château d'abord, à Londres ensuite...

« À présent, c'est certain, conclut-elle, je me servais d'Alicia comme d'un alibi pour rencontrer ce peintre. Qui était-il ? Mon amant ? Mon complice ? »

« Voleuse ! » avait hurlé le comte en essayant de l'étrangler ; c'est du moins ce que prétendait Sharon. Pas « Espionne »... ou « Sale nazie »... non, « Voleuse »...

« Et si je m'étais trompée depuis le début ? se demanda-t-elle en frissonnant. Si je n'étais pas une espionne allemande mais une aventurière... une voleuse internationale ? »

La tête lui tournait. Elle s'étendit sur le lit. Elle devait s'introduire dans l'atelier du peintre. Les réponses qu'elle cherchait se trouvaient là-bas.

— Écoute, murmura-t-elle en pressant la main de l'adolescente. Je vais ressortir. Je dois vérifier quelque chose. Il se pourrait que je tienne une piste. Tu vas rester ici, sagement...

— Non ! hurla Sharon en se dressant, tu mens ! Tu vas encore m'abandonner ! Tu ne reviendras pas me chercher, ce sera comme l'autre fois...

Amy l'attira contre elle pour la calmer.

— Je ne peux pas t'emmener, souffla-t-elle, c'est dangereux. On me recherche. Je ne suis pas celle que tu crois. Je ne suis pas la gentille Lorene Hancock que tu as connue. Il faut que je sache la vérité.

— Tu vas retourner chez le docteur ?

— Non, à l'étage du dessus. Il me semble que c'est là

que je me rendais quand Alicia restait en tête à tête avec Shapozki. J'avais rendez-vous avec l'homme qui habitait là.

— C'était ton amant ?

— Je crois que c'est plus compliqué. Plus dangereux. Je vais aller y jeter un coup d'œil. Je ne connaîtrai pas la paix tant que je n'aurai pas tiré cette affaire au clair. Tu comprends ?

Sharon finit par capituler et par promettre de rester dans la chambre. Au moment où elle s'éclipsait, Amy jugea tout de même plus prudent de glisser quelques billets de banque dans le bagage de l'adolescente, au cas où...

Elle rasa les murs, pressée de gagner l'immeuble avant le couvre-feu. Parvenue à destination, elle dédaigna l'ascenseur et grimpa jusqu'au cinquième en s'appliquant à ne pas faire grincer les marches lorsqu'elle passa devant le cabinet médical. Arrivée au sixième étage, elle prit le temps de se calmer, puis, s'emparant des épingles qui maintenaient ses cheveux en place, les tordit pour confectionner un rossignol de fortune. Elle s'attaqua à la serrure. Après avoir tâtonné pendant deux minutes, elle eut raison du mécanisme, et la porte s'entrebâilla. La jeune femme se glissa entre les deux battants. La lumière du crépuscule pénétrait par la verrière, éclairant suffisamment l'atelier pour qu'elle n'ait pas besoin d'allumer l'électricité. Une odeur d'huile de lin et de térébenthine flottait dans l'air. Le plancher était constellé de taches de peinture. Trois chevalets vides se dressaient contre un mur. Il y avait beaucoup de toiles vierges entreposées dans un coin. Des dizaines de pinceaux, des palettes très sales, une bonne centaine de tubes aux formes torturées... La poussière recouvrait tout. Personne n'était venu là depuis longtemps.

Soudain, comme si une force invisible la guidait, Amy se dirigea vers un placard, l'ouvrit et s'agenouilla pour en faire basculer le double fond. Derrière les vêtements suspendus s'ouvrait un espace caché, une sorte de réduit d'un mètre carré. Elle s'y faufila à quatre pattes. Il y avait un émetteur-récepteur ainsi que des cartons à dessins. Sur le mur, au-dessus du poste, on avait punaisé deux photos. Sur la première, elle figurait bras dessus bras dessous avec un jeune homme aux cheveux clairs, très beau, vêtu d'un pull marin. Ils riaient tous deux, et l'on devinait, à la façon dont leurs doigts s'entrelaçaient, qu'une intimité fiévreuse les unissait. Sur le second cliché, Amy et le jeune homme étaient en compagnie d'un autre personnage, un homme grand, plus âgé qu'eux, qui regardait vers l'objectif en souriant d'un air contraint, comme si l'idée d'être photographié lui était insupportable.

Amy battit des paupières. Elle connaissait cet individu. C'était le docteur Shapozki.

– Alors tu es revenue, fit soudain une voix derrière elle. Je m'y attendais... Je suis content de te voir, *Kleine Rotkopf... Du scheinst verdammt gut in Form, zugein !*

La jeune femme pivota sur elle-même pour faire face, mais elle avait déjà identifié l'accent du médecin. Il se tenait au seuil de l'atelier, les mains dans les poches, un sourire narquois aux lèvres. Amy s'extirpa de la cachette.

— Tout à l'heure, quand tu t'es présentée avec cette gosse défigurée, reprit l'aliéniste, je me suis demandé si tu avais réellement perdu la mémoire ou si tu tentais de m'en convaincre par un formidable coup de bluff. J'ai pensé : « elle est maligne, la bougresse, elle essaye de me la faire au culot. Elle vient d'elle-même se jeter dans mes pattes alors que je la traque depuis un an. » Et puis, quand je t'ai vue devenir blême en apprenant que tu n'étais pas lady Ashden, j'ai compris que tu es vraiment amnésique.

Amy se redressa. Elle savait désormais qui se cachait sous l'identité du docteur Shapozki. Elle avait devant elle le prince crapaud, celui qui avait tenté de la kidnapper au *Saint Job's*...

— Qui êtes-vous, en réalité ? demanda-t-elle.

— Je me nomme Zigfeld Hiéronymus Hortz, répondit l'étrange personnage. J'ai été ton maître, ton mentor pendant des années. Je t'ai servi de père, je t'ai tout appris... et tu as fini par me trahir.

— Vous êtes Allemand ?

— Oui, mais j'ai un faux passeport polonais. Normalement, si tout s'était déroulé comme je l'avais prévu, nous ne devrions plus être ici, ni toi ni moi, depuis longtemps... C'était une formidable combinaison, mais tu as tout fait échouer.

— Alors, bredouilla Amy, vous n'êtes pas un espion nazi ?

Hortz éclata d'un rire sourd, méprisant.

— *Teuffel !* siffla-t-il, comment as-tu pu devenir aussi stupide ? Nous ne nous sommes jamais mêlés de politique. Tu n'as pas encore deviné ? Nous sommes des voleurs. De grands voleurs. Des artistes de la cambriole. Des maîtres.

Amy battit des paupières. Elle savait qu'elle était en danger, mais elle se sentait néanmoins soulagée d'un grand poids. L'homme qui lui barrait le passage la haïssait, elle le sentait. Il était dur, implacable.

— Alors c'était vrai, répéta-t-il comme s'il s'adressait à lui-même. Tu as perdu la mémoire. J'ai longtemps cru que tu jouais la comédie, pour m'échapper, pour me convaincre de te laisser en paix. Tu avais trouvé refuge dans cet hôpital... j'ai essayé de t'en arracher, et puis la bâtisse a pris feu et j'ai perdu ta trace. Où te cachais-tu ?

— Je suis retournée à Ashden, lâcha la jeune femme. Quelque chose m'a guidée là-bas. Une pulsion, un reste de souvenir.

Hortz hocha la tête. Dans la lueur rougeâtre du crépuscule, ses rides semblaient des plaies béantes sur son visage.

— Je vois, fit-il, mais ça ne t'a pas fourni toutes les clefs, pas vrai ? Comment as-tu retrouvé cette adresse ? Par la gosse ? C'est Alicia ? Elle est salement amochée. Je n'aurais jamais imaginé que tu viendrais de toi-même te jeter dans la gueule du loup. Quand j'ai reconnu ta voix au téléphone, hier, j'ai été suffoqué. Et cette histoire de lady Ashden... Quel délire ! Tu étais la dernière personne que j'imaginais en train de sonner à ma porte. J'ai cru à un coup de bluff, sublime. Le culot à l'état pur. J'ai pensé : « Elle essaye de me rouler dans la farine, moi, le vieux singe qui lui a tout appris ! » J'hésitais ; étais-tu devenue très forte... ou complètement idiote ? C'était si... énorme ! Tout à l'heure, j'ai hésité. Je ne savais plus si je devais te dire la vérité. J'ai pensé : « Laisse-la partir, ce sera sa punition. Elle ne saura jamais. Elle deviendra folle. Elle l'a bien mérité. » C'est pour cette raison que j'ai joué au docteur. Te condamner à l'ignorance, à l'errance... oui, sur le coup ça m'a semblé une bonne idée.

— Je suis réellement amnésique, trancha Amy. Si vous voulez, vous pouvez toucher la cicatrice qui me traverse le crâne.

— Je te crois, éluda l'homme en gris. Sinon tu ne serais pas revenue, car je vais devoir te punir, tu t'en doutes, non ?

— Je ne sais pas de quoi vous parlez. Je crois deviner qu'il s'agissait d'un vol de tableaux, c'est cela ?

— Oui, un vol magnifique, formidablement préparé. Un véritable coup de maître. Nous avions un commanditaire. Un personnage important, de la haute société londonienne. Un amateur jaloux qui désirait s'approprier la collection du comte Ashden. Ce lord nous a mis le marché en main, il était prêt à nous acheter un bon prix les tableaux du comte pourvu que le vol ne soit pas découvert avant longtemps... et même si possible jamais. Il ne voulait pas de scandale, pas d'enquête. Il craignait d'être suspecté.

Hortz marcha jusqu'à la verrière. Il savait qu'Amy était suspendue à ses lèvres. Elle ne chercherait pas à s'enfuir. Il la tenait en son pouvoir.

— Nous t'avons introduite au château sous une fausse identité, celle de Lorene Hancock, la jeune préceptrice. Nous savions que lady Ashden cherchait depuis longtemps quelqu'un pour s'occuper de sa fille, mais Sharon et Alicia se montraient si insupportables que personne ne restait jamais plus d'une dizaine de jours. Toi, tu allais jouer le rôle de la perle rare, de la fille à la patience d'ange, au caractère toujours égal. C'était une bonne ouverture pour nous. Et quel défi ! Voler une collection sous le nez de son propriétaire sans qu'il s'en aperçoive jamais... ni dans six mois ni dans trois ans. J'adorais ce projet. C'était une opération à ma mesure.

Amy réalisa qu'elle avait la bouche sèche et la respiration haletante. Elle voulait savoir ! Jamais elle n'avait été si près de la vérité.

— Comment avons-nous procédé ? demanda-t-elle d'une voix déformée par la tension nerveuse.

— Tout, ou presque reposait sur toi, murmura Hortz. D'abord, tu as photographié les peintures l'une après l'autre. De très bons clichés, très nets, n'oubliant aucun détail, aucune rayure, aucun accident de la toile. Parfois, il te fallait dix ou quinze bobines pour couvrir un seul tableau. Tu profitais des siestes du comte pour opérer. Des siestes provoquées par le thé additionné de barbituriques que tu lui servais d'abondance. Il t'aimait bien. Tu faisais tout pour ça. La jeune intellectuelle passionnée de peinture, tu vois le genre... Il te faisait des cadeaux coûteux. Je me souviens d'un certain collier qui éveilla la jalousie de la comtesse... Peut-être même as-tu couché avec lui, je ne sais pas. C'est dans l'ordre du possible. À l'époque, tu savais ce que tu voulais et tu t'en donnais les moyens. Une fois les clichés réalisés, tu sellais un cheval et tu partais pour une longue randonnée à travers la forêt. Cette chevauchée te menait à Ownsgate où s'était par hasard installé un gentil petit cirque.

— Ce cirque vous appartenait, bien sûr... compléta Amy. Ces gens étaient vos complices, je leur remettais la pellicule, et ensuite ?

— Ensuite ils développaient les clichés et les ramenaient à Londres, ici même, où les attendait Kingsley Bledsoe. Un jeune homme remarquable. Artiste raté de la *Royal Academy of Arts*, mais faussaire de génie. Le travail de Kingsley consistait à réaliser une copie parfaite de chaque original suspendu dans le grenier d'acier du château d'Ashden. Cela lui prenait longtemps, car il était exigeant.

— J'ai compris, coupa Amy. Lorsque je venais au cabinet médical, sous prétexte de vous amener Alicia en consultation, je prenais en fait livraison de la copie.

— Exact. Quand la copie était prête, je prévenais nos amis du cirque au moyen du poste émetteur caché dans ce placard, car il n'y avait aucun téléphone dans cette campagne perdue. Ils te transmettaient le message. Tu savais alors qu'il était temps de faire voir Alicia au bon docteur Shapozki, et tu prenais le chemin de Londres pour chaperonner cette horrible gamine. Tu me l'amenais, je l'occupais en lui faisant passer des tests, dessiner des maisons, en l'abreuvant de questions. Elle adorait se raconter, c'était une mythomane de la pire espèce. Pendant ce temps, tu montais à l'atelier pour examiner la copie dont tu venais prendre livraison. Tu la confrontais avec tes souvenirs pour voir si ça collait... Ensuite, je décrétais la séance terminée, tu récupérais Alicia et vous partiez écumer les boutiques. Tu en profitais pour faire des emplettes. Une profusion de paquets parmi lesquels, au retour, tu dissimulais le tube contenant le faux. Une fois revenue à Ashden, tu faisais l'échange, la copie contre le vrai tableau. Un tour de passe-passe délicat mais où tu excellais. Évidemment, ces allées et venues ralentissaient le processus, mais il était impossible d'aller plus vite. Nous étions prisonniers du rythme de Kingsley. Et le bougre ne peignait pas vite.

Amy leva les mains en signe de protestation.

— Attendez ! lança-t-elle. C'est absurde, ça ne tient pas debout ! Le comte était un spécialiste, un esthète, il connaissait ses tableaux par cœur, dans le moindre détail, jamais il n'aurait été dupe d'une ruse aussi grossière.

Hortz fit à nouveau entendre son rire sourd, menaçant.

— Tu fais erreur, *mein Liebe*, lâcha-t-il. Encore une fois, tu étais là pour empêcher cela. Nous t'avions fourni un produit... un poison, en fait, qui provoque une dégénérescence du nerf optique. Un dérivé d'un gaz fabriqué dans les laboratoires militaires, à Berlin, et qu'on espère pouvoir bientôt vaporiser dans l'air, pour aveugler les pilotes de la R.A.F. À faible dose, cette solution donne au sujet l'impression que tout est flou autour de lui. Un flou qu'aucune paire de lunettes ne peut corriger car il ne résulte pas d'un défaut de la courbure de l'œil, contrairement à la myopie ou à presbytie. Tu as fait absorber ce poison au comte, jour après jour, et sa vue s'est dégradée. À tel point qu'il s'est cru frappé de cécité progressive.

— Mais oui... s'exclama Amy. Sharon m'en a parlé. Il examinait les tableaux à la loupe...

— Ça ne lui était pas d'un grand secours. L'important, c'était que les copies de notre ami Kingsley puissent faire illusion le plus longtemps possible. Or seul le comte était capable d'éventer la supercherie. Le danger venait de lui. Les autres ne se sont jamais doutés de la substitution. Ni sa femme, ni les domestiques... personne. La collection, au château, tout le monde s'en fichait !

— Lui s'en doutait, protesta la jeune femme. Sharon dit qu'à la fin il passait de plus en plus de temps à scruter les toiles. Il a deviné quelque chose.

— Peut-être, mais il n'a pu s'en assurer. Ses yeux ne le lui permettaient plus. Et puis tu étais là pour le rassurer, pour lui affirmer que rien n'avait changé, que ses peintures étaient toujours aussi belles. Tu l'as entretenu dans cette illusion, en augmentant les doses au besoin. Enfin, un jour, la dernière copie a été mise en place. Le fameux musée du comte Ashden ne contenait plus que des faux. Nous avions gagné notre pari. Ne restait plus qu'à aller trouver notre commanditaire pour lui livrer la marchandise. Une trentaine de toiles de maîtres comprenant une dizaine de chefs-d'œuvre. Le tout d'une valeur colossale.

— Vous ne lui aviez donc pas livré les toiles une à une, au fur et à mesure des échanges ?

— Non, il ne voulait pas en entendre parler. Selon lui, multiplier les rendez-vous c'était le meilleur moyen d'éveiller l'attention. Nous ne devions nous rencontrer qu'une fois, une seule, pour la livraison globale.

— À voir votre tête, persifla Amy, c'est là que les choses ont dérapé.

— Par ta faute ! hurla soudain Zigfeld Hortz, par ta faute, petite putain ! Tu t'es laissé manipuler par Kingsley. Il te l'a jouée romantique ; il t'a convaincue de nous doubler.

— Je ne comprends pas...

Hortz grimaça et zébra l'air d'un geste rageur.

— Tu avais fini par t'attacher aux gamines, grommela-t-il. Ça a tout compliqué. Ce n'était pas dans tes habitudes pourtant, mais tu t'es laissée aller. Tantôt tu ne voulais plus quitter le château, tantôt tu envisageais de kidnapper les deux gosses. Tu affirmais qu'elles n'y verraient pas d'inconvénient. Il fallait t'arracher à ça, te réveiller.

— Que voulez-vous dire ?

— Il te fallait un électrochoc. J'ai décidé de mettre le feu au manoir. D'incendier la galerie. C'était la seule solution. Nous ne pouvions pas courir le risque de laisser les faux derrière nous. Les flics auraient remonté la piste, suspecté Kingsley, il n'y a pas pléthore de faussaires géniaux sur le marché. Or, s'ils avaient trouvé Kingsley, ils t'auraient trouvée, toi, puisque tu passais ta vie dans le lit de cet abruti. Je ne voulais pas que cela arrive. Je t'ai toujours considérée comme ma fille. Je t'ai modelée, tu es ma chose, mon œuvre. Je devais te protéger, au besoin contre ton gré.

— Vous avez incendié le château ? balbutia la jeune femme.

— Oui. Il fallait qu'il ne reste rien des toiles. Un soir, je t'ai avertie que je passerai te prendre, tu devais te tenir prête à évacuer les lieux. Je t'ai laissé croire que nous avions été démasqués. En fait, je me suis glissé dans le château avec une besace de grenades au phosphore et j'ai commencé à mettre le feu un peu partout. C'est alors que tu t'es conduite comme une idiote. Tu t'es rebellée contre mon autorité. Tu as voulu prévenir le comte, sauver les fillettes. Sharon, surtout, dont tu t'étais entichée. Jamais je n'aurais cru ça de toi. Jamais. Mais Ashden a mal réagi. Il t'a sauté à la gorge en te traitant de voleuse. Le feu, sa fille, son épouse, il s'en fichait. Il ne pensait qu'à ses toiles... ses chères toiles dont on l'avait spolié. Je ne sais pas exactement ce qui s'est passé là-haut, dans le musée, mais tu es redescendue avec une valise. Tu m'as supplié de porter secours à l'une des gamines qui était restée bloquée au deuxième étage. Il n'en était pas question, bien sûr. Je suis allé chercher la voiture et je t'ai forcée à grimper dedans. Comme tu te débattais, je t'ai assommée. J'ai pris la route de Londres. Le manoir a flambé comme une meule de paille. Le phosphore, c'est radical.

Amy respirait avec difficulté. Ses mains étaient glacées mais son visage la brûlait.

— Et le petit cirque... murmura-t-elle. Vous l'avez incendié, lui aussi ?

— Oui, admit le prince crapaud sans même hésiter. Ils devenaient trop gourmands. Ils exigeaient une plus grosse part. Je déteste qu'on me manque de respect. J'en ai fait un joli feu de joie. J'ai juste éprouvé de la peine pour les animaux. Ils ne méritaient pas de finir comme ça.

La nuit avait envahi l'atelier. À cause des interdictions promulguées par la Défense Passive, ils n'osaient ni l'un ni l'autre abaisser l'interrupteur commandant le plafonnier. Déjà, ils n'étaient plus que deux ombres mangées par les ténèbres, plantées raides sur un échiquier aux cases maculées de peinture.

— Que s'est-il passé ensuite ? demanda Amy que l'épuisement nerveux gagnait.

— Après, lorsque tu as repris conscience, tu n'as plus dit un mot. Tu me détestais, répondit calmement Hortz. Une fois à Londres, tu t'es jetée sur les journaux pour savoir si quelqu'un avait survécu à l'incendie. La presse affirmait que non, même toi tu étais morte à leurs yeux. Ils ne parlaient que de la collection, du grand malheur de sa disparition mais, comme aucun des tableaux n'était assuré, il n'y a pas eu de véritable enquête. La police s'en foutait. Seuls les enquêteurs des compagnies d'assurances auraient pu représenter un danger pour nous, mais comme ils n'étaient pas concernés ils n'ont pas fait de zèle... Le hasard nous a servi. Un bombardier allemand s'étant écrasé non loin de là, dans les marécages, les flics ont conclu qu'il avait lâché une bombe au phosphore sur le manoir afin de se poser sur le ventre sans risquer l'explosion. Le dossier a été classé. La guerre occupait les esprits. L'*Adlertag*[1] avait traumatisé tout le monde. On n'avait de temps à perdre avec de telles broutilles.

— Et les tableaux ? Les vrais, s'enquit la jeune femme, vous les avez vendus ?

Hortz émit un rire sans joie.

— C'est drôle que tu poses cette question, ricana-t-il, puisque tu t'es justement enfuie avec Kingsley pour les vendre. Vous m'avez doublé, tous les deux. Est-ce toi qui l'as convaincu de le faire, pour te venger ? Est-ce lui qui t'a embobinée ? On ne le saura jamais. Une chose est sûre, tu m'en voulais d'avoir mis le feu au manoir et de t'avoir séparée de ces deux gosses. Tu n'arrivais pas à comprendre que j'avais agi dans ton intérêt, pour ton bien. Tu méritais mieux que ça... Je n'avais pas envie de te voir finir tes jours dans un château campagnard, transformée en nounou. Toi, pouponnant ! Ça me révoltait. Tu es d'une autre trempe. Tu me ressembles. Je t'ai

---

1. « Le jour de l'aigle ». Nom de code désignant le bombardement massif de Londres. On estime qu'un millier d'appareils survolèrent la ville et la pilonnèrent pendant une dizaine d'heures.

élevée pour reprendre le flambeau... pour que tu deviennes une grande voleuse.

— Le peintre a donc négocié les tableaux avec votre commanditaire, lança Amy, peu soucieuse de subir les divagations « paternelles » de l'homme en gris. Ce fameux lord qui vous avait mis l'affaire en main ?

— Oui, soupira Zigfeld Hortz. Il a fait l'échange, les toiles contre l'argent, puis il s'est évaporé dans la nature, te plantant là comme une idiote... Il t'a roulée ma pauvre petite rouquine. Ton grand amour t'a roulée dans la farine et tu n'as rien vu venir.

— Comment le sais-tu ?

— J'ai fini par retrouver ta trace. Je t'ai pistée pendant un an. Tu vivais seule, misérablement, déménageant sans cesse. Chaque fois que je débarquais, tu étais déjà partie. Tu savais que j'étais derrière toi, pour te punir, pour te faire payer. Kingsley, lui, a disparu du jour au lendemain. Je pense qu'il a quitté l'Angleterre le jour même de la transaction, t'abandonnant dans une minable chambre d'hôtel. Il a fait ce que nous avions prévu : il a quitté cette île de malheur, fui la guerre, émigré en Amérique latine et recommencé sa vie.

— Il m'a abandonnée ? répéta Amy, essayant de déterminer si cette nouvelle la bouleversait. Instinctivement, elle regarda en direction du placard secret, cherchant les photos du jeune homme blond, si souriant, si beau... mais les ténèbres pesaient maintenant sur l'atelier, réduisant son champ de vision à presque rien.

— Il t'a manipulée, gronda Hortz. Une fille de ta classe. C'est impardonnable. Comment as-tu pu être aussi naïve ? J'ai honte pour toi. Longtemps, j'ai refusé de l'admettre. Ça me semblait invraisemblable. Si peu digne de toi. J'ai souvent pensé que tu l'avais tué, une fois l'argent encaissé, et que tu jouais les pauvresses pour donner le change... Je me disais : « Elle attend que je me lasse. Elle veut me faire croire qu'elle n'a pas un sou, mais elle a enterré son trésor quelque part. Elle le récupérera à la fin de la guerre. » Et puis, au fur et à mesure que tu dégringolais, j'ai fini par admettre la vérité.

— Qu'est-ce qui vous a fait changer d'avis ?

— Tu as essayé de te suicider. Ce n'était pas de la comédie, tu t'en es tirée de justesse, j'en ai eu confirmation. Tu voulais vraiment mourir. Je crois que tu n'arrivais pas à vivre sans cet imbécile... et puis j'ai dû renoncer à te pister. Avec mon accent, mes papiers approximatifs, ça devenait compliqué de sillonner le pays. On commençait à parler de 5e colonne, d'espions parachutés, la paranoïa s'emparait des esprits. On commençait à se méfier des émigrés ayant fui le nazisme, des juifs, et même des Français venus s'enrôler dans la RAF... C'est à cette époque que j'ai pris l'habitude de m'affubler d'un masque à gaz pour sortir. J'avais peur que mon signalement ait été diffusé et qu'on me reconnaisse. Comme beaucoup de gens faisaient de même, c'était un déguisement commode. Puis je me suis terré ici. Je ne vois personne. Mes voisins croient que je suis un médecin à la retraite. J'essaye de survivre en attendant la fin de la guerre, mais c'est de plus en plus difficile, mes réserves financières s'épuisent et j'ai perdu tous mes contacts. Si ça continue, je serai bientôt incapable de continuer à payer le loyer de ces deux appartements.

— Pourquoi avez-vous conservé l'atelier ?

— Parce que j'espérais qu'un jour ou l'autre tu viendrais y chercher tes souvenirs, tes photos. Tu l'aimais tellement, ce type. J'ai pensé que tu ne pourrais pas t'en empêcher. Et j'ai eu raison. Tu vois.

Sa voix fléchit. Il semblait fatigué. Sa colère avait fini par s'étouffer.

— Viens, dit-il enfin, ne restons pas ici. Descendons chez moi, nous avons besoin d'un verre.

Amy le suivit sans se rebeller. Dans l'escalier, elle vit qu'il boitait, et que chaque marche lui arrachait une petite grimace. C'était un vieil homme. Un aventurier usé qui avait traversé de multiples épreuves et que l'échec de son ultime « grand coup » avait brisé.

228

Ils s'installèrent dans un salon poussiéreux, rideaux tirés. Hortz versa du gin dans des verres en cristal ébréchés.

— Qui suis-je ? demanda Amy. J'ai bien un nom ? Où suis-je née ? Vous prétendez m'avoir tenu lieu de père... ça signifie que je suis orpheline ?

L'homme en gris prit le temps de vider son verre.

— Je ne sais pas qui tu es réellement, murmura-t-il. Je t'ai trouvée en 1916 au bord d'une route, en Pologne. C'était déjà la guerre en Europe. Tu devais avoir cinq ou six ans. Tu étais enveloppée dans une couverture, ton village avait été ravagé par un tir d'obusier. Tu étais la seule survivante. Je traversais le pays avec mon cirque. J'avais un sauf-conduit du théâtre aux armées, officiellement je devais distraire la troupe, remonter le moral des troufions entre deux charges à la baïonnette. Je t'ai prise avec moi. Tu étais si jolie avec tes cheveux rouges. Tu ne disais pas un mot, tu restais des journées entières silencieuse, comme une petite statue. Je t'ai baptisée Nastaszia, mais les gens du cirque t'ont vite surnommée Nasha... Nasha Rotkopf... Nasha Tête-Rouge... Ton vrai nom, je ne l'ai jamais su. Tu ne me l'as jamais dit. Peut-être l'avais-tu oublié ?

— Je suis donc Polonaise ?

— Tu n'es rien du tout. Tu es apatride, comme nous tous. Tu as vécu dans trente pays, tu as appris à parler couramment cinq langues. Je t'avais promis de t'offrir sept continents, sept royaumes. Tu le méritais, tu étais si douée...

— Douée pour quoi ?

— Pour tout. Le cheval, l'équilibre, le trapèze, la prestidigitation... J'ai commencé par te former à l'école du cirque. À dix ans, tu caressais les tigres. J'étais fier de toi. Ensuite, je t'ai enseigné d'autres disciplines.

— Le vol ?

— L'art du vol, la science des serrures... j'ai fait de toi une merveilleuse pick-pocket. Je t'ai appris à te déguiser, à te grimer, à jouer la comédie. Puis je t'ai mise à l'épreuve, et tu as monté tes premiers coups. Tu allais de succès en succès. Nous ne manquions de rien alors. Les garçons ne t'intéressaient pas. Tes amourettes n'excédaient jamais une semaine, tu avais la tête sur les épaules, pas comme la plupart des filles. Tout allait bien... Lorsque tu as eu trente ans, j'ai envisagé de me retirer, de prendre ma retraite. Passé un certain nombre de réussites, il faut savoir ne pas trop tirer sur la corde, on a usé sa réserve de chance. J'avais le projet d'acheter une hacienda en Amérique latine, pour nous y retirer, toi et moi. La guerre semblait imminente, inévitable. Il fallait trouver un abri avant l'orage. Mais pour le faire dans de bonnes conditions, nous avions besoin d'argent. De beaucoup d'argent.

— C'est alors que le lord vous a parlé de la collection Ashden...

— Oui. Le projet t'a enthousiasmée. C'était un tel défi. Un tour de passe-passe comme tu les aimais. Cela t'excitait. Tu adorais te retrouver confrontée à des problèmes apparemment insolubles. Et celui-ci en faisait partie. Pense donc ! Voler une collection de tableaux sous le nez de son propriétaire sans qu'il en ait seulement conscience. Quelle gageure ! *Eine Art Verspottung !* Ça aurait pu marcher si tu ne t'étais pas sottement entichée de cette gamine, Sharon. Si tu n'avais pas voulu rester au château une fois la dernière toile échangée... Nous aurions pu ficher le camp en laissant ce pauvre comte à demi aveugle scruter ses tableaux à la loupe. Il lui aurait fallu des années pour découvrir la supercherie. Peut-être même n'aurait-il jamais compris ? Sa vue avait baissé de manière irrémédiable et tout le monde l'estimait dérangé. Ce n'est qu'à sa mort que sa veuve aurait eu une mauvaise surprise, lorsqu'elle aurait essayé de négocier les peintures... Mais à ce moment-là, je pensais que nous serions hors d'atteinte. Au Venezuela, en Argentine, propriétaires terriens, éleveurs de chevaux, que sais-je ?

Le silence s'installa. Amy n'osa le rompre. Hortz buvait beaucoup. Au bout d'un moment, il murmura : « *Schlafen, ja, schlafen...* » renversa la tête en arrière et ferma les yeux. Le verre vide lui échappa des doigts et roula sur le tapis sans parvenir à le réveiller. La jeune femme songea qu'il lui aurait été facile de se lever, de s'enfuir. Au lieu de cela, elle demeura immobile, à fixer le profil anguleux de l'aventurier. Dans le sommeil, il avait davantage l'air de ce qu'il était en réalité, un homme prématurément usé. Au bout du rouleau. Solitaire, pauvre et vieux.

*
* *

Le lendemain Hortz semblait s'être calmé. Comme si le fait d'avoir retrouvé Amy l'avait purgé de ses rancœurs. Il avait renoncé à proférer des menaces.

Pas rasé, affublé d'une robe de chambre élimée, il sortit d'un tiroir une cassette débordant de photographies et, ayant chaussé des lunettes, entreprit de les commenter une à une.

— Là, disait-il, tu avais huit ans. *Es war ein guter Tag...* Je t'avais fait tailler un joli costume de dompteuse, à brandebourgs dorés. Tu étais mignonne à croquer. Chaque fois que tu pénétrais dans la cage des tigres, les mères de famille poussaient un gémissement d'horreur.

Amy jetait un rapide coup d'œil sur les clichés. Loin de répondre à ses attentes, ce déballage la mettait mal à l'aise. *Elle ne se reconnaissait pas.* Ni à huit ans, ni à douze, ni à vingt...

Elle n'avait pas envie de subir cette litanie. Hortz lui parlait de quelqu'un d'autre, d'une inconnue.

Finalement, au bout du compte, la fille qu'elle avait été, jadis, lui faisait l'effet d'une usurpatrice.

« Elle s'est servie de mon corps à mon insu, songea-t-elle. C'est un peu comme si elle m'avait emprunté ma plus belle robe sans me demander la permission. Une robe avec laquelle elle serait allée danser, faire la fête, qu'elle aurait chiffonnée en faisant l'amour... Et cette robe, elle me l'aurait rendue froissée, tachée, fichue. »

Cette seule idée lui était odieuse.

Hortz finit par remarquer sa réticence.

— Tu ne veux pas savoir, hein ? fit-il. J'aurais pourtant cru qu'une amnésique ferait preuve de curiosité envers son passé.

— Les autres peut-être, pas moi, rétorqua Amy. Tout ce que vous me racontez, toutes ces choses, c'est... c'est encombrant. Ça ne me ressemble pas, ça ne me ressemble plus. J'ai changé.

— J'ai aussi des photos avec Kingsley... proposa Hortz, vexé, elles te plairont sûrement davantage.

— Je ne crois pas. Ça me dégoûte de penser que cette... cette fille a offert mon corps à des types que je ne connais même pas. C'est comme si on m'avait prostituée pendant mon sommeil. Vous ne pouvez pas comprendre. Elle n'est pas moi... elle n'est pas mon amie.

Hortz haussa les épaules avec philosophie et rangea les clichés dans le coffret.

— Tu as toujours été une compliquée, soupira-t-il en guise de conclusion.

— Mettons les choses au point une fois pour toutes, martela Amy. Je ne veux pas recouvrer la mémoire. Si mes souvenirs m'étaient restitués, la souffrance d'avoir perdu Kingsley le serait aussi. Je suis intimement persuadée que je ne le supporterai pas... et que je me suiciderai, comme l'autre fois. C'est ce que tu souhaites ?

*
* *

Plus tard, alors qu'ils se préparaient à déjeuner, la jeune femme décida qu'il était temps d'éclaircir certaines questions demeurées sans réponse.

— J'ai longtemps cru que j'étais une espionne nazie, avoua-t-elle. Aujourd'hui encore, je ne m'explique pas mon savoir en matière d'avions ou d'armes à feu... J'ai parfois l'impression d'avoir été élève à l'école des assassins.

Hortz ricana.

— J'ai été pilote en 1916, lâcha-t-il. À l'époque où c'était encore une activité de seigneur. On emmenait du champagne dans son biplan pour vider une coupe entre deux rafales de mitrailleuse. On portait des écharpes de soie blanche. On volait sur des machines personnalisées, aux couleurs invraisemblables. Ensuite, j'ai suivi de près les progrès de l'Allemagne en matière d'aéronautique. Tu m'écoutais radoter à ce propos. Je te montrais des revues, des photos. Voilà où tu as pris tes connaissances. Quant aux armes, tu as appris à les manier très jeune. Je t'ai enseigné le tir avec mon luger d'officier. Il était si lourd que tu avais du mal à le soulever. Tout notre équipement venait d'Allemagne car j'avais des contacts avec des sergents fourriers de la *Wehrmacht* qui revendaient des fournitures au marché noir....

Il parlait, parlait, emporté par le flot de ses souvenirs, mais déjà Amy n'écoutait plus.

*
* *

Ruppert Merridew arrêta sa Jeep devant l'hôpital militaire de campagne, à la lisière de la forêt de Ballmoor, tout près de la zone interdite où les usines de carton-pâte dressaient leurs cheminées factices vomissant une fumée empestant le caoutchouc brûlé.

Il était nerveux, excité. C'était la première fois en deux semaines qu'un de ses avis de recherche provoquait une réaction positive. La nouvelle était tombée juste au moment où il commençait à désespérer de retrouver la trace d'Amy Sweetheart et de Libbie Cogan. Après leur brusque disparition du métro, il avait été incapable de les pister. Elles s'étaient tout bonnement évanouies dans la nature, le laissant désemparé, frustré au point d'en perdre le sommeil. Et puis le message avait atterri sur son bureau : *Suspecte Libbie Cogan hospitalisée à l'hôpital militaire de Ballmoor zone 3. Blessée*

par balle. Semble disposée à collaborer. État grave. Inter-
rogatoire urgent.

Ruppert remonta le col de son imperméable et descendit de la Jeep. Il faisait incroyablement humide.
Sous ses semelles, le sol détrempé produisait le même
son qu'une éponge gorgée d'eau.

Le jeune homme exhiba sa carte de l'I.S et se fit
conduire chez le médecin major. Celui-ci, un homme
roux et maigre aux moustaches en guidon de bicyclette,
ne fit pas de difficulté pour lui exposer le cas de Libbie
Cogan.

— Un paysan qui ramassait des champignons a
entendu des appels au secours provenant des ruines du
château d'Ashden. Votre bonne femme était là-dedans,
au fond d'un trou énorme, coincée sous une poutre, à
côté du cadavre d'un jeune type en bouillie. Il a fallu
cinq hommes pour la remonter. Elle a pris une balle
dans l'épaule, une blessure sans gravité, mais ses jambes sont en dix morceaux. Il faudra l'amputer. Comme
elle est très affaiblie, je ne sais pas si elle tiendra le coup.
On l'a isolée, parce qu'ici on n'a pas l'habitude de recevoir des femmes. Une infirmière va vous conduire à son
chevet.

Ruppert remercia le médecin et se laissa guider
jusqu'à une petite chambre aux fenêtres barbouillées de
peinture bleue. Libbie Cogan avait mauvaise mine et
elle exhalait une odeur désagréable.

— Nous nous sommes déjà rencontrés au *Saint Job's*,
annonça-t-il. J'enquête sur une dénommée Amy Sweetheart. Vous la connaissez bien puisque vous l'avez prise
sous votre aile. Il y a quinze jours vous avez sollicité un
congé pour rendre visite à votre mère malade mais,
après avoir quitté Londres, vous avez tout bonnement
disparu dans la nature. Inutile de mentir, nous avons
vérifié.

— C'est à cause d'Amy, souffla Libbie d'une voix
éteinte. Elle me menait par le bout du nez... Elle me
poussait à faire ses quatre volontés. J'ai été idiote. Elle
s'était mis dans la tête de visiter un château... le château

234

d'Ashden... Elle pensait que ça l'aiderait à retrouver la mémoire.

Lentement, par bribes, la jeune femme entreprit de raconter leur surprenante équipée à travers la forêt Ballmoor jusqu'aux ruines. Elle s'interrompait fréquemment, à bout de force, et sa respiration devenait alors sifflante. Ruppert prenait des notes en se gardant de l'interrompre.

— Tout est allé de travers dès qu'elle s'est entichée de cette gosse, conclut Libbie. Cette enfant sauvage... Un vilain petit singe, méchant et pleurnichard. D'un seul coup, j'ai cessé d'exister, elle a commencé à se prendre pour la comtesse d'Ashden... Je n'étais plus rien. Une domestique tout juste bonne à préparer la tambouille. Après tout ce que j'avais fait pour elle... Les risques que j'avais pris... pour finir, elle m'a abandonnée au fond du trou, sans même chercher à me porter secours. Je ne le lui pardonnerai jamais.

« Parfait, songea Ruppert, voilà qui est excellent. La haine est un très bon moteur de collaboration. »

— Je ne suis pas complètement idiote, haleta Libbie en essayant de se redresser sur un coude. J'ai des yeux pour voir. J'ai vite compris qu'elle n'était pas nette... Par moments, il lui arrivait de parler allemand. Lorsqu'elle rêvait, la nuit, par exemple. Et puis, quand nous avons exploré les décombres du cirque incendié, elle est entrée dans une roulotte... elle ne s'en est pas aperçue, mais je l'ai suivie, j'ai regardé par la fenêtre. Elle a ouvert une cache, dans le plancher. Il y avait des armes, des grenades allemandes et un poste émetteur...

« Bingo ! exulta Ruppert. Je le savais. Depuis le début. Mon instinct ne m'a pas trompé. »

— Je crois que c'est une espionne, murmura Libbie en fermant les yeux. Elle s'est servie de moi. Mais elle était tellement belle... on tombait sous son charme. Elle le savait. Je vais mourir, alors je peux bien le dire : si elle ne m'avait pas trahie, je ne l'aurais jamais dénoncée. Jamais.

Ruppert prit le temps de réfléchir. Les révélations de cette pauvre fille ne lui servaient pas à grand-chose ; il y avait belle lurette qu'il était convaincu de la culpabilité d'Amy Sweetheart, il lui fallait quelque chose de plus juteux. Il n'avait pas fait tout ce chemin pour rien. En outre, il détestait la campagne, tout ce vert, ces odeurs de bouse... Ses frères avaient adoré le grand air, le cricket, l'équitation. Pour ce que ça leur était utile aujourd'hui ! La campagne, ils étaient bien placés pour l'apprécier là où ils se trouvaient à présent, à six pieds sous terre.

— Je veux quelque chose de plus, lâcha-t-il d'un ton menaçant, ou bien je vous fais placer en forteresse pour crime d'espionnage. On vous fusillera dans un fossé, et cela même si, entre-temps, on a dû vous couper les jambes. Ce n'est pas le genre de chose qui attendrit les militaires.

Libbie hésita, puis dit, dans un murmure :

— Nous sommes descendues au cœur des ruines pour récupérer un carnet... un carnet où figurait l'adresse d'un médecin à qui Amy rendait souvent visite, avant son accident. Quand la gosse l'a sorti de la table de chevet, elle l'a feuilleté à la lueur de sa lampe-torche, et elle a posé son doigt sur un nom.

— Quel nom ?

— Docteur Shapozki. J'ai eu le temps de le lire. C'était tellement bizarre que c'est resté gravé dans ma tête. Shapozki, comment peut-on s'appeler comme ça ? L'adresse, je ne l'ai pas vue. Je sais que c'était à Londres, voilà tout. Mais vous êtes malin, je suppose que vous avez les moyens de retrouver ce type.

Elle se tut l'espace de trois secondes, pour reprendre son souffle, puis demanda avec une avidité empreinte de supplication :

— Vous allez la tuer, n'est-ce pas ? Vous allez la tuer...

*
* *

236

Amy examina pour la millième fois les photographies exhumées du placard secret. Elle avait poussé une table contre la verrière de l'atelier afin que la lumière tombe directement sur les clichés. À plusieurs reprises, elle n'avait pu s'empêcher d'effleurer du bout des doigts le visage de l'homme blond en tricot de marin qui lui souriait sur le rectangle de carton glacé. Avait-elle vraiment aimé cet inconnu trop beau ? Elle n'en gardait aucun souvenir. Il avait l'air d'un acteur spécialisé dans les rôles de jeune premier. Ses traits avaient été modelés avec une perfection absolue, presque invraisemblable. Chose curieuse, il lui semblait qu'aujourd'hui elle aurait été incapable de tomber amoureuse de lui.

« Ce n'est plus mon type d'homme, pensa-t-elle. J'ai changé. »

Elle étala une nouvelle série de clichés. Les décors variaient : un manoir, un yacht, un dancing... mais Kingsley souriait toujours.

« Et pourtant il m'a laissé tomber, songea Amy. Il s'est servi de moi... »

— Arrête de regarder ces vieilles photos, fit la voix de Sharon derrière elle. Tu deviens plus triste de minute en minute. Je n'aime pas ce type, il est trop beau... Des gens comme ça ne devraient pas exister. Il t'a fait du mal. Je ne l'ai jamais vu et pourtant je le déteste.

L'adolescente s'agita. Amy était allée la récupérer à l'hôtel le matin même pour l'installer à l'atelier. Il fallait penser à faire des économies. La liasse de *banknotes* trouvée dans le plancher de la roulotte ne serait pas éternelle.

— Tu sais, fit Sharon, un ton plus bas, j'ai toujours su que tu étais une voleuse...

— Quoi ? s'exclama Amy en faisant volte-face.

— C'est vrai, insista la jeune fille. Un jour, je t'ai surprise en train d'échanger les toiles dans la galerie pendant que Père dormait. J'ai compris que tu remplaçais les tableaux par des faux, mais je n'ai rien dit.

— Pourquoi ?

— Parce que ça m'a semblé formidable. De toute façon, je détestais ces vieilles croûtes. Pour Père, elles comptaient plus que sa famille. Quand j'étais petite, j'ai souvent souhaité que quelqu'un s'en empare et nous en débarrasse... Et puis soudain, j'ai découvert que c'était toi la voleuse tant espérée. Je me suis dit que je pourrais peut-être m'enfuir avec toi, devenir ton élève... Tu vois ?

Amy se contenta de hocher la tête. Elle fut tentée de caresser la joue de l'enfant, mais elle jugea plus prudent de s'en abstenir car Sharon redoutait les contacts physiques.... et plus particulièrement les manifestations de tendresse.

Le cœur serré, elle s'approcha de la haute verrière pour contempler les toits et les immeubles en ruines. Hortz dormait à l'étage du dessous, abruti par l'alcool. Il buvait beaucoup. Surtout la nuit, pour oublier les sirènes annonçant les raids aériens. Amy n'avait plus peur de lui. Elle savait qu'il ne lui ferait aucun mal, il n'avait plus assez d'énergie pour cela. Pourtant, son instinct ne cessait de lui répéter qu'elle était en danger, que la menace se rapprochait, et qu'elle avait tort de s'attarder ici.

Ce sentiment d'urgence grésillait au long de ses nerfs tel un court-circuit. N'y tenant plus, elle descendit au cinquième et trouva Hortz dans l'office, le visage plus chiffonné que jamais, attablé devant un bol de café noir.

— Je n'ai jamais pu m'habituer au thé, déclara-t-il.

Son ton laissait entendre qu'il s'agissait là d'une information classée « secret défense ».

Amy saisit la cafetière, remplit une tasse et s'assit.

— J'ai réfléchi, annonça-t-elle. Je veux rencontrer votre commanditaire. Celui qui est à l'origine de toute l'opération.

Hortz haussa les sourcils. Un chaume grisâtre hérissait ses joues creuses.

— *Du bist wohl vollkommen verrückt !* haleta-t-il, *es ist gefährlich, hörst du ?* Tu ne tireras rien de ce type, soupira-t-il. C'est une personnalité intouchable. Il fait partie de ces *High people* qui louvoient dans les coulis-

238

ses de Buckingham. C'est d'ailleurs la raison pour laquelle il a commandité l'affaire. Ce genre de personnage s'estime au-dessus des lois. Quelque chose lui fait envie ? Il s'en empare par la force, comme un seigneur du Moyen Âge lançant une razzia sur la province voisine. C'est un gros prédateur qui ne s'encombre pas de scrupules inutiles.

— Comment s'appelle-t-il ?

— Sir Lancelot Freemont Harrington Gardeners... il fait désormais partie du *War Office*. Autant dire qu'il tire les ficelles du pays.

— Comment peut-on le rencontrer ?

— C'est facile. Tous les matins il se rend au golf de Gravehill Commons pour faire ses dix-huit trous. C'est là que nous avions l'habitude de nous rencontrer, dans le boqueteau qui surplombe le bunker [1]. Si tu veux un conseil : ne te frotte pas à ce bonhomme, il est dangereux.

*
* *

Amy remonta le col de son manteau. Il faisait froid ; elle regrettait de ne pas avoir de gants. L'aube venait à peine de se lever et pourtant des golfeurs affublés d'affreuses casquettes à carreaux se déhanchaient déjà sur les *greens*. Elle n'avait rencontré aucune difficulté pour s'introduire sur le terrain. C'était un endroit fréquenté par une clientèle sélectionnée. Le *club-house* avait les dimensions d'un petit château. Il avait été bâti sur les ruines d'un ancien monastère rasé pendant la guerre des Roses. Le bunker, lui, se situait au fond d'un vallon ; outre la traditionnelle zone ensablée, il comportait un boqueteau à la végétation serrée où elle s'était embusquée, attendant qu'apparaisse enfin l'homme qu'elle venait voir. Hortz lui avait fourni un dossier

---

1. Zone délicate du parcours d'où il est difficile d'extraire une balle si l'on commet la maladresse de l'y expédier.

complet sur le personnage, et elle n'aurait pas de mal à l'identifier. C'était un poussah de soixante-cinq ans, aux rares cheveux roux, tétant tout le jour d'énormes cigares puants. Il avait été colonel aux Indes, dans un régiment de tireurs d'élite, les *Artists' Rifles*. Il avait réprimé deux soulèvements indigènes avec une rare violence, ce qui lui avait valu une promotion rapide. Il aimait parader dans son ancien uniforme. Il se vantait, à son club, d'avoir ramené de ses campagnes un *gurkha*[1] taxidermisé qu'il avait placé dans la vitrine de sa bibliothèque, son *kukri*[2] passé dans la ceinture.

« Le bougre m'a sauvé la vie en prenant la balle qui m'était destinée, expliquait-il avec un rire sourd, je lui devais bien ça. C'est toujours mieux que de dériver au fil du Gange en empoisonnant l'eau du fleuve. »

Amy s'adossa à un arbre, au milieu des fougères. Le lord venait d'apparaître sur le *green*, son *putter* à la main. Un *caddy* le suivait, le sac à l'épaule, s'extasiant sur chacun de ses coups. Amy décida d'attendre qu'il arrive à la hauteur du bunker pour se manifester. Cela prit vingt minutes. Quand le lord ne fut plus qu'à dix mètres de l'endroit où elle se tenait cachée, elle sortit des taillis et marcha droit sur lui. Il se figea, le sourcil droit levé, le cigare coincé au coin de la bouche. Son visage de vieux bébé avait quelque chose de déplaisant.

— Oui ? fit-il en se redressant.

Manifestement, il essayait de singer Winston Churchill, mais son imitation était médiocre. De la cendre tomba sur ses vêtements.

— Vous ne me connaissez pas, dit calmement Amy. Je viens de la part de Rembrandt.

C'était, lui avait révélé Hortz, le nom de code attribué à « l'opération Ashden ». Sir Lancelot ne se troubla pas. Fichant le *putter* en terre, il prit le temps de tirer sur

---

1. Auxiliaire "indigène" de l'armée anglaise.
2. Poignard à lame courbe.

son cigare. Puis, d'un geste fluide, il congédia son porteur. Le caddy s'éloigna.

— Vous êtes en retard d'une bonne année, ma chère, murmura le lord. Ce n'est plus vraiment un dossier d'actualité. Il me semble que les choses ont été réglées en temps et en heure. À la satisfaction des deux parties, je me trompe ?

Il eut un sourire froid. Ses yeux étaient si pâles qu'on aurait été bien en peine d'en définir la couleur.

— Oui, je me trompe, fit-il en montrant les dents. Sinon vous ne seriez pas là. Qui êtes-vous, d'ailleurs ?

— J'étais en première ligne, répondit la jeune femme. À Ashden.

— Je vois. Beau boulot, soit dit en passant. Vous êtes de première force. Vous devriez postuler pour entrer dans les services secrets. Il me serait facile de vous recommander. Le pays a besoin de gens comme vous. (Amy demeurant silencieuse, il soupira et lâcha d'un ton impatient :) Que me voulez-vous ? Il y a un problème ?

— Je désirerais que vous me racontiez comment s'est déroulée la livraison. Cela vous ennuie ?

Sir Lancelot grimaça.

— C'était il y a un an, fit-il. Beaucoup de choses se sont passées depuis. Aujourd'hui, cette affaire m'apparaît comme un enfantillage embarrassant. Presque une erreur de jeunesse. Je n'aurais jamais dû m'embarquer là-dedans. Quant à la livraison, elle s'est déroulée sans anicroche. Un matin, un jeune homme d'une beauté surprenante est sorti de ce boqueteau, comme vous venez de le faire. Il portait un sac de golf en bandoulière. Le sac contenait les toiles, roulées dans un étui de cuir. J'avais préparé l'argent en devises diverses : dollar, livre sterling, franc suisse... Tout cela disposé en liasses dans une valise usagée. J'ai compris que le garçon était peintre en voyant ses mains, tachées de couleurs. Je lui ai demandé s'il était l'auteur des copies, il m'a répondu oui. Je l'ai félicité. De toute évidence, il s'en fichait. Il avait cette arrogance naturelle des gens très beaux. J'avoue qu'il m'impressionnait, mais il y avait quelque chose de cassé en lui. J'ai pensé « encore un de ces artistes qui se méprisent parce qu'ils ne peuvent pas surpasser Michel-Ange ! ». Il a empoigné la valise et il m'a tourné le dos, sans même me saluer. J'ai soudain eu l'impression d'être un tout petit bonhomme... C'est un sentiment auquel je ne suis guère habitué, croyez-moi.

— Il est parti, c'est tout ?

— Oui, il avait l'air pressé. J'ai deviné que quelque chose n'allait pas. Ce n'est pas lui que j'attendais, mais l'autre... l'homme aux cheveux gris, cet Allemand qui essayait de se faire passer pour un Polonais. Mais bon... le beau garçon avait prononcé la phrase de reconnaissance, je n'avais pas à jouer les pucelles. J'ai payé, il est parti, je ne l'ai plus revu. Jamais. Ne me dites pas qu'il s'est enfui avec le magot ? Si ? C'était une somme coquette. À mon avis, vous n'entendrez plus parler de lui. J'en suis désolé, ma chère, mais il s'agit d'un problème d'intendance qui ne regarde que vous. Si votre soldat s'est enfui avec la caisse du régiment, je n'y suis pour rien.

Amy s'appliqua à masquer sa déception.

« De toute façon, se dit-elle, cette démarche était vouée à l'échec. À quoi t'attendais-tu ? À quelle révélation fracassante ? Pauvre idiote ! *Ich bin übergeschnappt...* »

Alors qu'elle était sur le point de prendre congé, une question lui brûla soudain les lèvres.

— Tout à l'heure, murmura-t-elle, vous avez parlé d'erreur de jeunesse... qu'entendiez-vous par là ?

Sir Lancelot eut l'air embarrassé. Après avoir tiré deux fois sur le cigare pour se donner une contenance, il planta son regard décoloré dans celui de la jeune femme et déclara :

— J'ai agi sur un coup de tête. Par vengeance. En réalité, je ne me suis jamais intéressé à la peinture. Les tableaux du comte Ashden me laissaient froid. Je n'avais aucune envie de me les approprier. Je ne suis pas un esthète. Les subtilités de l'art m'échappent. Devant une peinture, je bâille. Je suis un ancien soldat, j'aime les choses qui bougent. Les chevaux, les chiens de chasse, les danseuses du ventre...

— Je ne comprends pas, intervint Amy, pourquoi monter une telle opération alors ? Pourquoi dépenser une pareille somme ?

— Je vous l'ai dit, très chère... par esprit de vengeance. Aucun soldat n'aime rester sur une défaite. Plus jeune, j'étais amoureux fou d'une certaine Alexandra Leverton, celle qui allait devenir l'épouse d'Ashden. Lui et moi étions en compétition. Rivaux. Ennemis jurés serait un terme plus juste. C'est lui qu'Alexandra a choisi. Il était plus beau, plus riche, plus élégant. Il avait un château en bon état. Je ne m'en suis jamais remis et j'ai juré de me venger, un jour ou l'autre. J'ai attendu d'amasser, à mon tour, une certaine fortune, puis j'ai décidé que l'heure avait sonné de m'offrir ce cadeau. Je ne voulais pas d'une vengeance vulgaire. Bien sûr, j'aurais pu soudoyer un ancien sergent pour qu'il abatte le comte au cours d'une partie de chasse, mais ça ne me satisfaisait pas. Je voulais l'atteindre dans ce qu'il avait de plus précieux au monde. Or cet homme ne s'intéressait ni à sa femme, ni à sa fille. Rien ne comptait pour lui que sa fichue collection. J'ai donc décidé de frapper au point sensible. Encore une fois je ne voulais pas d'un banal cambriolage, je souhaitais qu'Ashden soit ridiculisé, bafoué. Une nuit, j'ai eu la révélation : il fallait voler ses tableaux sans qu'il s'en rende compte et les remplacer par des copies. Des copies qu'Ashden continuerait à vénérer sans s'apercevoir de la supercherie, lui, le pseudo-esthète, le soi-disant spécialiste ! Pouvait-on imaginer plus beau pied-de-nez ?

— Comment nous avez-vous recrutés ?

— C'était facile, j'ai mes entrées aux services secrets, et certaines gens, à Scotland Yard, me doivent quelques renvois d'ascenseur. On m'a fourni le dossier d'une escouade de saltimbanques soupçonnés d'être de redoutables voleurs internationaux. Des artistes de cirque. La liste de leurs méfaits impunis était impressionnante.

J'ai fait arrêter la surveillance dont ils étaient l'objet en laissant croire qu'ils travaillaient désormais sur un « projet intéressant la défense du territoire »... On ne s'est pas étonné de la chose, en ces temps troublés, tout devient possible. J'ai suivi l'élaboration du projet avec gourmandise... avec passion, me délectant de la prochaine déconfiture d'Ashden. Hélas, les choses n'ont pas évolué comme je le souhaitais. Il y a eu ce drame... cet incendie, la mort d'Alexandra et de sa fille. Un tel dénouement n'était pas prévu. Le décès du comte, brûlé vif, ne correspondait pas à mes fantasmes. Je voulais le ridiculiser à vie, pas le tuer. Ma joie s'en est trouvée gâchée, j'ai payé votre homme, j'ai pris livraison des toiles, mais cela n'avait plus d'importance. Comme je ne savais qu'en faire, je les ai brûlées.

— Quoi ? hoqueta Amy, de tels chefs-d'œuvre !

Sir Lancelot haussa les épaules.

— Je vous l'ai déjà dit, l'art ne m'intéresse pas. Je trouve ces choses futiles. Je suis un homme pragmatique. Un *purdey* [1] pour la chasse à l'éléphant, oui, ça, c'est beau, mais un bout de tissu barbouillé de couleurs, allons donc !

Plongeant la main dans son gousset, il en tira une montre qu'il consulta.

— Désolé, ma chère, conclut-il, mais notre conversation s'arrête ici. Je suis attendu au *Foreign Office* dans une heure et je dois finir mon parcours. Inutile de vous préciser que cet entretien n'a jamais eu lieu. Oubliez-moi et je vous oublierai. Je suis aujourd'hui en mesure de vous causer de graves préjudices, mais je n'en ai pas envie. Le plus sage est de tirer un trait sur cette histoire. Si vous êtes en difficulté, je puis m'arranger pour vous faire quitter le pays, mais ma bonté n'ira pas au-delà. Réfléchissez-y.

— Il me faudrait trois passeports et un peu d'argent, improvisa Amy. Le premier pour moi, le second pour

1. Fusil de chasse de grande renommée.

celui que vous surnommez « l'Allemand », le troisième pour une jeune fille de douze ans.

— Cela peut se faire, soupira le lord. Apportez-moi des photos, dans trois jours, ici même. Je les transmettrai à quelqu'un de confiance. On vous donnera des billets pour l'Australie, sur un cargo mixte qui lève l'ancre à la fin de la semaine. Si les sous-marins allemands ne vous torpillent pas au cours du trajet vous aurez une chance de tout recommencer à zéro.

— J'en ai l'habitude, murmura Amy en s'éloignant.

*
* *

Ainsi Kingsley l'avait abandonnée... Kingsley l'avait trahie...

Elle remuait ces pensées en traversant Londres à bord d'un taxi cabossé. De toute évidence, cette trahison l'avait rendue folle de souffrance, *à une autre époque*, mais qu'en était-il aujourd'hui ? En conservait-elle des cicatrices invisibles ? Était-elle, désormais, incapable d'aimer ou de faire confiance à un homme ?

Elle le découvrirait sans doute un jour, mais pour l'heure elle se sentait neuve, inexpérimentée, vierge de toute déception amoureuse. C'était assez bizarre, en fait, et même un peu effrayant.

*
* *

Comment le doute s'installa, elle ne le sut jamais... Mais soudain, presque à son insu, les morceaux du puzzle s'assemblèrent. Des choses auxquelles elle n'avait prêté aucune attention sur le moment, mais que son esprit avait enregistrées mécaniquement, par déformation professionnelle pourrait-on dire.

Cette façon, par exemple, qu'avait eue sir Lancelot de porter le regard en direction du boqueteau chaque fois qu'il faisait allusion à Kingsley...

D'abord, elle avait cru qu'il revivait la scène de l'échange, par la pensée, qu'il imaginait le jeune homme émergeant des taillis, et puis... et puis une voix, au fond de sa tête, lui avait chuchoté : *ce n'est pas cela*... Et elle avait compris qu'elle commettait une erreur d'interprétation.

Elle croyait connaître la vérité, à présent, mais elle avait besoin d'une confirmation. Elle ne supportait plus de rester dans le flou, prisonnière d'hypothèses inconsistantes.

Le jour prévu pour la remise des photographies d'identité, elle arriva de bonne heure, une pelle pliante dissimulée sous son manteau. Elle entra dans le boqueteau et entreprit de quadriller la zone. Certes, une année s'était écoulée, mais elle estimait qu'il devait subsister des traces. On était en Angleterre, pas dans la forêt amazonienne ! La pénombre gênait ses repérages, toutefois elle réussit à localiser un endroit où la végétation semblait avoir été dérangée... une sorte de tonsure dans l'épaisseur des fourrés, comme si les buissons arrachés avaient eu du mal à rattraper un retard de croissance. En ce lieu précis, les taillis étaient moins épais que partout ailleurs.

Après avoir bataillé contre les ronces, Amy déplia la pelle et se mit à creuser. En dépit du froid matinal, elle fut très vite en sueur. Quand elle eut dégagé un trou profond d'une cinquantaine de centimètres, elle vit la main... terreuse, racornie, les phalanges crevant une peau vidée de sa substance. Alors elle sut qu'elle venait de trouver Kingsley Bledsoe. Kingsley Bledsoe qui n'était allé ni au Venezuela ni en Argentine.

« Salut, toi... » pensa-t-elle.

Elle abandonna son outil et se redressa. À travers le feuillage, elle aperçut sir Lancelot qui regardait dans sa direction. Après avoir essuyé ses paumes sur son manteau, elle descendit à sa rencontre. Il ne bougea pas, se contentant de tirer à petits coups sur son cigare. Il tripotait un *putter ;* aucun caddy ne l'accompagnait.

— C'est avec ça que vous l'avez tué ? s'enquit la jeune femme en s'immobilisant à trois mètres de lui, hors de portée d'un éventuel coup de *club*.

— Je savais que vous finiriez par comprendre, marmonna le lord. Je l'ai lu dans vos yeux. Ce type était idiot, il n'aurait jamais dû se présenter seul. Quand je l'ai vu arriver non accompagné, j'ai tout de suite deviné qu'il essayait de doubler ses complices. Dans ce genre de transaction, on protège toujours ses arrières. Je l'ai méprisé pour ça. Brusquement, il a dégringolé dans mon estime.

— Vous n'aviez pas l'intention de payer ?

— Si ! Le plus drôle c'est que j'avais apporté l'argent et que j'étais décidé à respecter mes engagements, mais quand je l'ai vu sortir des taillis avec le tube de cuir contenant les toiles, seul, tout seul, ça a été plus fort que moi... un réflexe de soldat qui profite de la situation. C'était trop beau. Je ne pouvais pas laisser passer ça. J'avais un fer 9[1] à la main, j'ai exécuté un magnifique *swing*... en visant son front. Il était mort avant de toucher le sol. Vous m'en voulez ? Vous teniez tant que ça à lui ? Il était beau, soit, mais stupide. Vous méritez mieux que ça.

— Les toiles, vous les avez vraiment brûlées ?

— Oui, elles ne me servaient plus à rien. Ashden était mort, je n'aurais eu aucun plaisir à les contempler. En incendiant le château, en provoquant la mort de ses occupants, vous aviez gâché ma vengeance. Je vous en voulais beaucoup. Je crois que c'est ce qui a décidé de mon geste. La mauvaise humeur. Je déteste le travail mal fait. Il fallait que le comte reste en vie, c'est à cette seule condition que j'aurais pris plaisir à le savoir ridicule. En le tuant, vous rendiez le complot inutile. Sans objet. Hélas, vos esprits mercantiles ne pouvaient comprendre cela. Vous pensiez qu'il s'agissait d'une pure opération « commerciale », vous étiez loin de la vérité. J'ai brûlé les peintures dans la cheminée de mon

---

1. Club de golf court, à tête métallique.

pavillon de chasse. Le Rembrandt, le Tintoret, le Michel-Ange... toutes. Elles ont flambé comme un paquet de chiffons sales, en dégageant une affreuse puanteur. Un moment, j'ai eu l'illusion d'être en train d'incinérer les loques d'un clochard. Cela dit, inutile de récriminer, je n'ai pas l'intention de vous payer. Je suis dans mon droit puisque vous n'avez pas rempli votre part du contrat.

Il se tut. Ses doigts avaient cessé de jouer avec le *putter*. Amy se demanda si elle saurait parer le coup... Hortz avait dû lui apprendre à le faire, jadis.

— Vous ne pouvez rien contre moi, lança sir Lancelot avec assurance. Je suis intouchable. En ce moment même, deux hommes des services secrets vous tiennent en joue, cachés au sommet de cette colline. Si vous tentez quelque chose, je ferai arrêter cet Allemand aux cheveux gris qui vous tient lieu de père. Quant à la gosse défigurée pendue à vos basques, on l'exilera au fond d'un pensionnat... Vous voyez, j'ai pris mes renseignements. Depuis hier, vous êtes sous surveillance.

Amy plongea la main dans sa poche.

— Il n'entre pas dans mes projets de vous nuire, dit-elle d'une voix calme. L'homme que vous avez tué ne représente rien pour moi. Je n'ai aucun souvenir de l'avoir connu. Je venais juste vous apporter les photos d'identité que vous m'avez réclamées.

Du bout des doigts, elle tendit une enveloppe au lord. Celui-ci s'en empara et la fit disparaître dans son gilet.

— Bien, fit-il, décontenancé, c'est bien... j'aime qu'on soit raisonnable. Les passeports seront prêts d'ici quarante-huit heures, vous les trouverez devant la porte du docteur Shapozki, accompagnés des billets pour l'Australie. Je vous conseille de ne pas rater le bateau. D'ici peu, le sol va devenir brûlant pour vous.

— Nous sommes d'accord, lâcha Amy en tournant les talons. Vous pouvez rappeler vos chiens.

Et, d'un pas égal, elle s'éloigna en direction du *clubhouse*.

Ruppert Merridew laissa retomber les jumelles sur sa poitrine. Il éprouvait de la difficulté à respirer et son cœur battait la chamade. Il osait à peine croire à la scène qu'il venait de surprendre :

Une espionne allemande remettant en main propre un document à un lord du *War Office* !

Il en suffoquait de stupeur. Ainsi, Sir Lancelot était lui aussi un espion !

Ruppert estima qu'il était inutile de rédiger le moindre rapport, personne ne croirait à ses affirmations. Pire, on le taxerait de folie, on l'internerait pour l'empêcher de souiller la réputation d'un pair du royaume...

Il essuya d'un revers de manche la sueur qui perlait à son front. Il se félicitait de n'avoir pas supprimé Amy Sweetheart après l'avoir « logée » chez le docteur Shapozki. S'il avait commis l'erreur de précipiter les choses, jamais il n'aurait découvert la vérité sur sir Lancelot...

Amy pouvait filer, ce n'était après tout que du menu fretin. Le « cas Lancelot » devenait prioritaire. Sans doute faisait-il partie de ces nobliaux britanniques acquis au nazisme qu'on avait vus fleurir entre les deux guerres, à l'époque du pacifisme triomphant... Aujourd'hui, il faisait probablement fonction de *field officer* et fournissait aux Boches des renseignements de première main. On ne pouvait laisser un tel nuisible exercer ses talents plus longtemps.

Ruppert quitta les *greens* dans un grand état d'exaltation. Enfin, son obstination portait ses fruits ! Il allait pouvoir frapper un grand coup au lieu de se contenter d'éliminer au jour le jour de minables petites espionnes. Son heure de gloire avait sonné !

*
* *

Passeports et billets furent livrés comme prévu. Une liasse de *banknotes* les accompagnait. Amy et Sharon bouclèrent leurs maigres bagages.

Hortz, installé dans le cabinet de consultation, examinait les passeports à la loupe.

— C'est du beau travail, conclut-il. Je n'ai jamais vu de faux aussi parfaits.

— Sans doute parce qu'ils sont vrais, fit la jeune femme. Seuls les noms sont fantaisistes. J'avoue que je suis surprise, je ne croyais pas que Lancelot tiendrait parole. Je m'attendais plutôt à voir la police enfoncer la porte.

— Moi, ce qui m'étonne, fit observer le vieil aventurier, c'est que tu acceptes quelque chose de lui. Après tout il a tué Kingsley, ton amant, ton grand amour. Tu n'éprouves donc pas de haine ?

— Non, pour moi Kingsley n'est qu'un visage inconnu imprimé sur un morceau de carton, répondit Amy. Je ne me rappelle pas l'avoir aimé, touché, embrassé... Tout cela m'a été volé. Je ne sais pas si je dois le regretter ou en être soulagée puisque je l'ai perdu... Le seul point positif dans tout cela, c'est que la douleur m'est épargnée. Je ne souhaite pas qu'elle me soit rendue.

Hortz fit la grimace.

— Tu as raison, murmura-t-il, tu as déjà failli mourir à cause de ce type, et, crois-moi, il n'en valait pas la peine.

Ayant rassemblé les passeports au creux de sa paume droite, il conclut :

— Quand tu étais encore petite fille, je t'ai promis de te faire visiter sept royaumes, tu vois, je ne t'ai pas menti. Le voyage continue...

— *Ich glaub eine Katastrophe bahnt sich an, Raff deine Sachen zusammen und beeil dich, lost*[1] *!* ordonna Amy, gênée de le voir s'attendrir. Il faut partir. Le

---

1. Je sens qu'une catastrophe se prépare, fais tes valises en vitesse !

bateau n'attendra pas. C'est notre seule chance de fuir l'Angleterre.

— Je n'ai pas besoin de bagage, je n'emmène rien, décréta le prince crapaud. Tu es la seule chose que je ne voulais pas laisser derrière moi.

*

* *

Ils gagnèrent le port le lendemain matin pour procéder aux formalités d'enregistrement. Le cargo était laid, rouillé. Il emportait un chargement de riz et de machines agricoles à destination de Brisbane.

— On va voir des kangourous ? demanda Sharon. Et des aborigènes ? Il faudra vivre tout nu et apprendre à lancer le boomerang ?

La perspective de la traversée l'excitait considérablement. Amy et Hortz étaient, quant à eux, beaucoup plus réservés. Le blocus sous-marin instauré par la *Kriegsmarine* n'épargnait aucun navire, même le plus banal, et les pertes étaient déjà lourdes en dépit des mesures d'accompagnement décrétées par l'Amirauté [1].

« Pour atteindre l'Australie il faudra d'abord triompher de la menace des *U-boot*, songea la jeune femme. Échapper aux torpilles. Ce n'est pas joué d'avance. »

Elle regarda autour d'elle. Les passagers qui se pressaient vers la passerelle avaient tous le même visage grave.

« Ils savent qu'ils n'ont qu'une chance sur trois d'arriver à bon port, se dit-elle. Bientôt nous serons comme eux. Nous passerons nos journées accoudés au bastingage, à scruter les vagues, la peur au ventre. Terrifiés à l'idée de découvrir soudain, au creux d'une lame, la hampe d'un périscope ou le sillon écumeux d'une torpille. »

---

1. Paquebots et cargos étaient encadrés de navires militaires équipés pour la chasse aux sous-marins.

Elle posa la main sur l'épaule maigre de Sharon et la serra. Pour une fois, l'adolescente ne se déroba point.

Comme ils se préparaient à prendre leur place dans la file d'attente, un crieur de journaux s'avança sur le quai, entre les caisses entassées.

— Dernière heure ! hurla-t-il. Crime odieux au *War Office*... Un lord assassiné en plein jour au nez et à la barbe des sentinelles !

Déjà, Hortz s'était précipité, une pièce de monnaie au bout des doigts. Il s'empara du quotidien dont le vent venu de l'océan malmenait les pages.

— Sir Lancelot, annonça-t-il lorsqu'il eut déchiffré les premières lignes. C'est de lui qu'il s'agit. Quelqu'un l'a poignardé dans son bureau cet après-midi. On ignore qui... En tout cas, l'assassin n'a eu aucun mal à s'introduire dans un bâtiment officiel.

Son regard rencontra celui d'Amy.

— C'est étrange, murmura celle-ci. On dirait que quelqu'un s'est chargé de le punir.

— Qui ? le fantôme de Kingsley ?

— Je ne sais pas... Cela fait un moment que j'ai l'impression d'être suivie, surveillée. Au début c'était toi, bien sûr, mais cette sensation ne s'est pas éteinte avec nos retrouvailles. C'est toujours là, dans mon dos, dans ma nuque... Voilà pourquoi j'ai hâte d'être en haute mer. J'espère casser le fil.

Instinctivement, elle s'était retournée pour regarder en arrière. Elle eut beau examiner les visages qui l'entouraient, elle ne remarqua rien de particulier.

— Allons-y, fit-elle en s'ébrouant. Nous avons déjà perdu trop de temps. *Wir müssen los !*

Alors qu'elle escaladait la passerelle menant au pont supérieur, elle se demanda si là-bas, en Australie, elle serait enfin capable de reprendre son ancien nom... *Nastaszia... Nasha Rotkopf... Nasha Tête-Rouge...*

Elle s'entraîna à le répéter à voix basse, tel un vocable étranger, à la prononciation difficile.

« En tout cas, c'en est fini d'Amy Sweetheart, décida-t-elle, je la laisse ici, sur le quai. »

Mais quand elle s'accouda au bastingage pour contempler la foule entassée sur le môle, son regard croisa celui d'un jeune homme roux, maigre, enveloppé dans un Burberry trop grand pour lui.

« Oh ! se dit-elle, mais je le connais ! C'est l'officier qui venait à *Saint Job's* recueillir l'identité des blessés. Comment s'appelait-il déjà ? Ruppert quelque chose... »

Cela lui revenait, à présent : Ruppert Merridew. Un bon garçon. Gentil mais un peu niais, et qui n'aurait pas fait de mal à une mouche.

Elle agita la main et lui sourit. La sirène fit entendre son meuglement. On larguait les amarres. Le navire s'éloignait du quai. L'air s'emplit de fumée.

En bas, Ruppert Merridew leva la main et sourit. Il n'était pas trop déçu d'avoir manqué l'embarquement. L'Australie, ce n'était pas si loin après tout...

— Tu peux courir, dit-il à mi-voix, je finirai bien par te rattraper.

Puis il aperçut des taches de sang sur la manche de son imperméable, et se dépêcha d'enfoncer sa main dans sa poche.

Fin du tome 1